追梦书·楷模生芳

ZHUIMENG SHU

KAIMOSHENGFANG

王天宁／著

飞天出版传媒集团
甘肃文化出版社

图书在版编目（CIP）数据

追梦书 / 王天宁著. -- 兰州 : 甘肃文化出版社，2016.5

ISBN 978-7-5490-1061-5

Ⅰ. ①追… Ⅱ. ①王… Ⅲ. ①报告文学—中国—当代 ②诗集—中国—当代 Ⅳ. ①I217.2

中国版本图书馆CIP数据核字(2016)第109723号

追梦书

王天宁 | 著

责任编辑 | 郎军涛　凯旋

封面设计 | 马吉庆

出版发行 | 甘肃文化出版社

网　　址 | http://www.gswenhua.cn

投稿邮箱 | press@gswenhua.cn

地　　址 | 兰州市城关区曹家巷 1 号 | 730030(邮编)

营销中心 | 王　俊　贾　莉

电　　话 | 0931-8454870　8430531(传真)

印　　刷 | 兰州大众彩印包装有限公司

开　　本 | 787 毫米 × 1092 毫米　1/16

字　　数 | 316 千

印　　张 | 20.125

版　　次 | 2016 年 6 月第 1 版

印　　次 | 2016 年 6 月第 1 次

书　　号 | ISBN 978-7-5490-1061-5

定　　价 | 58.00元(全二卷)

追夢書

楷模生芳

炳銀題

缅怀与欣慰

——序王天宁纪实文学《楷模生芳》

2013年10月，我应北京方面邀请，到甘肃定西一带采访水土保持工程。世人皆知，定西位于黄土高原深处，历史上苦旱贫瘠，甲于天下。临洮是最后一站，给我的印象，除了贫穷、偏僻，就是梁峁纵横，土路坎坷。

当天傍晚，我灰头土脸地赶到县城。刚刚住下，便有人传话，县长听说来了一位作家，要陪同吃饭。我一惊，因为是文人采风，蹑手蹑脚，几天来并没有地方主官出来会面。

说话间，一阵豁亮的笑声推门而入："欢迎，欢迎作家回家!"

几乎同时，一个壮实的身影就站在了面前：中等身材，微微发福，略略谢顶。最突出的印象是满面红光，精神亢奋，俨然正在辐射着一波波热流。

看到我正在纳闷，他解释说："天下李氏出陇西，临洮就是秦汉时期的陇西郡治。你姓李，不是回到老家了吗?”

我猛然醒悟，脱口而笑。再看他，立时便有了一种“家人”的感觉。那天晚饭，我们一见如故。他风趣地向我介绍着临洮的历史、经济和文化，如数家珍。我称他柴县长，他连忙摆手：“千万不要这样称呼啊，我充其量只是代县长。干不好工作，群众和组织随时会把我换掉的。”

晚饭后，意兴未尽，他又来到我的房间，品茶聊天。我们的确有着很多共同点啊，年龄相仿，出身相仿，爱好相仿。我弟兄四个，没有姐妹，生在贫寒农家，儿时让父母多多苦累；而他更是凄惶，兄弟六个，母亲早逝，全凭老父独身孤掌抚养。他回忆读中学时的情景，学校离家30里，每周步行回去一次。父亲粗手粗脚地烙六个大大的灰黄锅盔，就是一周的吃食。没有钱，不吃菜，几粒盐，兑开水，常年如此。言及于此，他汪然出泣，哽咽难声。

我们的手紧紧地握在一起。

相顾倾谈，竟至夜半。

第二天早晨7时30分，本是约定的早餐时间。由于贪睡，我起床晚了，直到7时50分才下楼。却不想，他竟然静静地站在餐厅门口，等我。

他说：“想着你昨晚熬夜了，就没有叫醒。”我不好意思，一把抓住他的手，拉他一起用餐。可他看看手表，惋惜地说，八点钟有群众去办公室，不能失约。说完，就急匆匆地离开了。

在临洮期间，别人向我讲述了他的故事。1986年，他以当地文科状元的身份，考入北京大学。毕业后，到省文物考古所工作，旋又到日本留学。六年时间，取得硕士博士学位，还是神户地区中国留学生学友会会长。毕业后，日本挽留，香港、北京、上海等地虚席以待，可他留恋家乡这片热土，执意回到甘肃。2006年，他又自愿放弃兰州的舒适生活，主动申请到最贫穷的定西工作，先后在陇西、安定和临洮三个县（区）担任副县（区）长。为了学业和工作，相貌堂堂的他，直到年近四十，才恋爱成家。

从此之后，我们就成了朋友，经常发短信，打电话。

第二年四月，由于感觉上次采访点多面广，缺乏深刻，北京方面决定选择“中国梯田第一县”——庄浪，深层挖掘。可当我定好机票，准备出发的时候，庄浪方面打来电话，当地突降大雪，灾情严重，不能前往。但是，我的日程已经不能变更。没有办法，我便打电话给柴生芳，临时决定把采访对象改在临洮。

这一次采访，我登上了临洮境内海拔最高的马衔山，观览了黄河最大的支流洮河，考察了几个自然村落。所到之处，听到的都是老百姓和乡村干部对他的赞扬：为了彻底改变交通状况，他费尽心力，多方争取，在国家和省市支持下，筹集经费9.1亿，使临洮成为全国“村村通”工程试点县；上任几个月来，他已经走访了全县80%的村庄……

晚饭后，他再次来到我的房间，还特意带了一包红茶：“上次喝绿茶，耽误你睡觉了。这次喝红茶，红茶安眠。”

我祝贺他顺利当选县长。他忧虑地说，这可不是一个好差事啊，责任太大了，压力太大了。临洮是穷县，需要做的工作很多。过去扶贫，大都粗放，效果不佳。现在，要进行精准扶贫，把有限的资金用在最需要的地方。他说，看到贫困乡亲，就会想起自己早早去世的母亲，想起仍在农村受苦受累的父亲。他当选县长的第一天，就立下规矩：开门办公，只要人在办公室，就敞开屋门，请老百姓随便进入。

我说，这样只是苦累了你。

“不怕，不怕，我正年轻，医生检查，什么毛病也没有。”他拍拍胸脯，脸上仍是红光光的，又调侃一句：“不过，晚上睡觉打呼噜，或许也算一个病人啰，哈哈。”

我也忍不住笑喷：“照你这么说，我眼睛近视，也是残疾人吗？”

第二天早上，我们一起用餐。他正式提出，希望我邀请几位作家，以本地历史文化和现实为背景，进行创作，让世界了解临洮。我看他如此认真，便实诚相告，举凡这样的笔会，来客大都是走马观花，很难写出精品。为了取得最佳效果，你们要选准焦点，做足功课，让作家提前熟悉素材。

他马上领悟，颔首同意。

从临洮回来后，我关闭手机，进行创作。一天深夜，我打开手机，查看信息，发现有他的多条留言：“老兄，你好吗？”“老兄，请回话！”

焦切灼灼，心急如火。

第二天一早，我打去电话。他支支吾吾，仍是那句话："老兄，你好吗？"

"好啊，好啊。"我莫名其妙，"有什么事吗？"

他连忙说："没有，没有，听到你的声音，我就放心了。"

我愈发地纳闷了。

浏览网页，这才发现，昨日竟然有一位与我同名同姓的记者兼作家因病去世。这位李春雷竟然与我年龄相仿，相貌相仿，职业相仿。

我猛然明白了他的深意。

再次打电话过去，表示感谢。

他严正地告诫："一定要保重身体啊，千万不要过分劳累！"说着，便向我介绍他的健身经验：每天早上洗一次凉水澡，既身心清爽，又增加食欲。

遥遥的远方，有好朋友如此惦念，我的心内一阵烘热。

8月6日，我在临洮采写的报告文学《党参沟纪事》在"人民日报"整版发表。他马上祝贺，并向全县推荐阅读。

秋风涂黄，我们友谊的果实也日趋成熟。常常地，我会偷偷发笑，慨叹生命的美好，感恩上天的垂青，让我在祖祧之地结识了一位真正的朋友。

但是，万万没有想到，我们的友谊刚刚起航，却又戛然而止！

2014年8月16日下午，我在网上突然发现一条黑色消息——临洮县长柴生芳猝死！我不相信，绝不相信，便使劲拍打电脑，以为中毒了，生病了，乱码了。

我多么希望这是一场巨大的虚惊啊！

然而，临洮方面传来的消息，冰凉如铁！

我这才知道，他上任以来，工作任务比往年大大加重。他已经连续几个月没有休息，长期超负荷运转。去世的前一天，他持续工作18个小时。白天奔忙，晚上又继续主持政府常务会议。会议19点30分开始，凌晨1点30分结束。极度疲惫的他，直到凌晨两点，才吃力地回到办公室。他来不及关掉台灯，顾不得脱掉鞋袜，直接和衣而倒，侧卧在床，一只手握着手机，一只脚还拖在地上。就这样一觉睡去，再无醒来。

什么是睡眠呼吸暂停低通气综合症？俗语即是打鼾。打鼾竟能致人而死？世上实在少见！尤其对于健壮的他，睡眠憋气时，只需翻动身体，即可舒通。可他太累了，太累了，体能极度衰竭，睡眠太过深醉，以致于无力翻身，呼吸不畅，诱发心源性猝死。

呜呼上苍，天妒英才，竟然用这种方式，生生夺去了你的性命！

呜呼上苍，何其荒诞，何其残酷，何其昏聩！

他的老父亲，已经82岁，仍然生活在乡下。多年来，他一直计划着把父亲接到城里，亲手奉侍，让苦难一生的老人安享晚年。可现在，白发人泪送黑发人，情何以堪！

他惟一的女儿，刚刚3岁，还从来没有与他拍过一张正式的合影。在他远行的前几天，正是孩子的生日，哭着让他回去，他没有答应。妻子恳求，既然你不能回去，就让她们母女赶来临洮，吃一顿团圆饭，拍一张全家福。他仍然没有答应。可现在，破碎的家庭，竟然没有一张合影可资留念。三岁的孩童，将永远面对没有父亲的人生。苍天何忍！

遗体火化的那一天，临洮县上万名群众，自发地走上街头，用最朴素最古老的方式，送他远行。

整座小城，泪水淋淋。

由于路途遥远，辗转难行，时不我待，我不能亲自抚棺相送，只能委托王部长代为奉上花圈，寄献哀心。同时敬撰挽联一幅，永挂心壁：

马衔山上永植此木

洮河岸畔千古生芳

那一天夜里，我枯坐灯前，呆若木鸡。灯影恍惚中，似乎又闻到了那一股浓浓的茶香，看到了那一个健壮的身影，听到了那一串爽朗的笑声。定睛注目，却又影像全无。

不禁仰天长叹，泪流满面。

……

去年，《时代报告·中国报告文学》2015年第9期上，一篇追述柴生芳成长故事的《贫瘠土地上长出好根苗》中篇报告文学，给我留下了很深的印象。柴生芳去世已经一年有余，关于他的事迹和怀念文章不时见诸报端。我知道，有很多人和我一样，无法忘怀这么一位好县长。

今年新春伊始，我接到一个来自甘肃庆阳的电话。他叫王天宁，是《贫瘠土地上长出好根苗》的作者，也是柴生芳家乡的一位作家。他告诉我，去年以来，精心采访和创作了一部柴生芳事迹的纪实文学，想请我看一看并作序。

柴生芳家乡作家写柴生芳，这一少有的文学行动感染了我，我当即答应下来！

新闻结束的地方就是文学开始的地方。长篇纪实文学《楷模生芳》共分为九章，作者以扎实的采访和充实的资料为基础，以饱含深情的笔墨，从柴生芳的出生、成长、求学、工作写起，直至最后牺牲。很多素材，是第一次披露。

作者紧紧抓住纪实文学的特点，对于一些关键的时间、场景、人物、事件，紧扣事实，确保真实性和严肃性，有的准确到可以现场证实的程度。而对于有些只有主人公本人经历，已永远无法寻觅的时间和场景，作者又充分利用文学的笔触，进行适当处理，从而十分形象地塑造和复原了一个“时代楷模”“全国优秀共产党员”“全国人民满意公务员”的真实、生动、丰富的形象，从而避免了此类作品容易出现的“高大上”和“假大空”的弊端。

作为诗人的作者，在表现人物形象时，努力运用文学语言这一特殊工具，许多章节叙述时流畅洒脱，描摹时细致精微，刻画时严正认真，抒情时诗意绵长，堪称纪实文学创作的一种尝试和创新。

感谢作家的辛勤努力，让我们能够全面了解柴生芳的更多故事。

作为柴生芳的好友，我在永久缅怀的同时，也有了一份欣慰。

是为序。

2016年4月16日

目录 CONTENTS

楷模生芳

——追寻全国时代楷模、全国优秀共产党员、全国人民满意公务员柴生芳的人生足迹

2014年8月18日，金秋的火阳迟滞着不肯迈上陇中岳麓山的三国点将台。山川含悲，洮河呜咽，马衔山低首，南屏峰含泪。从临洮县殡仪馆到线市街到县城的大街小巷，已经站满了人群。人们举着一幅幅写着感人话语的横幅，面含悲戚，双眼垂泪，有的忍不住巨大的悲痛仰面痛哭。

地处甘肃陇中临洮县的县城里，人们双手拭泪，对街长哭，他们在用泪水最后一次送别自己的好县长——柴生芳。

第一章　土塬磨砺

黄土古塬上贫家子刻苦读书，煤油灯下走出了北大学生。

——采访手记

1969年7月3日（农历6月1日），一个普普通通的夏日，直亮亮的阳光照着雄浑的天下黄土第一塬——董志塬。董志塬北部的一片片小麦还在夏风的吹动下，掀起一波波黄色的浪涛，而南部的麦田则早已是白瓷瓷的麦茬亮在地上，那已经收割的麦地旁边是一片片穿着绿色衣衫的玉米，像手握钢枪的绿色士兵，在风的吹动下哗哗啦啦鼓动着满身的绿色，散发着青春的清甜气息。

这一天，一声稚气的啼哭从董志塬上传出，一个幼小的生命诞生在这董志塬上一个叫南义公社北庄大队柴家湾生产队，靠东的山梁下的一个窑洞的土炕上。这个生命的声音，从幽深的窑洞里发出稚气而苍劲的信息，这带有宣示意味的强烈声音，像一道纯粹的亮光穿过院墙，从门下的沟里一直闪烁到沟北的李家卯上，又回荡在沟南低处的蛋嘴梁上，再飘上沟南的割草洼，然后沿着沟口，向着远处的寨子河川和高处的肖咀梁上播撒开来，激荡着流淌的寨子河水和巍巍子午岭的丛林。

董志塬，这块由二十多万年的风沙沉淀而成的天下黄土第一塬，是由一系列塬系连缀而成的，这些塬与塬连缀的空隙是由几十万年的风沙雨水冲蚀而成的沟川梁峁。从脚下望去，一片片平展展的田畦原野，一直延伸到与天相接的地平线，那里一脉脉黑铁似的褐色塬体，那是另一条山塬的虎背熊影。而从高处俯视，则是一片片不规则的粗糙叶片形的平地和纵横交错的沟壑，显得层次嶙峋，而且蔚为壮观。这里是古老的华夏文明发祥地之一。早在新石器时代就有原始人类生存，发现了第一块新石器时代的石器，以及仰韶文明的陶罐和稻黍遗存。早在夏朝末年，农官不窋带领部族在这里教民稼穑，兴修水利，开始了农业文明的先河。这里从古就生存着勤劳勇敢、智慧善良的人们。常说的八百里秦川不抵董志塬边，是言其具有古老的仁善美德，而这种仁善美德广布高原，代代相传。

柴生芳童年放羊的山沟

紧临董志塬东面的第一条塬是叫瓦斜塬的小塬，两个塬之间被一道叫岘瓦川的小河分开，而紧临瓦斜塬东面的一条小塬就叫南义塬，和瓦斜塬之间又被一条叫马莲河的黄河的三级支流分开。这条长长的南义塬东面也有一条小河叫寨子河，流到宁县县城则叫城北河。马莲河与寨子河之间的这条狭长的南义塬东西宽不足5公里，南北长则达60公里，就是这条长长的塬把宁县县城和合水县城连接起来，两个县城像一条宽带两头的两只篮子。这条宽带中间又镶嵌着一条粗糙的黄色带子，这就是20世纪50年代修成的一条县际沙石公路，这条路的中间是南义公社和街道所在地，沿南义公社的街道向北六里路地的东面是北庄大队所在地，再沿着大队部的沟边向南走三里地，就是这个新生命诞生的柴家湾村。

陇东人的祖祧之地，山西大槐树(雕塑)

这个新生命的到来，让柴家人又增添了无比的欢喜。早在这年正月已经得病半瘫在床的老奶奶听到第五个孙子的叫声，脸上弥漫开柔软的笑容，她颤颤巍巍地拄着拐杖从她住的窑里到另一个窑里来迎接这个新生命。她靠在炕边，焦急地应用祖先流传下来的经验指派这个又指派那个，直到看到孙儿吃上母亲张氏甘甜的乳汁才放下心。小生命的一个叔父和一个姑姑也是这个家庭的主要成员，他们为哥哥嫂嫂又添新子而高兴。小生命的大哥生龙在县城上着中学；二哥生都已经是一个十五岁变声期的半大小伙；三哥生琪出生在饥饿的1958年，已经十一岁，但还显得面黄肌瘦，走起路来轻飘飘的；四哥生军已是刚有炕头高的四岁儿童了。面对自己的第五个儿子，三十六岁的高大而苍劲的柴家湾农民柴俊厚依然显出欢乐的笑容，他是这个十口之家的一根坚强的顶梁柱，高高地挺立在柴家湾的天空下，为这个家遮风挡雨，为这个家庭拾掇必须的粮食和衣物。

小生命取名为建仓，叫柴建仓。柴生芳是他后来上学的时候才改的名字。

这是一个有德善遗脉的家庭。早在清朝末年，小生芳的太奶奶的那个年代，柴家还比较盈实。但家里记着“八百里秦川比不上董志塬边”的那个传说，遇上邻里、亲友家有困难的就会帮一把，常常给送去接济的粮食或衣物，而穷亲戚来到家里，给他们做的吃好后，走的时候又给带上粮食和衣物。在困苦年代，难民常常一拨一拨的在崖头上门外边讨饭，老太太不但接济让他们吃饱，还让他们吃好。走的时候还把白面馍馍装在碗底下，杂面馍馍装在碗上面，打发穷苦人赶路。

可惜好景难续，到爷爷那一辈时，由于爷爷四十六岁早逝，给富裕的家境带来重创，家道逐渐没落。但那种仁厚善良的家风还是代代相传。20世纪50年代，柴家的顶梁柱柴俊厚先生去宁县早胜卖货物，一个陕西李姓客商多给他支付了100大洋。那时的100大洋确实是一笔巨大的财富。面对贫困的日子，柴先生犹豫过，但想到这么巨大数目的财富说不定会闹出人命。于是他连夜赶了几十里山路将大洋如数送还。到小生芳出生的时候，奶奶已经中风半年，行动不便。小生芳的父母白天赶时间下地劳动挣工分，晚上回家把老母亲背出背进，日夜侍候。他们依靠勤劳的双手，不但养活自己的五个儿子，还对老父亲留下的一个未娶亲的弟弟和一个未出嫁的妹妹，也从来不离不弃，视如家小，有饭同吃，有衣同穿。这样，全家人能劳动的千方百计劳动挣工分，不能劳动的则受到应有的关怀，家里融融乐乐，和和睦睦。在那个紧迫而困苦的年月，还成为村里人羡慕的对象。

小生芳睡在窑洞里的的土炕上，看着窑窗里射进的太阳光微笑着，微笑着，然后不知不觉地就会变成了父母的笑脸，叔叔的笑脸，姑姑的笑脸，然后是几个哥哥的笑脸。小生芳就是在这样的笑脸变化中，一天天成长起来。有一天他终于站立了起来，家里人惊喜得把他搂在怀里直亲脸。小生芳可以下炕走路了，可以到院子里赶鸡了，可以走到门外看树上的鸟了，可以走到崖上的场里看太阳了，可以在陌生的生产队里人面前嘻嘻地笑了。

柴生芳出生的窑洞

成长的生命是快乐的，成长的生命也是懵懂的，这时候的他还不知道贫困年月的含义，还不知道家里人笑脸后面包含的艰辛和困苦。

每到傍晚，父亲就会拖着疲惫的身子回到家，他先到老奶奶住的窑洞里，给瘫痪在床的老人点上煤油灯，嘘寒问暖，这时候的小生芳总是跟随在父亲身后，耳濡目染着父亲对奶奶感人的孝行。照顾好老人之后，父亲随便吃点东西，然后在水缸里舀一碗水很快喝下，便开始寻食喂那只饿得劲嚎的母猪，而这时听到人声的母猪似乎知道自己对这个家庭的经济的重要，所以叫声格外惨烈，发狂的声音似乎要把挡它的石头拱开，或者要直接从墙上跳出来一样。生芳的父亲大声呵斥，那猪似乎停下来静听了一下，接着的声音更大更夸张起来。父亲这时提着用水拌起的粉碎的半桶麦草，用一根棍子敲着疯狂的猪，把草倒进食槽里，老猪便开始狠命地吞起来。接着，他往往要去院墙下的鸡笼里细数一下鸡的数量，然后挡了鸡圈的门。跟随在父亲身后的小生芳感受着生活的艰辛和劳动的快乐。这时沟湾的洞道里已经有小孩的奔跑声以及架子车下坡空荡荡的抖动声和大人们收工回家时说话的声音。最先走进院里的是父亲的二儿子生都和他的叔父，生都和叔父年龄相当，显得没大没小，时有摩擦，但之后却是无事样又说又笑，后面紧跟着的是小生芳的姑姑，再后面往往跟着的是生琪和生军，他们跟在母亲张氏的身后，一前一后走进院落。这时候柴家湾的这一家窑院里热闹起来，几个年轻人还站在院子里说着当天村上遇到的不顺心的事情。母亲走进院里，拉过小生芳喂一通奶，接着去到婆婆窑里帮助难以动弹的老人清理大小便。这时候，小生芳的姑姑就在旁边帮着嫂子的忙，在院子里的生都、生琪往往被指使着帮这帮那，在院子里跑来跑去。而父亲仍然在院子里有板有眼地干着没干完的活，随后他就会半蹲在靠墙的任何一个地方，卷起一卷老汉烟，吧嗒吧嗒地静静地抽着。面前的烟火一明一灭地闪着，院里便会弥漫起很浓烈的烟草味，往往他把自己抽得咳嗽连天，他用这浓烈的烟草味抵挡着一天的劳累，清理着纷繁的思绪，积蓄着站立的力量。这时候的柴家院落是繁忙的，也是热闹和生动的，只有父亲的旱烟散发着困苦和抗争的意味。

山西大槐树下的移民生活(泥塑)

劳动了一天的人们是困乏的，也是饥饿的。这，母亲最清楚。她走进窑屋里点上煤油灯，在炕头后面的灶火里点上火，将中午吃剩的那些高粱面片或者玉米面片放在锅里，顺便再放几个高粱卷卷或者玉米面馍馍，一起加热。接着在烧开的水里撒一点麦面做成糊汤，再把一些地里拾回来的韭菜、萝卜、辣椒什么的做成一碟碟菜，把这一切拾到盘子里，端到煤油灯下的炕上，就是一家人的晚饭。一家人围在煤油灯下的炕上有滋有味地吃起来，这就是那个年月里的难得的满足的生活。

小生芳就是在这样的氛围中，闻着这样的具有中国西北农村 20 世纪 70 年代初特有的气味成长着。然而就连这样的生活也没法持续，到 1974 年的时候，全陇东、全柴家湾，又经历了一次困难时期，就连高粱面、玉米面这些秋谷面也没有多的。人们开始了每天只吃八两粮的岁月。政府面对这样紧急的困难，从外地调回红薯干、钢丝面这一类充饥的食物。

红薯干、玉米钢丝面这一类主要食物的替代品也是按照工分分阶段供应的。小生芳家里全劳动力的只有父母，半劳动力的有叔父、姑姑、二哥。三哥才勉强能有劳动力。奶奶、大哥、四哥、小生芳，还有比生芳小两岁的弟弟建荣都是没有劳动能力的。那些年月，生产队的活路重，叔父、姑姑、二哥、三哥都是承担队里的运粪拉土收庄稼这些重体力活，吃手也特别紧。红薯干和玉米钢丝面吃起来并不受食，吃过饭不久，刚在地里干了半晌活，肚子里就空空地难受，一上厕所肚子就直接空疼起来了。有一天，当全家这些正长身体的劳动力回到家里时，发现早回家的母亲没有做饭，而是怀里搂着最小的弟弟建荣，身旁站着五岁的小生芳，不言不语地坐在屋里的小凳子上。给队里喂牲畜的父亲也跟着进了窑院，他饥肠辘辘的肚子冒上一股无名的虚火，虚空的大脑里闪过一道感觉的灰烟，他走进窑屋里，证实似地问了一句："没啥吃了?""连红薯干都没有了"张氏摸了一把眼泪回答着。

柴家的掌门人柴俊厚心里虚虚地，他觉得自己高高的个子像一个脱了叶子的大树一样在冷风里摇摆，随即他在窑里转了转，拿着一个粗麻口袋，在孩子眼巴巴的视线里走出门外。

到了黄昏的太阳落进董志塬边树林的时候，柴俊厚老人用借来的车子推着半袋高粱回来了，他是借下亲戚的粮食。

就是这半袋救急的粮食才没有让柴家人走投无路。

日月在艰难中更替，柴家人在艰难中度日，而成长着的柴家三个小孩子：生军、生芳和建荣，仍然是快乐多于痛苦地在大人的呵护下成长着。

在乡间小路边、大树下、沟洼里奔跑着为家里拾回猪草和柴火或者羊粪的生军、生芳还有建荣，慢慢地长大了。而这时的生军已经能上学了，他上了小学，剩下的生芳带着弟弟站在村口的大槐树下，望着父母像候鸟一样被队长带领着今天到这块地里劳动，明天又到那块地里劳动，一天在村北，又一天却到了村南。他心里空落落的，透过刚飞过两三只鸟的大槐树的边沿，看着天上的云，他觉得他应该像那片云一样飞翔起来，飞到很远很远的地方。

这天晚上，小生芳回到家里，郑重其事地向父母亲说："爸、妈，我想上学!"母亲看着又瘦又小的生芳，问他能行吗?生芳挺起胸膛，信心十足地对母亲说："妈，我能念书！"小生芳把这话说完后，不久就睡着了。可到半夜他醒来的时候，发现母亲还点着油灯，那弯曲的身影映在窑壁上，他看到母亲低头把一片片五种颜色的布料缀在一起，用针一块一块地连着，看着看着，他又睡着了。第二天当他醒来的时候，一个花花绿绿的背包放在炕头，偌大的土炕上只剩他一个人，巨大的窑洞里显出空荡荡的寂静。整个窑院里除了鸟儿的叫声，也一片静寂，连那从窑窗里照到小弟弟建荣脸上的阳光也是那样寂静。小生芳摸着这个华丽而崭新的背包，心里有说不出的高兴。

1976年3月的一天，是南义公社北庄小学开学的日子，小生芳被他的哥哥生军带着，在树上鸟儿的叫声中，绕过沟边那些农家院落的崖畔，走了三里地来到学校老师的办公桌前。他在老师的问话中，小心又胆怯地回答着，看着老师用笔郑重地写下了他的名字，父母的名字，生产队的名字以及出生年月。他被哥哥带到一个有着破旧木桌的土坯房里，和许多与他一般大小的孩子坐到一起，他看到在村里和他玩过的伙伴亚明也坐在教室里。

柴生芳童年上学经过的村口

不久，小生芳领到了老师发的语文、算术和常识书，还有一些印着道道和格格的作业本。老师在讲台上讲着如何做个小学生，如何爱护书本，如何回到家里帮大人做事。老师发现，坐在前排的又瘦又小的柴生芳，挺着圆圆的脑袋，张着两只大耳朵，听得特别认真，渐渐地他边讲边看着小生芳，仿佛是对他认真听讲的一种回应。

从此，小生芳背着母亲给他亲手做的花布书包，里面装着渐渐卷起的书本，奔走在董志塬上那一个叫柴家湾的沟边的小路上。无论是阳光明媚的春天，风光艳丽的夏天，还是金光灿烂的秋天，抑或是大雪飘飞的冬天，都能看到他或与同学或与小朋友们风雨无阻地奔跑在离家三里的乡村土路上。

小生芳那时就形成了很强的时间观念，那时家里还买不起一个小闹钟，晚上睡觉的时候，他都会央求母亲或者哥哥，要他们无论如何要早早叫醒他。夏天，他要做第一个进教室读书的人，冬天他要做第一个为同学们生土火炉的人。有时候家里人忘记了或者睡过头了，当大人迟叫醒他的时候，他会焦急地哭起来，并且边抹着眼泪边向学校跑去。即使这样的时候，他也不是最后一个踏进教室的学生。

小生芳早早地赶到学校并不是要图个早到校的荣誉，他是抓紧一切时间写字，背课文，做算术题。那时候柴生芳对学习就表现出极大的兴趣和热情，老师发现他特别认真，有些简单的习题他试着用几种方法解答，有些难做的习题，他就先自己思考一番，再认真做，做不出来的，他才去问老师，常常是打破砂锅问到底，直到老师把题讲透，他弄懂为止。对有些难题，他也常常记在脑子里，放学的路上边走边想，嘴里不时叨叨着，有时脑子里豁然开朗起来的时候，他顺势蹲在路边，拿起树枝在地上划写着做起来，这样常常让走在前面的生军哥哥喊着等他半天。

小生芳从小就从乡亲那里，从父母身上传承了善良的禀赋，学来了勤劳的习惯。到七八岁的时候，他常常和生军哥哥在上学的路上带着扁担和木桶，放到教室后面。到中午放学的时候，其他孩子们都赶回家吃饭了，他却和哥哥忍着咕咕乱叫的肚子，下到二百多米深的沟里，十分吃力地摇摇摆摆着，来回走三里多的路抬着一桶水回家，然后紧紧张张吃点饭，又向学校赶去。而到了夏秋季下午放学后，他则提着一个条笆笼，到地头或者到沟里给家里养的猪拾回一笼猪草，这时他也不会忘记给瘫痪在床的奶奶采摘一串串新鲜野果；冬季里，白天很短，他则利用星期天或者寒假，提着一个条笆笼满沟满洼地跟着生产队里的羊儿跑着，拾回羊群拉下的羊粪豆儿。而到天晚的时候，他袖着出了棉花的袖筒走到崖畔，在麻雀回窝前的叫声中揽回一笼麦草，把瘫痪在床的老奶奶的炕烧热，然后爬在老奶奶身边写他的字看他的书。这时的老奶奶就会安静而踏实地睡去。当辛苦了一天的母亲推开院门，嗅到窑院里烧过炕的烟火味时，便会放心地走到老婆婆的窑里，高兴地抚着小生芳的头连声夸赞。母亲为有这样一个好儿子而快乐，这快乐才让她有力气支撑起了队上那些艰苦的劳动和家庭艰辛的重担。

柴家湾沟边的树木，落尽了黄叶又长出绿叶，柴家湾对面的沟洼里绿了又黄，黄了又绿。小生芳在柴家湾的山塬畔欢快着，忧愁着，希望着，他的个子渐渐长高了。这时候的他不知和生军哥哥到沟底的泉子里抬了多少趟水；也不知拾回了多少笼猪草，喂大了多少头猪；不知在洼里跑了多少回，拾回多少笼羊粪；也不知小心地收回了多少个鸡蛋，也不知给瘫痪的老奶奶烧过多少次热炕——可他翻过的书已经有了几摞摞，一个小小的新华字典被他翻旧了许多，他得回的奖状已经糊满了半边窑墙。

1981 年 9 月，柴生芳以优异的成绩从北庄小学毕业，考上了南义初中。

进入少年期的柴生芳显得成熟了，他坐在南义中学的课堂上听课更认真了。下课的闲余时间他总是翻阅着那些陌生而又新奇的代数、几何、

柴生芳童年时期奔走过的山沟

语文、历史、地理、生物，后来还有物理、化学。虽然课程门类增加了，但柴生芳对每门课程都认真对待，连同学不太重视的历史、地理，他都能理解地记忆，常常考最高分。这时候他成为老师的掌上明珠，成为同学们争相模仿的学习榜样。

1982 年，刚上初一第二学期的柴生芳，迎来了所有董志塬人都盼望的包产到户的大喜事。他家分到了二十多亩地，也分回了 1 头牛和一匹骡子；还分到了七十多只羊。沟底里那片队里栽种的苹果树没人务落，也分给了他家，一大家人看到希望，变得活泛起来了。这时候在家帮着父母挣工分的二哥生都和三哥生琪也长大成人了，成了家里生龙活虎的劳动者。第一年下来，麦子来了个大丰收。父亲拿出他在生产队饲养牲畜时积累的经验，把自家的牛喂得毛色红润膘肥体壮。那个黑色的骡子不但毛色油亮体格健壮，而且走起路来精神十足。二哥和三哥轮换放着的羊到冬天下了八九只羊羔。这年冬天，几天的大雪封了道路的时候，一家人把羊和牲畜喂好，坐在热炕头上，又说又笑，热闹非凡，到了吃饭的时候，母亲端来又白又圆的大蒸馍，父亲揉揉红润的眼角，拿起白蒸馍有滋有味地吃起来，二哥生都和生琪也跟着吃起来。这种安然的生活是他们十几年想都不敢想的，可是却实实在在地来到了柴家人的面前。

每到假期，热爱劳动的柴生芳就从父兄手中接过放羊的鞭杆，带着书把羊赶到山坡。这时候的羊群一溜地散开，云朵样自由地边吃边移动着。他则坐在山坡上一页一页地看书，山风吹着，头顶不时有一只只鸟儿飞过，也会有飞机飞过。生芳低头看了一下午的书，当他站起来伸展身体的时候，忽然想起放羊的事。羊呢？山坡上一片迷茫，连个羊的影子都不见。这时似乎有人在沟对面喊，说羊把苜蓿吃了。生芳抓起手中的鞭子就向山坡奔跑，当他满头大汗地跑到沟对面，那喊着的人已把羊赶出苜蓿地，还在那里扬言，要把羊宰得吃了。柴生芳赶紧叫大叔，说自己看书把放羊忘记了。那老农偏着头看了他一会儿，不知是认识他还是原谅了他，说：以后再不能这样了！我再发现非吃了你的羊不可。生芳感谢着，赶紧奔向被赶出苜蓿地的羊群。

有一年，生芳终于不必为被扁担戳来搡去地在沟里抬水而犯愁了。村子里有了机井，哥哥们只要在架子车上放一个洗净的油桶，就会拉回十几桶水。他和生军哥哥高兴得什么似的。一天生军哥哥忙着家里的其它活计，生芳看见家里的水缸底朝天了，他便独自一人拉着水桶到机井上拉水。桶子里装满了水的车子十分沉重，单薄的生芳一个人拉到自家崖畔时，已经汗流浃背，心脏似乎要从嗓子眼里跳出来。他按着架子车辕就此歇息了一会，没有等到四哥或者收工回来的家里人。十几岁的他便壮着胆子学哥哥们的样子，拉着架子车向下院子的陡坡走去。沉重的水车遇到下坡，像脱缰的野马带着瘦小的生芳飞驰起来，生芳眼前闪过一道亮光，便听到噼啪破响，接着翻滚的水桶向他砸来，敏捷的他虽然躲离了身子，可左手却被重重地砸伤，一阵凉丝丝的感觉夹杂着麻木的钝疼之后，他的手掌裂开一条血淋淋的伤口。等到家里人回来，发现他满手是血。母亲心疼地翻过他痛得麻木的手掌，发现伤势十分严重，连夜把他领到乡卫生院缝了几针，然后包扎好。后来虽然愈合，但他的那只手却留下了永久的疤痕。

然而即使这样忙碌的生活，柴生芳和四哥柴生军仍然感觉这是农家人最幸福的时刻。他们希望更大，学习的信心更足，成绩也更优秀了。四哥生军头年考上了宁县最好最大的宁县第二中学，两年后生芳又以优异的成绩跟着生军哥哥的脚步踏入宁县二中的大门。

宁县，一条流淌着狄仁杰斩九龙美丽神话的河，从远古的唐朝流到今天，流过宁州山城之南，南山之北。流绿了山川，流红了两岸，流得人杰地灵，成了人才的故园。这河因那个美丽神话得名九龙河，这川就叫九龙川。宁州也因这河这川成了物华天宝的文化名城。

这城是一个具有悠久历史的地方。古老的仰韶文化在这里留下了珍贵的遗迹，这里曾是西周奴隶社会初期就被开垦的处女地之一，它是秦之重关大郡，是唐宋大治之名州。

这城是一个人杰地灵的地方。中华民族的先祖黄帝曾西达崆峒途经此地，登上鸡头山，他曾花去了两年时间向这里“生而神灵，长而博学，洞察天地阴阳，四时运气之理，精通医术医药”的岐伯，提出了一千多个医学问题，得到了岐伯答复。先周部族的第三代首领公刘（不窋之孙）曾在这里“复修后稷之业，务耕种，行地宜”，带领族人开垦荒地，兴修水利，制造农具，整修田园，种植五谷，发展畜牧，使农耕文化广泛传播，他此后的八代优秀子孙都在这里发展。依次下来还有公刘的第十代子孙古公亶父，汉代的公孙贺，文武双全的傅介子，唐代名臣狄仁杰，以及历史长河中灿若群星的忠臣名将，世代雄杰。

这城是一个优秀的地方，而且被优秀的精神世代滋养得风光无限。南山脚下，九龙河畔，有块平坦的滩地，新中国成立后这里修成了烈士陵园，安葬着解放宁县牺牲的数百名烈士的英骨，这里使人望而敬仰不已。1956年，这些英骨搬迁进庙咀坪烈士陵园。后来，这里建起了一所培育桃李的校园——宁县二中。这里成了人才的摇篮。

通过考试选拔人才，虽然是封建科举制度的延续，但那是中华民族文化传统中优秀部分的“古为今用”，至今延续不断。宁县二中的高中部分学生是从全县三十多所初级中学的几千名学生中选考出来的几百名佼佼者，能跨进宁县二中大门的是宁县初级中学里的优胜者，柴生芳已经走到此列之中。

三河交汇的宁州古县城，南山下，九龙河畔的桃李园，是一个全新的环境，这里有一排排古朴但却整体的校舍，有几个足球场大的操场；有几千名朝气蓬勃的充满理想的莘莘学子，有知识渊博爱岗敬业的老师。柴生芳处在这样的环境中像鱼儿游进了宽敞的马连河，像青树沐浴着春风雨露。每天清晨，当同学还在梦乡的时候，生芳就悄悄起床，在学校

柴生芳童年放羊的山沟

和东山之间跑一个来回，然后开始义务搞卫生。当急促的起床铃声响起，生芳已经在学校后面的空地上来来回回地背诵古文和英语单词。出操铃声响起，他又和同学在教室门前排队上操，在体育老师的口令下整体跑步；在悠扬的广播声中伸手弯腰做体操，这些都是不能马虎的，犯错轻的被老师叫去罚站，重则影响班级的荣誉。柴生芳在学生群中做得是那样认真，他已经训练出了遵纪守规却严肃活泼的习惯，他在无形中引导着自己的同学，使大家相互鼓舞形成一个优秀的集体。

柴生芳爱这古朴而宽大的教室，五六十个生机勃勃的同学紧挨着坐在里面，有时是整体的朗读的声音，有时则是有高有低又粗又细的各自的读书声。而当老师踏上讲台的时候，又是同学齐茬茬起立向老师问好的声音与桌凳清脆的碰撞声。然后是各科老师或铿锵有力或抑扬顿挫的充满陶醉感觉的授课声音。柴生芳的思维有时跟着老师走进幽深的森林，眼看要迷了路，然而在老师智慧地指引下柳暗花明，茅塞顿开；有时他的思维跟随老师走进古老的宝殿，一会儿是蒹葭苍苍，一会儿又金戈铁马；一会儿是满口的子乎者也，又接着是大洋彼岸的洋腔洋调———柴生芳的思维在老师的带领下穿云破雾而弃林绕木，他的智慧就这样一天天地生发着，繁荣着。有时候老师会冷不防地停下了闯关破阵，杀了个回马枪，猛翻身一个个提问，让柴生芳的思维猝不及防，随即却又醍醐灌顶，豁然开朗。这时候他总会显出才思敏捷，让同学一齐回头对他刮目相向。

柴生芳爱他活泼而友爱的同学。上课的时候谁打瞌睡了有人提醒；出操的时候谁扣错纽扣有人指出；谁生病了会有同学扶着打针，谁脚腕歪了会有人替着搞卫生，打水。而更多的时候大家则是齐刷刷出操，齐刷刷举手回答问题，书声琅琅地上早自习，声音洪亮的来唱歌，生龙活虎的去上体育课。这是一个幸福和谐的集体，身体消瘦，少语寡言的柴生芳热爱着这个集体。他更关心着这个集体。他对那个担任文体委员，管理着班上唯一篮球的窦金怀，总是投去关注的目光。对那个英语成绩突出，数学成绩一塌糊涂的巩应国同学，又投去鼓励的目光。一天，班上发生了突发事件，让窦金怀“荣耀”的篮球丢得使他“绝望”。怎么办呢？学校要求金怀赔 8 元钱。8 元钱对穷学生来说可是天文数字。最后学校宋红军校长做出裁定，由窦金怀赔偿 3 元钱，另外 5 元钱由班上同学捐款解决。在征求全班同学意见时，和柴生芳一同举手表决同意的只有 2 名同学。柴生芳还主动捐了 5 毛钱，5 毛钱可是一个学生多半月的生活费啊！平时没有注意柴生芳的窦金怀被深深地打动了。后来，柴生芳又主动靠近巩应国和另一位各科成绩很差的同学，抽出时间专门辅导和帮助他们，使他们的成绩得到了普遍提高。

而有时候，柴生芳则是羞怯的。回到两层架板的大通铺的宿舍里，夏天则是无处洗澡而生出的汗酸味，冬天的夜晚则是在冰冷如铁的通铺上挤挨着咬牙入睡，常常被寒风冻醒。而在那门背或者刷白的墙壁上，则是柴生芳和同学们的馍袋子。每周回到距离县城 30 里外的家里，背着家里人烙的馍馍，夏天带些盐巴，冬天带些咸菜。馍袋子里的馍馍放的时间绝对过不了每周的星期四，到星期四掰开的馍馍，缝隙则被细细的白丝线连着，里面发出刺鼻的酸腐味，不能不吃的，不吃就会挨饿。柴生芳常常看到同学挤着眼睛猛咽两口，或者用开水把馍馍淘一遍，然后放些盐巴继续吃。而到冬天的时候，则用缸子打一回开水，将冰碴一样的馍馍泡在开水里，等馍馍变软了，整个缸子也变凉了，只能就着咸菜吃着温水泡馍。这样的日子一天一天地持续着。

而让柴生芳怯惧的，是每周放学回家背馍馍都要走的那条 30 多里长的石子路。这 30 多里的石子路，是他从十四岁开始每周一个来回一步一步丈量过的。一步一步抬起，一脚一脚落下，有时候是结伴而行，更多的时候则是寂寞而行。一个人望着没有人影的长长的路，有时候走得汗流满面，有时候则走得胆战心惊，更多的时候则是走得紧紧张张——两眼不望远处景，两耳不听身外音。即使这样走一个单趟也要三个小时。为此在沙石的路上他磨破了几双布鞋，大母脚趾常常会不安分地露在外面，被那些多事的石头顶上，就会钻心地疼痛。这时候的柴生芳抱着脚咬牙咧嘴一会儿，等疼痛消失了，他转换一下路线，绕开多石的地方，继续赶路。

所幸的是在这三年漫长的背馍上学的路上，有时候他还蹭坐着同学的自行车；有一段时间他还有一个结伴而行的生军哥哥。这样他才在三年时间里走下了八千里路的云和月以及风和雨。（柴生芳三年在家里和县城之间往返总计达八千里路)。

柴生芳在学校里紧张有序地也十分艰苦地生活学习着，他常常盼望着每年的寒暑两个假期。到了冬季的寒假里，家里的粮食颗粒归仓，农活也已停歇，家里唯一重要的事是给牲畜备好粮草，养好那几头大家畜和七八十只羊。到晴天的时候，即使把羊赶到山坡上，那时候草枯了，山坡光秃秃的一片，羊为了找草，整个山洼地奔跑，常常把赶羊的人撵得累倒了。而当一场大雪封闭了整个山川和平原，羊就无法出圈了，这时候只能用夏秋准备的玉米秸、高粱秸或者从沟里割回的压在窑里晾干的青草。只要有草，圈养羊是农村里很清闲的活路，隔一个时辰给圈里放进一样草，看着羊们一扑而上，刷拉拉地啃着咬着青草，看地无趣的时候再离开。离开羊圈之后，柴生芳就会钻在窑里的老奶奶炕头上，双手抱着课本，坐着看一会儿，又翻着演算一会儿，有时候累了，就势迷糊一眼，让脸上压出一道道的戳印，有时口里流出了口水，他用手一抹，摇摇头振作一下精神，又重新开始他的学习。

暑假，更是柴生芳所盼望的。到了七月，处在四个塬头包围中的县城被一团滚热的浪潮填满了，很少有一丝风，连平时清爽的马连河、城北河和九龙河也似乎成了热浪的源头，这时候就将要放暑假。柴生芳约了几个同学，带上学习用的书直奔家乡而去。这时候正是收麦子或者碾场的时节，但由于包产到户，人们的生产效率提高，用不了多长时间，金色的麦粒就堆起了堆垛，白亮亮的麦草垒在了一边。这时晒麦粒的活儿轻省，生芳有几个哥哥，所以是不需要他的。

他就带着同学们到蛋嘴梁沟的下面，看起了包产到户后分给自家的那八九亩苹果园。为了看护苹果，老父亲在园子旁边一个崖壁上挖了一孔窑洞，柴生芳就和同学们吃住在这个窑洞里。这里是柴生芳的乐园，但不是他玩乐的乐园。这是他独立生活，亲近农活，亲近大自然，并且刻苦学习的乐园。当鸡鸣声从塬顶上的沟畔传进他的耳膜，他便从安静的沟谷里醒来。这时他听到了一声声鸟鸣，听到了沟渠里汩汩的水声，感受到了一缕缕拂面的清风。这时他和同学边走边说，绕着果园周围巡视一圈，看看果子的长势，或者树叶的枯绿，还看看是否有小松鼠偷了沟边的果子。巡视完了，他便拿起书，叽里呱啦地背着英语，或者大声朗诵古诗词或文言文。而当中午的时候他便在闷热的山沟里点燃灶火，给自己和他的同学做饭吃，然后小睡一会儿。到了傍晚，夕阳落进头顶塬畔参差不齐的树林里时，他又会再巡视一周苹果园子。然后用晒干的蒿草烧一烧土炕，当空气中弥漫着一片草烟味时，他和同学点上煤油灯便开始了认真地学习，这时候塬畔上的人们会看到沟谷里那如豆的灯光。而当明月的晚上，雪光一样的月辉照在沟谷，亮得可以看见书本上的文字。于是他就在果园旁边的空地上照着月亮看书。他认真学习的情形被传到塬畔，传回村子。有那么一阵子，柴家湾的学生们争着模仿起柴生芳的学习精神，把凳子搬在窑院里照着月光读书学习。

就是在这样的一个个假期里，柴生芳不但巩固了上学期所学的内容，而且预习了下学期的知识。每一次上新课的时候，他对知识的熟悉和通晓都令同学们和老师惊讶。他迅速成长着，学习成绩也飞速地提高着。

1985 年的暑假，对宁县二中的学生来说很短暂的，高二的后半学期，各班班主任根据平时代课老师掌握的情况，征求了学生的意见，按照学生的兴趣和特长，把学生分为文科班和理科班。在那个知识就是力量，“学好数理化走遍天下都不怕”的知识大爆炸的年代，大部分学生选择了理科班，只有柴生芳和极少数学生被分到文科班，那时宁县二中只分了一个文科班，学生五十多名。班主任是五十四岁的教地理课的王汝信老师。这个假期仅仅放了十多天假，然后同学们寻到上一届校友们用过的课本，开始了紧张的上课。老师的经验是很快将功课学完，然后留出更多的时间让同学们进入充分地复习备战状态。

高三的老师都是教学经验丰富，责任心强且很能吃苦的师表。他们给学生施加负重的压力，学生也自觉承受来自老师的加压，这是师生合作的一次只流汗水不出声的急行军。一会儿是英语老师宋红军走进教室，一个小时后宋老师刚走，紧跟着进教室的是教历史的张文蔚老师；历史老师的课完了，同学们稍做休息，有的赶紧上个厕所就跑回来，这时候跨进教室的又是班主任兼地理老师王汝信，王老师刚走，数学老师来了，数学老师刚走，又接着的是语文老师。老师们似乎是轻车熟路，把一节课纷繁的知识精炼成最精细的压缩饼干，采用填鸭式的方式塞给学生，以强迫的方式锻炼他们消化知识的能力。经过了多次考试的锻炼，同学们似乎已经有足够的承受能力，伸长脖子，张大嘴巴尽管地来者不拒。柴生芳对老师密集式的知识轰炸似乎早有防备，他不但不会消化不良而且如饥似渴，中等个的有些瘦弱的他，穿着那件洗得十分干净的蓝色中山装，听得那样认真，而且听得那样会心和惬意，像马莲河边的一颗白杨树迎着清爽的夏风。

每当课上完了，同学们像自由的鸟儿占领树林一样飞往不同的枝头，有的三三两两地到了广阔操场周围的墙根树下，在树荫里一个人咕哝咕哝地念起来了；有的则三三两两上到南山，不省事的会架到树上；有的则下九龙河或者马莲河边，手里玩弄着随意捡拾的石头，嘴里咕哝着，有时对嘲笑他的鸟儿投去石子，有时读到高兴处则抡圆胳膊远投石子，算作对自己的安慰。更多的学生在教室像蚕儿吃草样翻着书页苦读。柴生芳有时候是在操场的树下，因为他是学习委员，不能走太远。更多的时候在学校工字房后面那块半径只有两三米的空地上，必定能找到来回走动、认真诵读的他，这时候同学站在远处喊："柴生芳！""柴生芳！——老师叫你！"柴生芳嘴里"哎!"着，就赶紧卷起展开的书本向教室奔去。

那些时日里，班主任王汝信老师为这些充满青春活力的学生们的前途操着心，常常担心那一个学生在关键时刻掉队。劳心的他几十年的老胃病又犯了，人瘦得不成样子，还常常吃不下饭，吃一点饭胃就做酸、发胀发疼，吃了许多药作用不大。他便利用晚上练气功，练习了多日，觉得效果还不错。有一天他练着练着，似乎感觉身后也有人跟着做动作，他没有在意，等他练完准备收功的时候，发现那几个人影子早早地溜走了。后来他改变了地点继续练，没想到那些调皮的影子继续跟着，这一次王老师注意到他们，转过眼睛一看，后面的几个学生中有柴生芳，王老师也没有说什么。他想，年轻人好奇心强，练就练吧！柴生芳刻苦好学，品学兼优，但身体总是那样单薄，练气功丝毫不会影响他的学习，还会增强他的体质。那次全县中学统一会考，柴生芳的地理卷子答得出奇的好，每一个题都答上来了，而且答得正确而有新意，王老师就给了满分。这时候宁县一中的一位老师提出异议，最后大家重新复核了柴生芳的地理卷子，发现他就是答得正确，不给这样的考卷打满分是太亏待他了。

张琪科是学校张云珍老师的儿子，和柴生芳很要好。假期他和柴生芳一起吃住、复习在生芳家里那个苹果园的窑洞里，在学校时他又把生芳领到父亲张老师的房子里。一天，他俩复习得实在太累了，就势在张老师的床上休息，睡着睡着，柴生芳感觉到身边有人，睁开眼睛一看，是张老师担着一个床边挨着他们睡下。柴生芳紧张极了，他刚要翻身下床，不想被张老师重重地用手按住："好好睡着！"生芳只得悄悄装着睡去，过了一会儿，他感觉张老师睡着了，小心地起床，拾起一件衣服顶着就走出老师的房间。不想他到教室里时同学们都盯着他看，他不知道看什么，最后才发现他急忙中穿走了老师的衣服，这可是老师给他们上课穿的衣服啊！他又急忙给张老师送去。

尽管每个周末还是要步行 30 多里回家背馍馍，尽管那时候家里忙得不亦乐乎，母亲和嫂子还是到周末起了酵面，到第二天吃过早饭，便紧紧张张地给他烙馍馍，然后柴生芳又紧紧张张背着馍馍走向学校，这样的艰苦在柴生芳眼里已经不算什么。

转眼是 1986 年的春天，按照老师的安排，开始了三轮大型复习。第一轮是老师把从高一到高三所有课程浓缩出重点，然后提纲挈领地做以讲解，重点是做习题。那时候已经有教学专家专门根据教学大纲和知识要点分章节制作成各类习题，老师有所选择地把这些题买回来，接着让班上写字好的同学照着在蜡板上刻写，然后用油墨一份份印出来发给大家。同学们就照着这字迹模糊的印题，做着答案，每周每门课要做三四份题，每月十几份题，三个月下来每门课五十多份题，六门课的试题就要三百多份。这其中，柴生芳为大家刻写了三分之一。而柴生芳在为大家服务的同时，不忘记刻苦复习。那时候，天渐渐热了，教室里人多，不利于记忆，他便带着书本到操场边的树下，一门课一门课地阅读，理解着记忆。到第二轮复习的时候，老师们又弄来了另一类试题，这是综合性强的试题，柴生芳又和同学们刻写蜡板油印试题，然后答试题。这样紧张地训练了两个月，最后一轮的复习是老师找来模拟考试题，依次制作。同学们根据以前的基础和两轮综合复习，进入了模拟考试阶段。这时候每一次考试下来，柴生芳门门功课成绩名列前茅，总分一直是全班的第一名。而在他的带领下，全班其他同学的成绩也节节上升。学校对这一班勤奋学习的学生寄托着期望。

7月来了，一股股热浪像黏稠的火焰涌满古宁州的沟沟岔岔，也让宁县二中的校园里弥漫着一阵临考前的焦灼气氛。一场没有硝烟的战斗在悄悄地准备着，让心理承受力强的人也胆战心惊。而这时候的柴生芳却显得若无其事，吃饭照样吃得香，睡觉照样睡得好。放下了学习重压的他性格开朗，胸怀宽广地帮助老师和同学们做这干那，多少让人们忘记了这个让学生们称为“黑色七月”魔杖的穷追猛赶。

7月7日至9日，考试来临了。这是一场选拔人才的战斗，政府安排了警察畅通道路，学校门口立着一个大大的考场示意图。各学校的老师互相调换监考。所有的考生必须带着印着钢印的准考证。教室里的桌子减去一半，上面都贴着编号。操场上的高音喇叭里播送着考试须知——一切的一切，严肃而紧张，人才就是用这种办法竞选出来的。

每一场考试下来，同学们都要互相对答案，柴生芳似乎成了标准答案的象征，同学们争着和他交流。六门课考下来，有的同学考得面目蜡黄，有的考得心跳腿软，而柴生芳显得若无其事。

考完试的第三天，王汝信老师把全班同学集中到教室，然后各代课老师拿出标准答案，有的写在黑板上，有的随声念出来。老师的每一个动作都会在学生中产生强烈的反应，时而惊讶，时而唏嘘，时而唉声叹气，时而拍手欢呼。同学们在用自己的反应回答着自己答案的正误。柴生芳的反应并不强烈，但是老师看到他面色红润，泰然自若。

对了答案之后，老师和同学都对自己的考分有了一个大概估计。柴生芳对自己的成绩估计得保守，然而他还是遥遥领先。老师们还专门把他叫去重新对了答案，对了之后，老师们心里兴奋起来：“柴生芳今年要给我们宁县二中放卫星了！”

生芳这样好的成绩，到底报哪个学校呢？知道生芳英语成绩优秀的兼教英语的宋红军校长和深知生芳历史成绩优秀且对历史颇有兴趣的历史老师张文蔚不约而同地让他报北大的历史系。

柴生芳报了北大的消息不胫而走，不但传遍了校园，而且传遍了宁县县城。填写完志愿的柴生芳到街道上去转，听到桥头有几个老干部在议论：

“听说二中一个南义娃报的北大!”

“那娃娃还小哩，听说才十七岁，是应届生!”

“那娃娃不简单!”

……

柴生芳平生第一次被这样的评论撑持着悬立起来。感觉自己进入了社会。他，一个贫苦农民家的孩子在艰苦的生活中靠勤奋和刻苦平生第一次受到人们的尊重和赞扬。

1986 年 8 月初，一则惊人的消息飞到董志塬，飞到古宁州，落在了宁县二中的办公室的桌子上。北大录取通知书——柴生芳收。

送信的邮递员激动，宁县二中文科班的老师激动。这个激动的消息像波浪迅速传遍了宁县县城，传遍了宁州大地。

而当柴生芳的通知书送达家里的时候，全家人都放下手中的活计，围着个头不高的柴生芳，看着他打开通知书，自豪地告诉着全家——这是北大的录取通知书。家人惊奇地把鲜艳的通知书传来传去，激动地围着他夸赞不停。这时，从柴家湾窑院里传出不断的笑声，笑声传得很远很远。

随后又传来一个更加惊人的消息，根据甘肃省招生办统计，庆阳的文科生柴生芳以 546 分的高成绩，名列全省高考文科第三名，全地区文科第一名，是名副其实的地区文科状元。

这个消息，又像一股热浪，像一朵美丽无比的鲜花送达宁县南义北庄村柴家湾组，他的鲜艳和温暖已经不只限于南义，不限于宁县，而且展示在古老的董志塬上，展示在改革开放的庆阳大地上。

第二章 燕园风华

“樊锦诗、邓稼先、张益唐、汤一介、柴生芳……他们从不随波逐流，始终坚守自己的理想，事不避难，义不逃责，宠辱不惊，处之泰然。他们是‘守正笃实、久久为功’的北大的骄傲”！

——摘自北京大学校长王恩哥在2014年新生开学典礼上的讲话

1987年9月，董志塬上仍然骄阳似火，高高隆起的塬上铺展着翻晒后的麦田，成长着的玉米林、高粱林，粗犷的苍黄与翠绿相间，塬边上被一排排浓绿的白杨树护卫着，在高远的蓝天和洁白的云朵映衬下，显现出一幅浓彩重抹的立体油彩画。

黄土高原上，那一排白杨林带描画的一条黝黑的公路像苍黄水面上一条深色的水道，一辆奔跑着的东风牌大班车高昂地行驶着，如一只远行的航船。一块块油彩画在退移，一片片玉米林挥动告别的手。十七年的养育，十七年的成长，柴生芳在告别故乡，在告别董志塬，他要北去，他要走向远方。

此时，老父亲那斧削刀刻般沧桑的脸面，母亲那风中飘动的灰白的头发，叔父，兄长，嫂嫂，弟弟，侄儿，一家人送他到村口大树下时千叮咛万嘱咐，像树顶上那浓浓的化不开的绿云，让他对故乡怀着难舍的思恋。

这是生芳第一次出远门，而且是要到遥远的首都北京。老父亲放心不下优秀的儿子，老母亲放心不下聪明的生芳。最后全家决定让二哥柴生都把他送到西安，送上北去的火车。

在大班车上，生芳望着窗外快速漂移的大片大片黄绿交错的田野，望着一排排迅速向车后面退去的绿杨树，他感慨自己艰难的少年求学就这样飞速地过去了。这时，带着一家人的心愿陪伴在他身边的朴实的二哥，看着心潮难以平静的弟弟，不知道说什么是好。班车好慢啊，哼哧哼哧在塬上和川沟里走了一天，才走到陕西的地角沟。晚上在那里住了一夜，第二天又出发。到中午的时候，他们才到了西安古城墙外的火车站广场。这时他们在熙熙攘攘的人流中背着行李赶到售票口去买票。这是柴生芳的第一次出门，第一次看到这么大的广场，第一次看到广场上这么多紧张行走的人们，第一次买火车票。那些穿着制服，例行着公事的美丽售票员，让他第一次感觉到这么好奇又兴奋，第一次感觉紧张和焦虑。当他从玻璃窗口接过售票员塞出的火车票时，已紧张地满头大汗。这时二哥还在远处专注地看着面前的行李。生芳拿着车票一看，离开车还有一个多小时。他便跑到远处的售货亭买了两袋点心，找的零钱给二哥买了一包最便宜的香烟。然后哥俩站在一起好奇的打量着从来没有见过的快速走动地千奇百怪的人流。

时间过得真快。随着广播里一声：“各位乘客，由西安开往北京的536次列车马上就要开车了，请没有检票的乘客马上进站检票。”“各位乘客!”这时生都和生芳看到那些背着大包小包的人群，拥拥挤挤地向着车站门口靠拢。生都也催促着弟弟生芳让赶紧走。

弟兄俩背着行李挨着人群排在后面慢慢挪动着，快到检票口的时候，生都哥哥被穿制服的乘警挡在外面，而生芳则不由自主地被人拥着进了大门。在进门的那一瞬间，他回头从人的肩膀缝里看见二哥在外面憨憨地笑着向他挥手。

“笛——”随着一声汽笛声，绿皮火车旁边一条笔直的黄线整体化一地站着乘务员。音乐响起，火车徐徐开动，柴生芳从车窗向外望着，空空的月台上没有送别的人，他的眼角忽然湿润起来。

火车上人很多，他所在的硬座车厢里是面对面的硬排座位，上面铺着深绿色的椅布，两排座椅间的窗口有一个小小的桌子，桌子上方是横式沉重的玻璃窗。刚上车的人似乎还没有调整顺畅，空气里弥漫着拥挤对峙的气息。坐在窗下的一对中年人嘴里说着“好闷”，然后站起来招呼对面的人抬起了沉重的钢框镶着的玻璃窗，一阵凉风吹了进来，那个男的随即拿出一个玻璃杯放在面前的小桌子上，这时玻璃杯壁上有一个指甲盖大的红片，那是夕阳的映辉。柴生芳就此向着窗外望去，一颗红红的夕阳像一个巨大的钢炉把红艳艳的钢水洒满大地，这时广阔的原野似乎被染上了一层橙黄色，生芳被这样壮丽的景色感染着，震撼着。他感觉山河如此壮观，祖国这样美丽。这时候火车的速度更快了，那钢轮敲击铁路的节奏更紧了，像在风中唱着一首充满激情的豪迈的歌向远方驶去。柴生芳的心中充满了希望，内心翻动起一种激越的感情。

火车在祖国的大地上奔跑着，像一条沸腾的龙唱着一首昂扬的歌。火车走走停停，快停下的时候都要报站名。那些名字柴生芳有些在地理书上学过，有些没有学过，但他仔细地记着这些名字。这样，火车在祖国北方的原野上奔走了一夜，眼看到了第二天下午，柴生芳心中记下的地名越来越多，但让他记忆最深的是那挺拔的西岳华山，还有那奔腾的母亲河——黄河。他的心中已经有了一个实际的祖国的概念，有了疆土的感觉，同时又联想到这个土地的过往和她深深埋藏在大地深处的一层层深厚的历史。

从西安到北京的火车走了二十多个小时，便到了保定站。早已等候在那里的叔父一家人接上了他。好久不见侄子的叔父和婶婶高兴地帮他拿着东西，喜滋滋地问这问那，还不时地侧面看着这个出息的侄子，高兴地合不拢嘴。后面跟着的堂兄妹羡慕地看着他。大家高兴地又坐上汽车到了任丘叔父的家里。为了迎接这个老家来的出息的侄子，叔叔家杀鸡宰鱼，好菜好肉，仿佛过节一样招呼了他三天，直让生芳觉得不好意思。第四天早晨，他和要到北京送他的叔父一起带上婶婶专门为他缝制的绵软暖和的新被褥。然后又从保定站向着北京进发。到达首都北京的时候，已经是柴生芳出门的第六天了。随着一声汽笛声，火车稳稳当当地停在北京火车站，下车的人们从座位上站起来，仰头从行李架上取下行李，或拉或背地带着大包小包，拥挤着慢慢移步走下火车。生芳的叔父帮他背着行李卷，他提着一个大黄提包，随着人流走出车站。这时，柴生芳的眼里那些黑压压的一起下车的人都四分五散地消失了，浩大的广场上只有慢悠悠地等待乘车的人们。而那每一个人都是一个完整的独立的个体，他们根本就没有觉察柴生芳的到来和他要去的北京大学，似乎压根就没有看见他这个人。跟在叔父后面的柴生芳忽然感到一阵扑面而来的迷茫，第一次看见这么大的广场，感觉到这么大的城市和这么多各行其是的人，茫然夹杂着慌乱的感觉一阵阵袭上这个陇东娃的心头。他随叔父放下行李，镇静了一下自己，然后拿出大学通知书上介绍的线路，问起了从身边经过的一个头发花白的老年人。老年人看他是北京大学的，便非常热情地给他们指着到对面坐几路车，然后倒几路车。柴生芳从老年人的话语中感到了关切和热情，这感觉忽然让他和这个城市接通了，有叔父走在身旁，那种茫然的感觉减少了许多。他点着头，感谢着老人家，然后和叔父到对面坐上了公交车。他们到北京大学门前时已经正午，那时映入他眼帘的是一座古色古香的大门楼，门楼上面铺着金黄色的琉璃瓦，朱红色门柱和大门高大气魄，门上悬挂着中国蓝的大牌匾，上面是行草的金光闪闪的四个大字“北京大学”。这时柴生芳看到大门里面有人进进出出，还有像他一样背着行李的同学向内走去。他唤着叔父便鼓起勇气，挺着胸膛，背着行李像回家一样进入他久已盼望的学校院内。

柴生芳跟随热情的同学办完入学手续，然后被早先报道的同学引领着，来到燕园 40 号楼，上楼进入了 316 宿舍。在这个宿舍他整整住了四年。当叔父帮他安排好住处，要告别的时候，柴生芳已经显出安定、自信和快乐的表情。然而阅历丰富的叔父在走出北大校门回头望着生芳的时候，他眼里的生芳还是那么瘦小和单薄。

思想自由、兼容并蓄的北京大学，是中国新文化运动的中心和发源地，那相互交融和彼此映照而形成的挺拔而深厚的文化精神，积淀的深厚的思想文化底蕴，与时代国家的命运相交融，在波澜壮阔的时代承载和传承着民族的使命。她“家国天下的情怀，心系苍生的风骨，报效祖国的追求”是滋养一代代北大人的血脉。

柴生芳走在校园中，那宽敞整洁的马路，高大幽深的参天古木，错落有致的现代楼房和古式建筑交相辉映，浓郁的生机勃勃的充满智慧芬芳的思想弥漫在整个校园之中。这是柴生芳的新的精神高地，是他成长的又一座美好家园。

穿过未名湖畔的一个小径，耸立的石狮后挺立着两扇朱红大门，大门两侧连接着长长的灰瓦白墙，这是柴生芳就读的北大考古系。考古系只有一百多人，他所在的八六级考古班只有 24 名同学。这，在不了解实情的人看来似乎是一个边缘的院系和冷门的专业。柴生芳刚到北大也是这样想的，他初期想自己作为全庆阳地区的文科状元，全甘肃省文科的第三名，上这个专业似乎有些吃亏，他想寻找机会转到热门的专业去，他甚至付之行动，千方百计地寻找过转专业的门路。

北京大学校门

北京大学考古系

然而，在考古专业第一堂上，他就被老师那儒雅的谈吐，渊博的学识和热爱专业的精神吸引着。在第一周时间里，当他仔细地听到老师讲到考古专业与一个民族的历史、文化传承乃至一个国家的前途相联系时，他的心定下来了。他决定要学考古专业，而且要学好学精。集体大课的阶梯教室里，柴生芳穿着一件军绿色的外衫，背着一个黄色的帆布书包，穿着平底的布鞋，总是早早地赶到，总是坐在前面，总是那样全神贯注地抬头听讲，总是低头在笔记本上沙沙地记录着，他仿佛又回到高中的教室，仍然是一个充满求知欲的少年。

一个月之后，柴生芳对大学生活有了一个初步的认识，他感觉到大学是一个自由的湖泊，游技的学习和提高完全靠自己。考古专业甚至没有自己专门的教室，同学相见和策励只能在候鸟一样飞向不同课堂的路上，落在树杈样坐在桌椅上。这是一种聚会，然而也是一种相互的欣赏和鼓舞。这样的时间不是很多，更多的时候是自主学习。

自主学习来源于一种鼓舞，来源一种动力。北京大学不缺少这种动力，而是充满了浓郁的上进动力，这是一种活跃的文化氛围。三角地是这种动力最集中的地方，那里不但有柴生芳生活学习所必需的丰富信息，那里有几个日用的小商店，有新进的摆放整齐的各种新的图书，还有一个眼镜店，有一个食堂。那里不是一个宽敞明亮的地方，也不是一个气魄的空间。然而那里却常常聚集着很多年轻的学生，吸引大家的是那里有一个广告牌，上面贴满了各种学术报告、讲座的启示。学子们都是在这里聚集，吸取自己必要的信息，然后奔向不同的知识城堡。

柴生芳的课余时间就是从这里不断走向一个个哲学、社会学的王国，又走向美学、文学的殿堂，迈进心理学、人文科学的大厦。这一个个充满亮光的哲思明理照亮着柴生芳那博大而又朴素的心空。

一个只有五层高，然而却显得高大庄严的建筑矗立在北大的校园里，这就是北京大学的图书馆。是全中国、全亚洲排名在先的一座藏书丰富的图书馆。馆前高大的毛泽东的汉白玉雕像，无言地映衬着图书馆的气魄，又在无声地告诉着开国领袖和这座图书馆的联系。柴生芳每次走到这座雕像前，总会默默地想起领袖年轻的时候在图书馆里做管理员的情形，想起他一生勤奋读书，掌握许多真理，最终领导新民主主义革命取得伟大胜利的光辉业绩。这时候，他一定心中产生澎湃的激情，内心升起无穷的力量，同时也产生对知识的无穷渴望。那时候，那个时代，柴生芳和他的同学都是怀着崇高志向和热情奔向图书馆的。

北大图书馆的藏书是全中国藏书最多的图书馆之一。这里上至世界文明的起源，下至当代的文化科学，内有中华珍藏文化宝典，外至古希腊文明到欧洲现代文明图书，应有尽有。而且高效运转，阅读方便。这里有宽大的读书台，宽敞的空间，明亮的灯光，最主要的是有成千上万求知的学子为这里创造出一种充满生机而又宁静致远的读书氛围。那是一个渴望知识和真理的年代，也是一个充满思想的时代，柴生芳爱着这样的读书环境，他被浸染着，又不知不觉地融入其中，成为这宽敞明亮的环境中的一束阳光。

常常在这里，一部部经典著作，为柴生芳打开了一个真理的殿堂，知识开阔而又充满无穷魅力的世界里，他成为一个自由之子，在这知识的海洋里遐想和畅游着。读书有时候是一种享受，有时候需要意志，柴生芳有时因为排队抢座位的同学多而占不上座位，他常常带着简单的食品，提前赶到，到吃饭的时候，他钻在图书馆里继续攻读。而到周末的时候，他一整天泡在图书馆里，不断地吸取着知识的琼浆玉液。

美丽的北大校园是京城一处著名的风景地，那里古木参天，绿树成荫，马路宽广，绿带城墙，是散步的好地方。而常常在这些地方，走着那些谦虚而儒雅的国内顶尖级的学者。背着黄书包奔赴在每一个学场的柴生芳热爱着感激着珍惜着这个环境。他常常沿着这些美丽大道，来到未明湖畔，或和同学绕湖一周，或者安静地坐在湖边树下，阅读起一部部经典著作。这时候的未名湖微波不起，似乎有着处子般的安静；这时候的未名湖映云收天，显得那样含蓄而丰厚；这时候的未名湖似乎以它的处下从善，兼收并蓄的精神阐释着中华文化的精髓，潜移默化地感染着才思敏捷的柴生芳。

有时候当他坐在未名湖畔，为一些扼腕的历史事件，为一些难解的文化问题思虑忧愁的时候，抬起头望见一座挺立的高塔，这就是北大人为之骄傲的启示过无数仁人志士的博雅塔。这时候的博雅塔以它的挺拔、庄重和超越又启示着柴生芳，一种刚正不阿、坚强上进、不屈向前的力

北京大学图书馆

量鼓舞着他，让他脚踏大地，坚挺脊梁，豪迈地眺望远方。这时候他的精神兀自地雄健和开阔起来。

而当回到40号楼316的6人宿舍，他的心情那样自在和爽朗。看见同学刘国祥细嚼慢咽地在吃刚从灶上打来的馒头，他拿过放在饭盒里的另一个馒头，就势放在手掌上，像欣赏一只小白兔样凝望着洁白的馒头，然后掐了一小块，放进嘴里使劲地嚼起来，显出十分香甜的感觉。他话匣子跟着就打开了：——在我们董志塬上，六月里麦子就黄了，先从地里用镰刀割下，那镰刀是长长的木镰，胳膊伸出去就捞回大把大把的小麦。麦子割下捆起来用架子车拉回放在场上。等所有麦子割完了，先前

拉回的麦子已经晒干，把它们摊在场上，然后用马或者骡子套上碌碡，把那麦粒碾出来，将麦粒上面的麦草用杈翻出去，场面上就露出新麦粒，再把带麦衣的新麦推成堆，然后等风。这时候人们碾麦热了，到大场边的树下提起装凉开水的罐子，使劲灌一通清甜的凉水。那种清甜啊，舒畅啊没法形容——这时候他故意不讲了，停下来看室友是什么反应。结果室友们睁大眼睛笑嘻嘻地看着他。他发现刘国祥借机在那里吃了一口菜，他故意抬高声音说，好的还在后头呢，要知后事如何，且等下回分解。吃饭！他掰了一口馍放进嘴里，又很香甜地咀嚼起来。这时候另一个同学等不及了，催促着，说呀！继续往下说！生芳端起桌上的杯子喝了一口水，然后说，这是大家让我说，我就说，没有人反对吧？他故意在每个同学的脸上看了看，像在征询大家的意见。他看到每个室友笑嘻嘻的脸上充满期待，有一个还拍起了手。这时候生芳故意咳嗽了一下，清了清嗓子，使劲地吞咽了一下。——然后，我说到哪儿了？对，喝水，喝了一气罐子里的凉甜开水，就坐在场边的树下等风，可风就是不来。抬头看着树梢，树梢绿绿的叶子映在天空中，像是一幅蜡染布里的图案，一动不动。这等风的时候，女的可以围坐在树下吃酸杏，那杏子啊，又酸又甜，会让人酸甜得直流口水。男的呢？则坐在树下，用草帽对着面

博雅塔与未名湖

目扇风，又热又凉的风，还算舒服。忽然，远处的树头动起来了，树叶哗啦啦地响起来，像是水在流，头顶上的树叶也使劲地动起来。风来了！于是男女都向场里跑去，拿杈的拿杈，拿扫帚的拿扫帚，一场大战开始了。男的用杈把带麦衣的麦粒扬到半空，风一吹，麦衣向远处飞去，金黄金黄的麦粒落下来，刷拉拉地响着。这时候女的低头弯腰躲避着，用扫帚把麦粒上没有飞走的麦衣扫走，露出一颗颗金豆豆样的麦粒。到了晚上，麦粒全部扬出来了，这时候母亲或者嫂嫂们用斗揽一些，用簸箕簸净麦粒，然后放到石磨子上磨。这时候他停下来问刘国祥，石磨子知道吗？知道！知道就好！接着把石磨边上流出来压碎的麦子，用箩罗（筛的意思）出来，上面的是麸子，下面就是又白又细的新麦面。那个白啊！像雪一样，直接没法形容了。然后用这又白又细的新麦面蒸出又白又软的馍馍。这时候他停下来，准备下回给大家讲，结果这白馍馍似乎香得连他没法停下来似的。——第二天早晨人们上工去了，到10点多，男人们走进院落，首先闻到一股扑鼻的甜香味，故意问着家里人，这是什么啊？这么香！家里的人就催促男人洗手。接着一盘子又白又热散发着香味的新麦面馍馍端上来了，盘子里还有一碟子油泼辣子拌蒜泥。饿了的人伸手抓起白馍馍，里面加上油泼辣子拌蒜泥。这时候他停下来问室友，怎么样啊？室友们还沉浸在想象中。他抢口而出：香，香啊！那个香，简直没法形容！这时候他看着室友们动弹着的喉结，自己嘴里似乎有满腔的口水。然后他总结似地说，以后有机会到我们那里，我请你们吃新麦馍！

室友们欢快地鼓起掌来。

北大有它挺拔俊美的博雅塔，也有它幽深秀丽的未名湖，它以它特有的气质感染着来到北大的学子们既要高瞻远瞩，又要脚踩大地。而北大的考古系在培养学生勤奋学习勇于思考的同时，也注重培养学子们脚踏大地亲身实践的能力，深入现场实习是必修的功课之一。

1988年9月，新学期开学不久，柴生芳所在的考古班被刘绪教授等老师带领着来到山西曲村，在这里的天马遗址开始了长达数月的考古实习。考古实习对那些没有野外生活经验的同学来说，是要有心理准备的，而且是要付出努力的一个过程，但对柴生芳来说又如放虎归山，放鱼入水。这里似乎让他回到了家乡，他在这里表现得出奇地自由和快乐，做人做事显出超常的生动和灵活，给同学们一种田园生活的感染。

在曲村大家住的是两层楼房，二楼是整理资料的地方，一楼是同学和老师生活的地方。那时候远在乡村，常常一到晚上就停电，停电以后那旷野显得出奇的黑，有的同学在黑乎乎的房子里悄悄待着，显得担心而焦急。这时候柴生芳如在白天一样，照样自由地活动着。看到同学们不适应，第二天他请示实习老师，亲自到街道给大家买回蜡烛。这样，再停电的时候，每个房子里点起了蜡烛，同学们照着蜡烛照样可以看书学习，照样可以在烛光里自由自在地交流白天的感受。

博雅塔

实习是自己开伙，需要买一些菜呀、米呀、面呀、油呀！这需要一个既无私又能吃苦，而且勤奋的人来担当。老师考虑再三，选择了柴生芳。老师的眼光没有错，选人就是选得准。柴生芳到集市上会经过认真地挑选，买回又细又白的面，又纯又香的油，新鲜的泛绿的蔬菜，而且价格便宜，让同学们在偏远的农村照样吃得舒心。

到了冬天，坐落在旷野里的房子特别冷，需要生火炉子。那时候南方和北方大城市里生活的同学不会做这项工作。勉强生炉子却会弄得满房子都是烟，把人熏得满院跑，可就是不见炉子起火。为此有的生气干脆不生火炉子了。这怎么行？上小学的时候，柴生芳常常在天黑的时候，腋下夹着前天下午准备好的树枝、小柴火早早地赶到北庄小学。在同学还没有进教室的时候，他已生好了泥炉子。当同学们来到教室时，里面暖暖的，空中却不见烟。实习的同学们渐渐发现柴生芳仿佛是个生炉子的天才，他把那些从地里弄来的半干半湿的树枝和柴火放在炉边，然后点着一两片引火纸放进去。再架上准备好的柴火，炉子里马上火焰飞腾，而且呼呼地响着，烟囱里冒出一股青烟。等火燃旺了，他又抓紧时间选取一些小煤块，放进炉子等燃旺了，再加一些更大的煤块，这时候房子暖烘烘的，烟囱里冒出淡青的烟。炉子生成了，同学们在暖暖的炉子旁边羡慕地看着柴生芳红红的脸膛。他直起腰来，望着大家快乐地一笑："走，我们给女生生炉子去。"说着他就帮起大家生炉子。这个冬天他教会了许多同学生炉子，也照样给不会生炉子的同学帮忙。那时候，大家似乎离不开这个快乐的"火王子"。

给同学生完炉子的他，便会安静下来，趴在桌子上像做作业一样，在笔记本上用黑色的圆珠笔勾勒出一条条河流，一条条公路，一个个村庄，一个个山峦。而且他不忘标上详细的图例，方块是村庄，双线是公路，虚线是县界……

潜藏在柴生芳内心的那些农村的场景，那些农村的事情，是他思想中最原始的意境和意象，这些成为他思想的宝库，也是他动力的源泉，快乐的春天。只要遇到那些散发着农村味的人，沾着农村边的事，他似乎如鱼得水，如虎添翼。实习的曲村就在农村，柴生芳在这里就像回到家乡一样，他和周围的百姓息息相通，经常帮他们种地，和他们拉家常，像是早先在一起生活过一样气息相投。因之他处理起与农村相近的事情得心应手。那一天，他们小组在发掘一个基坑的过程中，上面看似牢固的黄土不知怎么哗地塌下一大片，这时一直带领实习的老师还在下面发掘着，瞬间一片土方塌下之后，就不见他的身影了。霎时，所有在场的学生吓得喊的喊，跺脚的跺脚，呼叫的呼叫，顿时乱作一团。这时，只见柴生芳迅速跳下基坑，爬向土堆，毫不犹豫地向外刨土。看到他的行动，另外两三个同学也跟着跳了下来。大家快速用手使劲地向外抛土，七分钟后看到老师的胳膊，他们继续刨着，八分钟后老师露出了脸面，十分钟后他们把老师救了出来。当同学们返回来再看这个塌方的基坑时，心有余悸，后怕还在。有一个在场的同学感叹：“好可怕啊！幸亏了柴生芳的大胆、沉着！”

这次实习，让平时爱刨根问底、爱较真，不愿糊弄人的柴生芳，显得更加态度严谨、认真细致、求真务实了。他也把这种精神融进了他的实习报告之中，汇集成厚厚的《1988 年度天马—曲村遗址发掘报告》和《1988 年度天马—曲村遗址发掘报告图表》。他把它们交给系资料馆，成为有关此次发掘的珍贵资料。

在北京大学，柴生芳深刻理解了几千年来人类文明所积累的知识是灯塔，是所有追求真理的人的指路明灯，正如从北大校园里的博雅塔举目四望，从而才能在辽阔的视野里选择出前进的方向；他也深刻理解着，只有理论而没有实践，没有行动，只能是空中楼阁，正如北大校园里只有博雅塔而没有未名湖一样，这只是在象牙塔里做学问。因而那些学校安排的实验、实习、劳动他都走在前面，抢着去做。这也提高了他对劳动的进一步认识，对那些辛勤劳动的人民的尊重和爱戴。

柴生芳实习时与同学的合影

1989 年元月 11 日，在北京大学读书的柴生芳，利用寒假只身登上赴武汉的列车。他穿着一件单薄的棉袄，怀里揣着上学积攒下来的奖学金和家里寄来的零用钱，在武汉最大的百货批发市场转来转去，他琢磨着批发些什么东西，利用假期到街镇上赶集，再挣点钱，减轻家里的负担。这时一个舞着连在一起的五颜六色的气球的人引起他的注意，那人拴在一起的气球飘在空中像一座彩色的飞船从头顶划过。这时有两个小孩拉着手，仰着笑脸问卖气球的人，一个多少钱？大的一毛，小的五分。小孩子们随手掏出钱，拿着三四个气球快乐地跑开了。柴生芳眼前闪过自己那贫苦单调的童年的影子，他想让自己家乡的孩子不要花很多的钱，却能玩上彩色气球。他决定买一些气球回去。于是他向卖气球的人打听，不想那个人胡乱给他指了一个批发气球的地方。他走到那人指的地方，却发现是卖鞋的，这时，已经快中午了，他肚子饿得咕咕乱叫。他知道那人骗他了。于是他毫不气馁地继续绕着市场转，到中午的时候，他在一个不起眼的地方终于找到批发气球的店铺。通过讨价还价，他以小的2.5分，大的6.5分的价格各批发2000个气球。这时候他终于放心地在一家面馆买了一碗面填饱肚子。

回到家乡后，柴生芳这个人人都知道的庆阳文科状元，如今的北大学子，在一些人的指指点点下，骑着自行车在董志塬的乡镇赶集。他以大的八分，小的四分的价格，到过年的时候全部卖完了那些气球。除了路费，他还赚了二十多块钱，相当于他在北京大学一个月的生活费，拿着这些自赚的钱，柴生芳心里喜滋滋地。

1989年7月的暑假，柴生芳如期返回家乡。刚回来的时候，他每天领着小侄儿裕红在大场边、沟下的果园里玩耍。玩着玩着，小侄儿裕红去抱着他母亲的腿，缠着要吃炒鸡蛋，可是嫂子放着一篮子鸡蛋硬是不给炒，生芳好生奇怪，便把这事说给了母亲，母亲却不让他怪罪嫂嫂。对这事柴生芳心里总是不舒畅，觉得家里有什么事情瞒着他。到了赶集的时候，嫂嫂硬是在小侄儿眼巴巴地注视下把鸡蛋提出去卖了。回来又把那些零钱如数交给老父亲。柴生芳联想到自己每学期开学的时候，老父亲总是拿出一沓零钱，原来是这样积攒下来的。还有一学期开学，他和生军哥哥都需要钱，临走不见父亲的面，母亲说是去串门了，让他哥两再等一等。他们等父亲回来的时候，父亲从口袋里笑呵呵地摸出一叠五元、十元的票子让他俩带上。后来毕业了，当生芳和哥哥说起这事时，才知道那时老父亲怕他们上学的钱不够用，去到邻居家五块十块地借回来的钱。

故乡是贫穷的，然而故乡却用如此博大和深厚的爱滋养着从它的怀抱里飞出去的金凤凰。柴生芳心里流淌着感动的泪水，他默默地暗下决心，将来学成之后一定要加倍地报答故乡。

这一假期里，他更加勤奋地帮助家里做各种农活，俨然一个朴实的庄稼汉。到八月上旬，父亲为供他上学，种在承包地里的二亩西瓜成熟了，他欢天喜地地在父亲指导下，挑选了成熟的大西瓜，穿着那件黄色的旧军服，戴一顶草帽，拉着架子车到距离家里 30 多里外的合水县城吆喝着卖西瓜。后来他发现合水县城卷烟厂门口人多，很能出售，于是他把架子车放在那里。正午炽热的太阳晒得人都喘不过气来，那黑色柏油街道的路面也都快要化油了，长长的街道上只剩稀稀落落几个人影。柴生芳在烟厂大门外的水泥地上耐心地等待着。那时，两个人慌慌张张地跑出来，说是要给职工买三四个大西瓜，生芳称好西瓜收了钱。那两个人抱着西瓜向厂区走去，其中一个还回头看了生芳一眼，然后低头向另一个说着什么。生芳不知道他们说什么，但有一句“北京大学”的话语他听得真切，然后他俩边说边走了。过了一会儿，一群人从厂区涌出来，边走边议论着：“北大生？卖西瓜？”“宁县南义的娃？我不信？”他们走到生芳的西瓜车边上，故意敲着问是哪里的瓜？生芳如实回答：“宁县南义的”。“我就是南义人，你不认识我？”“我们几个都是南义人”。人群里好几个人说。生芳在外上学，有些人他确实不认识。“你是北大生？”一个人冷不防地问着。“我在北京大学上学！”柴生芳诚心诚意地回答。“走！”人群中一个头头模样的人像获得什么宝贝样，跟着其他人向厂区走去。他们并没有买一个西瓜。

柴生芳依然干净地站在那里，手里拿着瓜刀，等待买瓜的人。

后来，关于北大生卖西瓜的传说在村里传开，有讽刺挖苦味的版本；有嘲弄意味的版本；也有感叹意味的版本；还有赞美意味的版本。人常说唾沫星能淹死人，但柴生芳却不管这些，依然照常拉着架子车，戴着草帽去卖西瓜，直到一个人把满地的第一茬西瓜卖完，把钱如数交到父亲手里。

当柴生芳过完暑假，回到美丽的北大校园时，同学们看到皮肤黝黑的生芳，但仍然是那个在宿舍里豪爽又朴实的生芳；在路上背着黄色书包匆忙学习的生芳；在图书馆里那个低头苦读又仰面凝思的生芳；在课堂上那个认真听讲细心记录、积极回答问题的生芳……

第三章 戈壁搏击

“我为有这样一位很有前途的汉简学者而高兴！”

——甘肃省文物考古研究所副所长何双全

1990年9月20日下午，距离敦煌市瓜州六十公里的一片大戈壁滩上，一辆敞篷卡车带起的尘土像一条长长的土龙游动着，土龙的头部最终停在了一个破旧的被遗弃的工房前面。这时从卡车上跳下了一个上穿红蓝相间的棉袄，下着棕色旧牛仔裤，脚蹬一双尖头皮鞋，留着长长头发的青年。他和早先来到这里刚进工房取工具的甘肃考古研究所工作人员张俊民打过一声招呼，说他叫柴生芳，是刚来的。张俊民便热情地帮他把铺盖取下了车，拿进落满尘土，到处漏风的冷冰冰的工房放下，然后和他一起向戈壁深处走去。

广大的戈壁滩荒茫茫一片，间或之间有一些黑色的石头像一只只老虎或者猛狮凝重地蹲在那里，远远望去，荒凉的戈壁如一派洪荒时代的洋流，在慢慢地流动着，更远处则是一抹粗蛮横卧的山体，凝重如远古时代的遗存。那一片黄纸样的太阳，颤颤巍巍地浮在空中，仿佛随时都有飘逝的可能。在这一片荒凉的天地之间，活动着一些人影和负重哼哧行进着的卡车，这里是“全国十大考古新发现之一的悬泉置遗址”的发掘现场。

张俊民领着柴生芳向人群走去，这时巨大的坑体周围到处是人，柴生芳一眼就看出人群中那些气质不凡的考古工作者，走过去和他们一一打过招呼。在这荒无人烟的戈壁上，有的人显得那么热情，他们微笑着欢迎着这位新同志，有的也许因环境的艰苦，显出麻木的表情，而柴生芳都一视同仁地报以热情的问候和灿笑。这时远处的一个坑体冒出了一团烟灰似的土雾，便听见那边坑体里传来人被袭时慌张的喊叫。烟雾盘旋着，流动着，像一条巨大的灰龙向着荒野深处游动而去。柴生芳没有犹豫，他十分熟练地脱下身上红蓝相间的棉袄，放在坑体旁边，拿起那里放着的一个小铲子，蹲下身子，轻车熟路地开始了认真而又细致的挖掘。

柴生芳那坚实的蹲功，持久的耐力，踏实的动作，细致而又卖力的样子，和一个朴实的青年农民毫无两样。这一切让在他旁边挖掘的张俊民和李天佑及不远处的赵雪野、毛瑞林都看在眼里，记在心里。最朴实的劳动，最原始的行为是打开心灵的阳光，是人们相识的春风，很快大家都熟悉起来了。

傍晚，当暮色降临，戈壁滩地面如深不见底的海平面涌动起来的时候，人们才收工了。这时，远处一片银镰似的月牙斜挂在天空，柴生芳新奇而又快乐地随着人群向远处的工房走去。

工房是利用修建公路时搭建的临时工棚改就的，常年风吹日晒，加之久无人住，破败的早已不成样子。中国最具吃苦精神的西部考古工作者就在这里打起通铺住了下来。对于柴生芳来说，这并没有什么难以忍受的地方，小时候他曾跟着二哥生都、三哥生琪在庄稼地里看过庄稼，在大场里看过麦垛，和老父亲在牲畜窑里看过牲畜，这一切对他来说已是时空见惯。所以他就顺势把自己带来的简易的铺盖放在李天佑被子的旁边。这时走了一天路的他才感觉肚子有些饿了，可是看看李天佑和张俊民，他们似乎都没有饥饿的样子。他便从背包里取出一个搪瓷缸子，走过去到地上的热水瓶里倒了杯水，边走边喝了起来。水刚进到嘴里，一股难闻的涩味立即窜上舌头，让他难以下咽。可是他看看已经躺下的李天佑和正在脱衣的张俊民，他们是那样的平静，于是他硬着头皮喝下了剩余的半杯水。

柴生芳（左一）在河西地区悬泉置遗址测绘（何双全　摄）

柴生芳爬上一溜展开的通铺，把自己缩进已经入睡的两个室友中间。这时劳动了一天的考古工作者们已经鼾声四起。柴生芳用舌头舔了舔干涩的嘴唇，咽下了一口带着苦涩味的唾液，像是把咕咕乱叫的肚子安慰了一番。鼾声里，带着沙土味的空气弥漫开来，他先是听到了风声，忽高忽低的风声吹在了什么物体上发出了呜呜的怪叫，又吹在了地上似乎是塑料纸或什么东西发出啪啪啪的响声，随即像是有什么东西在打门，“哐哐哐”的声音接二连三地响着，时大时小，时而均匀时而零乱，而这时房顶上似乎有什么声音流过去，接着似乎有什么声音流过来。柴生芳感觉有些怕，但仔细一听，周围是室友们均匀而又舒坦的鼾声。这时他的脑子似乎更清醒了。他想到北大毕业的那一幕幕情景。

在燕园那最后的岁月里，同学们沉浸在难分难舍的情感之中。平时那匆忙奔走教室、图书馆、宿舍的身影不见了，大家先是互相交换着写留言簿，并且把自己最有个性的照片贴在留言的下面，然后带着留言簿到处奔走，交流。似乎要把逝去的友情浓缩起来，然后细细封存或者朗然抛洒。校园里见面打招呼多了，问候的多了，关心的语气增强了，留恋的氛围扩展了。在这种氛围中，还弥漫着另一种焦虑，有的同学考虑是去国外还是留在国内；有的则考虑是留在南方还是去北方；有的考虑是留在大城市还是小城市；有的考虑进机关还是进研究所——这一系列的带有青春激情的选择和思考让毕业的同学中流溢着一种激越的兴奋和未知的焦虑。他是没有这一切的焦虑和激越，甚至显得有些平静和安然，除了给同学帮帮忙，出出主意，他照样抽时间去图书馆，去饭厅。这时的他已经经过了激烈的思想矛盾，然后他平静地作出了选择，他决定放弃在大城市工作的机会，回到西北，回到自己的家乡甘肃，从事专业对口的考古研究工作。

1990 年 7 月，他在北京火车站，在送别的同学惋惜的目光和留恋的泪水中，书包里装着骄人的成绩单：（先秦史 95；世界古代史 92；古代陶瓷 90；中国考古学 89……）带着硬挺鲜丽的北京大学考古专业毕业证，带着他从北大传承的笃实守正、久久为功，兢兢业业，勤恳工作的考古人的精神，带着他大学四年用过的简朴的铺盖起程了。他坐了一夜半天的火车，回到了西部金城兰州。他快乐而信心十足，带着期望走进了位于兰州安宁区的甘肃考古研究所，爬上那个四方形的三层筒子楼。在筒子楼里他见到了满腹经纶的老研究员，还有意气风发的大学毕业不久

甘肃考古研究所旧址

在河西地区的悬泉置遗址(何双全 1990 年 12 月摄)

的学子们。不到一个月的时间里，他感受到浓浓的学术氛围和敬业精神。他吃住在单位，就是在这一段时间，他听到了老师和同事们时时提起的“悬泉置考古发掘”的新名词。专业的习惯让他的内心腾飞起一种激动、一种信心、一种大显身手的希望——那时，人们在甘肃考古研究所里看到一个意气风发，朝气蓬勃的新知识分子的形象，心中也充满着上进的力量。

半夜里，柴生芳就出现了腹痛，他一个人走出工房外，这时大地显出了死一般的寂静，白天戈壁滩上的那些石堆变成一只只狰狞的怪兽，那个细小的月亮像飘在天上的一片黄纸。我想，柴生芳走进旷野解手的时候，一定产生了生命的渺小和无助之感，在那种饥饿和难忍的腹痛之中，这种感觉一定很强烈。这时候的他会想起故乡的塬头上那些葱郁的大树……柴生芳在旷野里遇到了另一个同事，他也是喝不惯这苦咸水而闹肚子的。

敦煌悬泉置遗址考古发掘是国家抢救性发掘的一个项目，它发掘的是汉代一个兵站的遗址，而且是当时一个废弃的遗址，相当于当时兵站的一个垃圾堆积场所。由于已经有不法者盗掘，发掘十分紧迫，因而最初的发掘工作十分紧张，条件也十分艰苦。这里没有现成的房屋居住，住的是已经废弃的修路时留下的工房，喝的是从不远处运来的苦咸水，肚子好的人喝了第二天难受，第三天就开始拉肚子，因而那些考古工作者天天肚子痛，天天拉肚子。南方的人也很少吃到喜欢吃的大米，多数是馒头，吃面条的时间也很少。煤的用量也很有限，到天冷的时候房子里适当搭搭火扫扫冷气就过活了。

第二天早晨，当太阳像一只红红的气球浮现在戈壁地平线上时，戈壁滩上那洪荒时代的黄沙汪洋上面弥漫着一层紫黄的雾气，而从雾海中探出的那一脉脉岩石的山岭，在雾中阳光里如褐铜一样棱角分明。柴生芳带着新的希望和同事们向着远处的挖掘现场走去。那时，在早晨的雾岚中，人们看到柴生芳头上戴着一个白白的帽子，上身穿着那件红黄相间的学生装，还是那条发白的棕色裤子，尖尖的有些歪斜的皮鞋，脖子上围着大家都有的研究所发放的，那条格外鲜艳的红色条形围巾。

甘肃省考古研究所汉简研究室主任何双全是这项重大发掘工程的负责人，对先前所带领的七名年轻考古工作者的情况，他都十分熟悉。他们分别来自四川大学、兰州大学、西北大学等研究侧重点不同的学院，只有新来的柴生芳来自北京大学。学术研究从来就有门类之别，因而常常有门户之见，从而产生的排异心理是难免的。由于北大考古专业的实力最强，在这种知识分子群集的地方，名牌效应自然产生一种心理优势，受人尊敬或被人敬而远之是难免的事，这时候北大的毕业生如果自恃清高，我行我素，和其他人的关系就会僵死。何双全主任最担心的是这个，他已经做好了调解和平衡他们关系的准备。然而柴生芳从走向发掘现场的那一刻起，就让何所长放下心了。他那豪爽、谦虚的做派，让其他考古工作者一见如故，很快他就像和大家相识了很久一样，以他的朴实、乐观的精神感染着同事们。

何双全所长还有一项担心。工地上叫了当地 60 多名民工，来自北大的高材生能不能与他们和谐相处、和睦共事也是他的忧虑。让何所长没有想到的是柴生芳对那些民工们叔长妹短，兄高嫂低地叫起来。甚至和他们谈喂猪、养羊、鸡蛋、盖房、供帮娃娃上学这些鸡毛蒜皮的事。仿佛他就是民工中的一员。

柴生芳豪爽朴实的有些土气的做派，让何双全和年轻的研究员们暗暗生喜。他干活的积极、主动卖力和踏实堪比民工，他挖土的力量，铲土的动作，抬土的用力比在场的农民还要憨实。做这一切的时候他似乎被一种内在的动力催促着，总是又快又好在干在前面。十月过后，敦煌远处的戈壁滩已经冷风阵阵，地处“风库”的悬泉置遗址，被汉代人称为“地热多风涂立干”。在柴生芳的同事张俊民的眼里，整个文化层堆积中，水分少，泥土少，草木灰含量高，灰屑与细土在无风的时候四向弥漫，风稍大的时候探方四壁的灰土被吹得在探方内打转，而从探方内抛上去的土还会形成一条黑龙。柴生芳全然不顾这些，有时候他在探土方内上行下蹲，有时候则像与那一条黑龙打斗。随着发掘进度的加深，生芳显得那样认真，那样细致，他一边拿着铲子修理探方四壁，一边又小心清理脚下，常常一蹲就是三四个小时。那时候为了加快进度，何所长对工程实行了分片，每个探方有 70 平方米，每个人最多负责 3 个探方。柴生芳自己负责了 3 个探方，还负责指导 20 个民工干活。最终，他靠卖力踏实加灵巧，远远地干在了前面，所负责的探方成为全工地的样板。当何双全带领着其他工作者参观他的杰作时，柴生芳充满汗水的脸上露出憨实的笑容。一天，当他蹲下身子在探方内小心铲土的时候，发现一条白布带一样的东西露了出来，这时他格外小心地继续刨土。不一会儿，那条布带样的东西显得更加清晰起来，像一片条形的纸，上面还有字迹。柴生芳急忙叫来了何双全研究员，何研究员惊奇地发现，那是一个文字纸文书，后来经过进一步挖掘和比较。这张被确定为西晋的纸文书，是悬泉置的一个重要发现，而这个重要发现正是经过柴生芳的认真细心清理出来的。这个发现也给整个发掘工作注入了强心剂，带来了力量。以后，随着出土物的增多，柴生芳表现得更加严谨，大到脚下出现的每一块土杯，小到几颗骨珠，他都小心翼翼地收存起来。

发掘工作一天天进展，一天天带来好消息。可是工作却越来越艰难起来，大家每天还是吃那些营养并不丰富的土豆和白菜，还是喝着那让肚子天天咕咕叫着疼痛的苦咸水。更难耐的是天气一天天变冷，那个缺门少窗的工棚在夜里常把星星和月亮露进来，还把石头样寒冷的风抛到冰冷的通铺。面对这么艰苦的工作和生活条件，柴生芳却从来不叫苦叫累，每天仍然充满热情地走向发掘现场。三个多月艰辛的发掘，三个月惊喜的发掘，三个多月寒冷的发掘终于迎来了岁末。到元旦的前一天晚上，敦煌下了一场大雪，洋洋洒洒的雪花给戈壁盖上了一层雪被。早晨，白茫茫一片雪野，给看惯了荒凉戈壁的年轻人带来了喜悦，大家不怕尖刀样的寒风，忘情地在空旷的雪地打起了雪仗。而柴生芳玩着玩着，忽然停下来，他被眼前的壮景感染起来，望着茫茫的雪野，随声吟唱起了毛泽东的那首《沁园春·雪》

北国风光，千里冰封，万里雪飘。
望长城内外，惟余莽莽；大河上下，顿失滔滔。
山舞银蛇，原驰蜡象，欲与天公试比高。
须晴日，看红装素裹，分外妖娆。
江山如此多娇，引无数英雄竞折腰

这时的何双全研究员被年轻人的活力感染着，他仿佛回到了蓬勃的青春时代。他多么喜欢这些充满朝气的年轻考古工作者啊！在吃饭的时候，他忽然作出了一个决定——放假两天。让坚守了大半年戈壁滩的年轻人到敦煌去洗洗澡，换换衣服。要知道这三个多月来，很多人因为缺水连脸都洗不上，衣服更是没法换洗。年轻人对这个决定拍手欢呼。何研究员决定自己留下来亲自看场子。可是当其他年轻人坐车向白茫茫一片雪地行进的时候，柴生芳却留了下来。他告诉惊讶的何研究员，那么大的场子，那么多的文物，一个人是看不过来的。这些天来，何双全已经从心底里看重这个真诚朴实而有责任心的年轻考古工作者了，他默许了柴生芳的决定。

元旦过后，当寒冷笼罩悬泉置上空的时候，整个发掘工作只得告一段落。柴生芳和他的研究所同事们返回了金城兰州。

这时的柴生芳还在实习期，他每月的工资仅有30多元，为了节省费用，他没有回家，便在单位里过了一个简单的年。

1991年4月，金城兰州的黄河两岸桃红柳绿，皋兰山和白塔山已显出了浅绿色，山上的树木已穿上绿装。金城兰州又显出勃勃生机和繁华的景象。

在这样一个春暖花开的城市，柴生芳又打起行装，向着荒凉戈壁深处的悬泉置发掘现场进发。这次他不是和大集体一同出发，而是他一个人走向那大漠深处。等待他的不是热闹的发掘现场，而是凌乱而冷清的工地。

柴生芳走进经过一个寒冬袭击的工房，在那更显破损冷清的房间，他先将冬天寒风和雪水留下的痕迹打扫干净，接着把那通铺的床板清扫一遍，把自己从学校就带着的被子放到墙角。然后走出工房，望着荒茫茫的汪洋一样的戈壁，和远处那青石样横卧的山体，思忖着怎样开展新的工作。

从研究所临走的时候，领导安排他看护好发掘现场，做好安全保卫工作，同时给大家盖几间瓦房，做好新发掘的准备工作。

正午的时候，当阳光照向戈壁滩的时候，柴生芳向着大漠深处走去，向着远处汪洋中的岛屿一样的村庄走去。从小生长在董志塬农村的他，对村庄有一种天然的迷恋感，对农民有一种本质的亲近感。他找到去年在工地熟识的两个青年农民，又在他们的带领下，通过协商，把七八个带着工具的民工引了回来。

柴生芳和农民们选好了盖房地址，然后大家做了分工，四个人挖填基础并看管好发掘现场，三个人跟着他到敦煌去买砖。当太阳像一个大气球将要落进戈壁滩汪洋的时候，在工地上劳动的人们看着两个黑影冒着烟互相追赶着向这边靠近。随着影子的增大，人们看清那是两辆拖拉机冒着烟“突突”地向这边驶来。拖拉机走到眼前时，从上面跳下了穿着红毛衣的柴生芳，手里还拿着他那件红黄相间的学生装。他来到正准备收工的民工面前，招呼说，哥嫂们辛苦了，但是还要哥嫂辛苦一阵子，帮助把这两拖拉机里的砖卸下来。

劳动是辛苦的，充满了汗水，但也充满了快乐和成功的喜悦。柴生芳像一个小兄弟，一会儿招呼这个，一会儿招呼那个，有时候问长问短，有时候讲一些幽默的笑话。卸完砖后，一个人起灶不方便的他，便干脆拿着碗在民工们建起的灶上和大家一起吃饭。大家越来越亲热，越来越觉得他真像一个小兄弟，因而干活特别卖力，也特别操心。到了六月的时候，一座崭新的工房已经矗立在悬泉置所在的戈壁滩上。

六月的戈壁滩，已经像一座烦躁的铁板，无法逃避的高达 40 度的气浪弥漫在空中，戈壁滩的热是烦躁的，沉闷而绝情的，让人觉得无处可逃。在近 40 度的高温下，柴生芳在想，就这样白白地与蹲在大地上的猴一样的酷热对峙吗？不，应该干些什么！柴生芳在悬泉置的发掘现场转了一圈，他忽然在那一个个小山样的沙土堆面前站了下来。这多么像童年时候见过的父老乡亲们堆积起来的土肥堆啊！那时候当他背着书包上学的时候，看着母亲和哥哥以及叔伯们拉着架子车围着那个土肥堆，可是不几天那个土堆被一车车地运走了，然后消失在一片片长满庄稼的土地中。追求真理的人身上总存在着一种完美的精神，也存在着一种对历史、社会负责的天然的情怀。柴生芳决定要把这些土堆过一变筛，他清楚去年发掘的时候速度快肯定过于粗糙，会漏掉了什么珍贵的文物吧！

于是柴生芳从村里借来了筛子。为了节约资金，他把那七八个民工打发剩下两个。每天清晨，当太阳浮出地平线送来一个新旷野的时候，柴生芳开始了巨大的过筛工程，三个人蹲在热如火炉的戈壁滩劳动，有时被一阵扬起的沙尘埋没，有时被灰黑的土龙吞噬，这让人或许产生同情，觉得他像农民一样辛苦，也或许让人产生感动，觉得他像是斯巴达克那样的英雄。

有一天在过筛的过程中，柴生芳发现筛子上面出现一片被卷叠成一个小方块的黄布一样的东西，专业素养告诉他，这是一个重要发现，他赶紧放下手中的铁锨，弯下身子，下心地拿起这个东西，这时他惊奇地发现这东西的折痕处有些破损，隐约的墨迹从里面渗透出来。就是这样细心的过筛中，他发现了两千多年前珍贵的“元致子方”帛书。后来经过专家考证“元致子方”帛书是用黄色绢书写，上有隶书10行，约320字。这是一封私人书信，做书人名元，受书人子方，它是中国保存最完整、字数最多的私人信件，也是迄今为止发现的最为完整的汉代私人信件。这个发现让他多么兴奋，他的劳动没有白费。从此后他的过筛过得更细心，也更有信心。

一个年轻的考古工作者，凭借着一种对真理的追求，对正义的寻觅，这样知难而行着。他凭借着自身一种执著的力量，硬是把所有土堆过了一遍。在这个过程中，捡拾出了3000多件遗漏的珍贵文物，然后小心地把它保存起来，最后当何双全他们赶来工作的时候，他如数交给了研究所的负责人。何双全拿着这些不易被发现的小件文物，特别是“元致子方”帛书，内心产生了从事考古工作几十年来从来没有过的感动。在1991年，是市场经济全面启动的初期，是人们争先恐后全力挣钱的日子，柴生芳如果不过筛或者他把捡拾的文物据为己有，在那个时代也不是一种错误，但他没有。那时，一个有着民族“脊梁”般的英雄已经在戈壁滩上悄然成长。

1991 年 7 月，何双全带领一批甘肃省考古研究所的工作者重新来到了悬泉置的发掘现场。迎接他们的是一排崭新的工房，旁边还建起了一座新的蓄水池，还有那被重新翻筛了一遍的探方灰土。更重要的是那 3000 多件被掏出的碎小文物。这一月，大量的发掘工作重新开始，柴生芳对自己先前的功劳置之脑后，又投入到整体的工序中去。

随着发掘的深入，大量文物一件件的出现。根据现场出土的文物初步判断，这是汉代的一个兵站，时间跨度从前 114 年至三国时期的 320 年间，其中的文物涉及小单位的文件资料，考勤记录，还有县与县之间，国与国之间交流的多种文书。由于书写需要不一，书写者众多，随意性很大，所以除了当时推行的隶书之外还有草书以及简笔字，鉴别和记录这些文物是一个具有相当难度的细致的科学工作。柴生芳看到这些文物，感觉到了一种从来没有过的新鲜，他仿佛一下子回到了二千多年前的汉代，看见古代的兵家们在书写或传递着这些文书，仿佛他手中的文书是汉代的一个军营秘书直接送达而来的。然而，看着这些拐拐弯弯的字体，他似曾相识，却又语出不详。他有被迎头的冷风击面的感觉，随即一种愕然，这种感觉是他这个勇往直前的年轻考古工作者所没有遇到的。他所在的北京大学从事考古学习和研究重点是新石器时代阶段，也即是中华民族没有文字记载的那个饮毛茹血的时代，而对于有文字记载的商代以后的考古涉及很少。柴生芳感觉到自己面前打开了一个汉代兵站的大门让他前行，然而他却像没有过路文书一样的发愣。这时候，他试着讨教何双全所长，没想到何所长就是个汉代考古研究的专家，是一个“汉简”通。于是柴生芳时时跟在何教授的后面，对每一个文物上的汉字进行讨教，何教授说一个，他记一个，何教授讲一遍，他便认真地记在脑子里。当积累到一定阶段时，他能够自己指认这些汉简，并且能够断句，说出其中的意思。这，让何双全对他干一行爱一行的钻研劲头和勤奋精神刮目相看，对他像弟子一样倍加爱护。

柴生芳白天和大家一起在工地上挖土方，干粗活。晚上别人休息的时候他则在房子角落，按亮台灯，一件件将白天发掘的汉简文物进行记录、编号、做卡片和识读。在那戈壁滩从炎热到寒冷的一个个夜晚，留下了他勤奋的身影，敏锐的思绪，直到凌晨时刻他才拖着疲倦的身体上床休息。这样的工作和生活他从来没有间断过。

到 1992 年冬天，甘肃考古研究所的工作人员，带着一大车从敦煌大漠深处的甜水井发掘的悬泉置遗址文物回到了省城兰州。

1993 年春天，兰州黄河岸边又一次显出勃勃生机，整个金城兰州重新焕发出一派繁荣景象。这时候国家确立的市场经济已经拉开序幕，南下潮、打工潮、下海潮、淘金潮，已经像解冻的黄河，泛起汹涌的浪潮冲击着黄河两岸，冲击着许多人的心潮。然而在黄河岸边那所方形三层楼的甘肃考古研究所里，何双全和他所带领的北大考古专业毕业的高材生柴生芳，却似乎心静如水，宁静若兰地开始了对发掘的汉代文物严肃而认真地整理工作。

每天清晨，柴生芳早早地来到研究所。他把研究室里的地拖干净，然后打一壶开水，等待着何双全所长和其他研究人员的到来。当儒雅而智趣的何主任带着信心和热情踏进研究室的门之后，柴生芳就在主任的带领下开始了新一天认真而细致的研究工作。

在这位博学而又和蔼的主任的带领下，柴生芳小心翼翼地像汉代将军展开来信一样认真地一件件展开那汉代的简牍。那古色古香的气息，让他仿佛感觉到从遥远的汉代送达而来的神秘。对伟大而强盛的大汉时代的敬仰，使他对这些简牍的内容充满了神书样的敬畏。他要了解这些汉简上的内容！他就像一个小学生一样地要从汉字开始。柴生芳小时候在董志塬上那个教室里曾经常常在老师的指导下，照着方格描摹过毛笔字，开始由于不会用墨，把手上、嘴上、甚至脸上到处都糊满了墨，后来在老师的指导下，他写得清晰而大方。没想到小时候的学习和积累在这时的研究工作中发挥了巨大的作用。为了保护好每一件汉简，他便小心地照着汉简上的样子把字描摹在白纸上，又照着描好的字体，一笔一画，一个字一个字将现代的繁体字写一遍。然后把自己懂的字写下来，不懂的打上记号，最后解决。由于在发掘初期，他坚守的时间最长，而且发掘过程中大量原始文物都是经过他整理记录的，因而当这样艰难繁琐的浩大整理研究的工程重担落到了他的肩上时，他似乎并没有感到重负，开始是每一个字都是一个拦路虎，后来是每隔几个字是拦路虎，但他每天都是那样认真，每天都是那样仔细。在这些日月里，他几乎把汉简上的那些字全部抄写一遍，边抄边认。功夫不负有心人，随着他认真而细致的工作，那些拦路虎似乎退缩了，渐渐地那些汉简上 80%的字他都自己正确地识认出来，剩下 20%的字，他通过翻阅字典，又一个个地解决，又解决了百分之十几，剩下的百分之几他又请教何老师，何老师在那里认真地讲解，他在那里仔细地听着，最后一个个地辨析清楚。

其间，1994 年 3 月至 11 月，他又和考古所的同事一起对陇南礼县大堡子山秦公大墓进行劫后清理。1995 年，他又和甘肃省文物考古研究所的同事一起，开始了对敦煌佛爷庙晋唐墓葬群的发掘工作。

从 1993 年到 1995 年整理文物的三年时间里，柴生芳就是这样在何双全主任的带领下，一时又一刻，一日有一月，一春又一秋，一年又一年，钻在古汉简堆里描摹着，识读着，记录着。经过他亲手整理而出的记录资料逐渐加厚，最后垒起了半尺多厚。

一个二十刚刚出头的中国的年轻考古工作者，就是这样在改革开放的经济大潮中，把那美好的梦想和青春一天天燃烧在荒无人烟的大漠上，把青春的话语说给了那些英勇善战的已经消失了的古代士兵的耳朵里；用他的热情照亮了古代那些已经冰冷了的命令、叙述和演说。使汉代的一个兵站得到复活，使汉代的一片土地、一段历史焕发生机，从而丰满着一个民族的记忆，滋养着一个民族的精神。这样的一个年轻的学者，已经早早用着这样的精神挑着这样神圣的重担前行。

最终，他的劳动没有白费，汗水没有白流。他根据自己的研究成果写成了《悬泉置遗址发掘又获得新成果》的论文，在 1992 年 3 月 14 日的《中国文物报》上发表。而到 2001 年的时候，他的《敦煌汉晋悬泉置遗址发掘记》在日本权威学术期刊《日本秦汉史学会会报》上发表，成为留在考古历史长河中个一颗璀璨的明珠。

第四章　神户苦学

"在日本的酸甜苦辣，可能影响我的一生"

——摘自柴生芳日记

"呜——" "呜呜——" 一声声浑厚的汽笛撞开了大海的门。

天津港又一艘客轮出海了。这是一艘驶向日本神户的大客轮。初驶的客轮像一头巨象那样留恋地缓缓移动着。这样的神态给岸上送别的亲友留下离别的时间。只看见那时站台上一排黑压压的人挥着白色的手臂，像是举着一群欲飞的鸽子。随着客轮的移动，鸽子在变小，鸽子背后一排排楼房的背景在后移，在后退。先看似一带白色的高墙，再看又变成了灰白色的带子，最后鸽子和带子都一起消失，让位给一抹灰褐色的远景。

海鸥飞鸣着，洁白的海鸥在湛蓝的天空飞行，又在巨大的客轮上空飞旋，像是蓝天上一颗颗洁白的玉石在游动。而在船头，一轮巨大的红日从海面上升起，像一座打开的钢炉，将鲜红的钢花铺满海面，客轮在那钢花上驶行，向着大海上太阳的鲜红门洞行驶。

这是 1997 年 5 月 5 日的早晨，从甘肃考古研究所出发的柴生芳站在客轮的甲板上，一阵阵海风吹动着他的衣衫，让他百感交集。此时，他既充满了对彼岸学习生活的向往，又充满了无名的担忧。

海岸越来越远，太阳越来越高，大海变成了一派广阔无垠的动荡着的绿地，客轮变成一提飘荡的精致的篮子。

这时候柴生芳想起了两位老师，一位是还在省考古研究所的何双全研究员，一位是他这次赴去相会的日本神户大学教授、著名敦煌学家百桥明穗先生。这两位先生都是柴生芳人生道路上遇到的可亲可敬的师长和朋友。

1996 年 5 月，在一次学术会议上，柴生芳经朋友的朋友引荐认识了百桥名穗先生。从那一次相识开始，他对这位日本神户大学的文学教授、著名的敦煌学家产生了敬慕。这年 9 月，当百桥名穗先生到西安访问时，他又专程赶往西安，再次拜访这位热爱中国文化，又十分博学的先生。正是这一次，柴生芳向百桥名穗先生表示了他的留学愿望，百桥名穗先生很爽快地答应收他为弟子。

随后，他把自己的想法又告诉了甘肃考古研究所里的师长何双全先生。

何双全有些怀疑但很理解地问他：

“你真想去吗？那可是要吃苦的！而且你哪来的费用？”

“我真想去！吃苦我不怕，没有公费我就自费！”柴生芳意定言铁。

何双全看到柴生芳主意已决，便放心地说：

“那好吧！你做准备，我给你介绍那边我认识的两个学者，你有困难可以找他们。”通过和柴生芳的五年相处，何双全非常赞赏这个热情、朴实、勤奋、直爽的年轻人。

“谢谢您，何老师！”柴生芳工作以来第一次向何双全鞠了一躬。

柴生芳的准备工作开始了。

这时候的柴生芳依然保持着他初到考古所时，给长他几岁的同事赵雪野留下的那种乐观向上、无忧无虑、哈哈大笑的习惯，照样和同事们在业余时间打那插卡的“中东大战”、“坦克大战”的游戏，继续和大家赢吃饭的钱。那时候同事们之间快乐无穷，柴生芳的“有意思”的个人魅力让大家觉得群体中不能缺少了他。但就是在这种谁也不愿缺席的快乐的日子里，柴生芳认真地问起赵雪野学习日语的方法，并且每天早晨早早起来放着日语磁带，边听边读，天天如此。

当他靠自学掌握了一些日语常识不久，他就参加了神户大学的留学生入学考试，并且顺利考取。没有多少日子，日本神户大学那边传来消息，要在日本留学必须考察其支付学费的能力，即必须要有十数万的存款。对于柴生芳来说，这可是一个吓人的天文数字啊！这时他每月工资只有二百多块钱，工作只有五年，转正定级以前，工资更低，即使他不吃不喝地全部积攒下来才是这个数目的十分之一。这可是个难题啊！面对这个难题柴生芳忧愁过，但是经过几年生活和工作的艰苦磨炼，他已经成熟很多，坚实起来的肩膀能够承担更重的生活重担。他想，办法总比困难多，他上学的那些日子，老父亲曾经到邻家十元钱五元钱的借钱，把他供帮成人了。这种艰苦经历让他有一种信念，为了事业，要想尽一切办法达到成功。于是他想到了借，到哪里借？到老家借钱显然是不现实的，家里老人家为了供帮他上学已经力干汗尽，而且先后要给几个兄长娶媳妇。况且老家里都是靠天吃饭，一年打下那一点粮食，除了缴那些“三提无统”，剩下的余粮也卖不了几个钱。而且即使能卖几个钱，自己又怎么好意思借呢？一个贫苦的农民家庭能供帮出一个北大学生就是烧高香了。因而，他心里想着一定不能依靠家里的。这时他又想到了自己工作以来遇到的最亲的几位师长和同事。他试着向他们借了，他并不是真借，而是把存款多的同事的存款单要过来，然后把名字换成自己的，复印出一个新的存款单。他这样如法制作了三个单子，总共已有六万元了，还差五六万，他又想到师长何双全。这时的何主任对他鼎力相助，拿出自己和老伴的存款单让他去复印。柴生芳最终找了四五个存款单，给自己的名下“存”了十一万元。然后给日本神户大学那边寄去。这样，他才拿到了日本神户大学的录取通知书。作为一个普通知识分子，柴生芳的这种做法真是背水一战，给自己不留一点后路，硬是要把自己往上逼，这种倒逼却产生了一种无穷的生命力，这是贫困地区人的精神在柴生芳这种强者身上的一种苏醒。

客轮在茫茫大海上慢慢悠悠地行驶着，如一座白色的大房子在飘动。柴生芳望着茫茫的大海，心里在想，到日本那边等待他的是什么呢？对于日本他只知道日本人在南京大屠杀中表现出惨无人道的罪恶，他恨那些日本右翼。然而中日建交以来，民间经济、文化往来频繁，他又了解到日本科技和文化发达的另一个方面，特别是民间文化对他影响更深，百桥名穗就是一个典型代表，他不但智慧、儒雅、博学，而且深爱中国文化，特别是唐代的文化。他想到自己对留学的选择，他最初是想去美国的，那里研究方法更为先进和前沿，但是那里道路比日本更远，而且各种费用更高，对他来说是不现实的，选择去日本留学是他一种退而为之的行为。在茫茫的大海上，柴生芳想到这里不免有些迷茫。太迷茫的事他不愿多想，于是他又回到船舱，拿起一本书，一头钻进了书的海洋。

客轮在茫茫的海面上整整飘了两夜三昼。

1997 年 5 月 7 日下午三点钟，柴生芳所乘的客轮终于漂洋过海，停靠在了日本神户港。

对于第一次走出国门，第一次踏上日本海岛的柴生芳来说，等待他的是未知，迎接他的是迷茫。到了下午三点钟，一般都是当地阳光最明亮，温度最适宜的时刻，可是迎接柴生芳的是一团迷雾。海港周围，四野之内除了港口的建筑以及各自独立匆忙奔波的人群，什么也看不见，两天多的海上漂流，让他感觉似乎到了一个小岛，神户到底是不是一个小岛，没有山水树木的参照，他根本无法判断。急忙之中他只有慌忙跟着出港的人流按照规定的线路行进。不觉到了海关检查口，他看到走在前面的人过了一道很小的门，又站上一个小小的圆形的检查台，然后被检查人员例行公事地检查一遍，那些人就自由又快乐的走向广阔的广场。他仿佛感觉自己也像他们一样自由舒畅地来到广场里。可是，当他提着两个特别的大箱子以及疙疙瘩瘩的小塑料袋，走到检查人员面前时，他看到刚才还自然笑着的工作人员，立时脸上严肃起来，显出硬硬的棱角分明的表情，而且还用那拒人于外的冷冰冰的眼光质疑地看着他，似乎带有审问意味地示意他打开箱子，解开袋子接受检查。打就打吧！勤劳善良的农家出身的柴生芳做事从来都是光明磊落。当他打开一个箱子时，一袋袋的四川涪陵榨菜，一瓶瓶的老干妈豆瓣酱麻辣酱，展现在面前，并且散发出浓浓的各种香味。柴生芳又打开另一个箱子，那是他正穿的半新不旧的两双皮鞋，一件手工织就的毛衣，还有打叠整齐的铺盖卷。这些民工所需的用品与他身份的反差，反而更激起了年轻的日本检查人员的好奇心，他拿着这个问问，又拿起那个问问，表情已经由严肃变得好奇而诙谐，但是他的提问依然如冷冷的铁一样坚硬，这让只会书写的日语而不懂口语的生芳紧张地不知如何是好。这时的他忽然有一种逃荒的感觉，似乎觉得自己成了被追赶的逃犯或者被追打的偷东西的乞丐。随即他想起了眼睛是心灵的窗户，他用他坚定的正气目不转睛地注视着检查人员，只有几秒钟，那检查员的目光就躲闪开来。

但是紧张感没有消失，僵持依然存在。柴生芳眼看着和自己同行的人员都被放行，而只有自己却被留下来，他十分焦虑地又抬头四处张望，想寻找到一个救助的人，可是他初来乍到，举目无亲。这时另一个年龄较大的检查人员，也许是对中国留学生有所接触，仍采用同事的那些方法，他只管低头看东西，并不抬头看柴生芳。

此时的生芳有一种被赶到角落硬行脱衣的紧张和羞辱感，他想尽早摆脱这种难堪的感觉，但是异国他乡，他孤助地却无法摆脱，只是看着弥漫的云雾，悲怆难耐地站在那里。半个小时后他才终于和接站的人接上了头。

当柴生芳走出检查站的时候，面前的迷雾更大了。这到底是一个什么样的地方让他疑问，眼前的神户，他似曾相识却又不像。以前他查过资料，感觉应该是一个半岛，可是他走上来的时候感觉又不是，一会儿开阔的马路让他觉得像大平原，一会儿大桥横跨又让他感觉像进入了一个小岛，空间的迷茫感又加重了他第一次出国，第一次到神户的陌生无助和焦虑之感。他惴惴不安地随着接站人员前行。

到了晚上，神户的万家灯火璀璨夺目，高楼林立的华贵气魄尽显眼前，走在彩河一样的大街上，舒心而又惬意，这是他从黄土高原的金城兰州来到这个海岛国家的最初感受。他随着新认识的校友登上了高耸挺立的、灯光璀璨的神户大荣商场九楼。在那桌椅齐整、灯光晶莹的大厅里，他第一次吃起了自助西餐，吃到了意大利的空心面包。他在这一次就餐中，学会了认真地把一根长长的面条缠在叉子上，然后以文雅的姿态吃着。虽然他感觉到这面条并不如家乡的面条劲道，吃起来也不如家里的面条过瘾，但在异国他乡，他觉得自己不能像那个放羊娃一样放肆。而应该小心地用一种吃法与另一种吃法交流，用一种文明与另一种文明映照。这顿饭吃得很规矩，也吃得很费心，但是也吃得很昂贵。神户就是以这种方式在他的面前建起了一座高大的玻璃幕墙，这墙让他看着光亮，但是穿越的时候却异常艰难。

柴生芳觉得要穿越这堵墙首先要有足够的力量，这力量来自于伙食的能量，来自于一份工作。

初到这里，他只是一名预科生。他先住到处在一个小岛上的神户大学国际会馆里，这座小岛四周被蓝蓝的海水围着，岛上花树林立，各种鳞次栉比的建筑，掩映在绿树丛中，让整个小岛像一座美丽的花园，又像一座巨大的盆景，富有的学生住在这里真是一种享受。然而柴生芳却无心欣赏这些美景，每当摸摸消雪样瘪下去的口袋，他待在学生公寓里就会如坐针毡，从窗外望去，那些伸出枝丫的树枝像一个个讨债的手，静静地展在他的面前，让他有些陌生，有些紧张，有些慌乱，又有些后悔和担心。于是他抓起了手边的电话，按照电话本和报纸上的广告，挨个打过去。然而电话那边的声音，四分之三的话让他根本听不懂，当他把刚刚想好的话结结巴巴地还没有说完，那边却已经挂断了电话。这，让他心中无限地失望和焦急。于是他又接着打另一个电话，一个接着一个，一天连着打出四五十个电话，然而总是没有好消息。躺在公寓的床上，他脑子里满是电话，耳朵里满是没有听完的断了的日语。晚上，他爬起来，又开始猛攻日语，丰富的日语环境，让他感觉自己进步还真是不小。

不久，一个好消息让他喜出望外。他被人介绍到神户著名的铃木搬家公司，算是谋了一份临时的差事。在物质文明高度发达的日本，人的身份也分出许多层次，层次决定着工种和效益。但例外的是搬家公司没有文化没有技术的人却是挣钱最多的。北大毕业生，又在甘肃省考古研究所工作过，现在是准留学生的柴生芳，是有文化有技术的人，对他来说搬家公司也是挣钱最多的地方。老板知道他是留学生，还真爱惜和照顾他，让他搬那些轻的软的和安全的家具，这让他多少有些感激，他感念世界文明在民间的表现方式也有相通的地方，人们对文明和知识并非采用野蛮的手段肆意残害，而是小心呵护着。第一次搬家，只用了 3 个小时，他就挣到了一万日元的工钱，还为他管了一顿午饭。

他搬了十次家，挣了 10 万日元。而这十万日元对于生活必需品十分昂贵的神户来说，仅仅够他饱饱地吃上五顿饭。这远远不能让他在日本度过读书生涯。

7 月 19 号，柴生芳到日本神户的第 73 天，他经过祖国北京一名访问学者的介绍，找到了一份“正式”的工作——在神户市南京街奥莱馆琼爱饭店 4 楼做一名洗碗工。上班时间是每晚的 5:30—9:30，工资待遇是每小时 850 日元。他所在的由辽宁华侨开的饭店客人特别多，和他洗碗的还有两个福建的小伙子。同事每天上班的时候都是一阵不言不语地紧张地战斗，他们先将电梯上运来的碗抱下来放在水池子里，接着把操作间里送来的菜挪到电梯上；随后又把水池冲过的碗放进自动洗碗机里，还要将洗碗机里洗过的碗拿出来摞好，把碗一茬茬地运送出去。这时可以抓点空闲时间盛几碗米饭，还得挤时间做些生菜包。这样不间断地紧张的四个小时里，柴生芳成了另一架飞速运转的机器。干活的时候他满身流汗，可当他停下来揩汗的时候，心里却涌出无名的悲酸，眼泪顺着脸颊长流。他想到上北大时全家人欢送的场景，想到北大图书馆里的人海人潮，想到挖掘悬泉置时候的成功和喜悦——然而此时这一切都留在了大洋那边的祖国，在这里他已经不是一个国家培养的名牌大学生了，他更不是一个像样的留学生。钻在饭馆的操作间埋头洗碗已经是他此时的全部身份和价值，他多么亏，他亏得一个人流泪。

这样，他在一种屈辱中仅仅坚持了一个月。8 月 19 日，他狠劲地甩了甩手，不辞而别。10 天之后他才给老板打了电话，正式辞了工作。

这时，他已经在神户物流中心找到另一份工作，并且已经上班 10 天了。

他在这里负责清理商场的纸箱。他把那些纸箱拆开来，再压平，然后摞起来。再拉到仓库里。有活了就干，没有活了还可以转一转，虽然累，这和他紧张地流水线上的洗碗工作相比，还有自由，多少让他在这个异国他乡感到一些快乐。而且和他一同干的有一个长得像歌星刘欢一样的山东小伙，两个人苦中作乐地给自己的工作起名为“当宝鲁（日语：

纸箱）之歌”。“当宝鲁之歌”虽然快乐，但是时间却漫长，每天要唱够九个小时。而这里的工资也不错，每小时工费1000日元，一天下来能挣8800日元。

到了9月9日，他在这里工作的第十九天的时候总共挣了17万日元。他觉得自己很满意，但是他又接到新工作。他找到了比这更好的当老师的工作。他给日本关西大学毕业的叫吉村和小山的中学教师当汉语老师。每人每日教4次，每次两个小时，工费4000日元。可他在给他们教那些b，p，m，f的时候，感到非常费劲，他们学得也费劲。他发现他们的费劲不是智商问题，而是一个态度问题，他们显得那样心不在焉。后来他发现他们并不是为了学汉语，而是以这种方式在体面地资助他这位他们朋友的朋友。柴生芳有寄人篱下之感，但他暗暗地告诫自己：“受人滴水之恩，当以涌泉相报”。他接纳了这种友情地支持，他总共教了21个月，在这21个月时间里他有了体面的生活，也有了充足的学习时间。当教完这两个学生，他可以放下课本，坐上无人售票车，走到不高的翠绿的六甲山下，一个人踩着那些依山而铺的台阶，上到他就读的神户大学。当他看着那一排古朴的三层的学校大门时，那种对知识的渴望，建造一座属于自己的知识高塔的冲动又萌发在他的心中，踏进校门，他向那掩映在绿树丛中的教室走去。后来，在1998年8月吉村和小山到中国旅行，1999年8月，吉村一个人到中国旅行，他作为专职导游进行了全程作陪，他感觉到了偿还情义的惬意，也感到了把祖国语言教给他们的成就感。

1998年10月起，柴生芳的学费、生活费用开支增大。为了保障正常生活和学习，他打了“昼工”，又到神户之外的大阪尼崎24小时超市的“收银台”打起“夜工”。每个周末，坐上电车，他在那里的岗位上，从星期五到星期六每个晚上10点上到凌晨6点，每周末挣回了1.8万日元的工资。这样，他一直坚持干到1999年5月13日。

1999年10月份，他的第二个汉语班开班了，他的学员是一个老头两个老太太。每周上两节课，每节课两个小时，采用集体上课，每节课可以获得7500日元的收益。

在神户的这些日子，柴生芳没有完整地感受过白昼的来临，夜晚的消失；没有感受到春天什么时候开花，秋天什么时候叶红满山。当樱花开满整个神户的大街小巷和远处的山冈上，他看到花季给人们带来的如意笑容和优雅气息，但他的心里却只有齿轮，那些咬得很紧的齿轮相互紧咬着让他处在一种非常紧张之中，让他时时奔跑在路上，赶乘在各种车上，归宿于各种劳动的场所。后来，当他的师友何双全到日本访学来看望他时，问他感觉怎么样的时候，他回答了五块黑铁样沉重的字：“打工打死了！”

而这时，当柴生芳在日本紧张又激烈地打工的时候，国内的电视台播放完了《北京人在纽约》之后，又播放《上海人在东京》。全家人都好奇地想知道柴生芳在国外过着怎样的生活？于是到了播出的时间都围在电视机前。开始，父亲也和大家一起观看。可是看着看着，父亲就一个人走出去了，他独自在院子里默默地蹲着。那些日子，他白天常常坐在路边，一个人望着长长的公路，家里人叫吃饭都叫不回来。看到那些打工人的艰辛和磨难，他一定想到自己儿子的艰难，他一个人默默地想着心事，等待儿子的归来。

虽然这样没黑没明地拼命打工，可是柴生芳却并没有获得一个安生乐学的感觉。他像一只候鸟一样一次次地挪窝，经历着居无定所的逃荒般的生活。

1997 年到日本时，他住在神户大学国际会馆，会馆处在六甲山和莫邪山拱抱着的神户海湾的人工小岛上，环境非常优美，室内设备也齐全。整个会馆里住了 90 多人，这 90 多人中，有 50 多人是中国留学生。开始没有奖学金的日子，他买不起饭，只有吃方便面和面包，有时也自己做，他只做自己能烙的饼子和鸡蛋炒西红柿之类。为了在公用厨房里的投币式煤气灶上节省，他精打细算，先统筹计算好，一日元一投，他用五个硬币烙好饼子，用三个硬币烧两个素菜，这样八日元他就可以做一顿饭。除了吃饭，对于那些 300~500 日元一个苹果，3000 日元一个西瓜，他更是望尘莫及。只有在 1997 年 9 月，为了招待一位天津朋友回国，他狠心地破费了一次。在一个卖菜兼营水果的摊点他咬牙买下了两个菠萝，一个西瓜，花费了 1360 日元。这次，他把所有认识的留学生都请来了，一人一小块菠萝，一人一小块西瓜，这样的招待让一些朋友其乐无比，也让一些朋友不好意思。

到1998年4月，他又幸运地住进了大阪尼崎市的大学生公寓，那里需要每月缴纳3万日元，一日两餐，食宿全包。是一家经营大学生公寓的大集团对大学生的资助，给神户大学总共一个入住名额，入住时间总共两年。学校提供了9个人选，最后通过抽签决定，柴生芳一签定音。可是住进去之后，柴生芳发现这并不是理想的宿地。这里离大阪很远，坐车要花去一个小时的时间，而且这里的中国留学生只有他一个人，让他非常寂寞，一年365天时间里，只有一个中国留学生来过他的住处，更主要的生活方式都是日本式的，读书看电视都要躺在榻榻米上，虽然只有3万日元，却是他每个月奖学金的全部数目。因为诸多的不便，他仅仅住了一年零一个月，便主动地搬离出来。

这一次，是5月14日，他搬到了神户市乐库留学生会馆。

从此后，柴生芳的生活拐了一个大弯。他每月的花费急剧上升。除了住宿费、水电费、伙食费等相对固定的费用外，他每月还有1.5万日元的电话费，5000日元的交通费，2万日元的交际费用，平均每月的花销达11万日元以上。

而提供给他开支的，有两个稳定的来源，一是奖学金，1999年，他的奖学金是每月7万日元，2000年是8万日元，2001年猛升到15万日元；另一方面是学业的收入。1998年4月，他凭专业特长，帮助京都大学人文科学研究所著名汉学家福谷至先生整理居延新旧简牍的有关资料，从而得到了每月3万日元的酬劳。1999年3月，他又受聘为京都大学人文科学研究所的兼职讲师，每月有3万日元的收入。2001年4月，经过严格选拔，他又受聘为京都大学人文科学研究所研究者助手，收入每月达到6万日元。除了这些而外，他的全部支出都是靠辛苦打工来支撑。

到了1998年5月，他所欠的30万日元的学费一直在催，他一直拖到2000年4月才还清了这些债务。还清了账务的他像从漫涌的泥沼中爬出来一样，走在海风吹拂的大街上感觉到了“无债一身轻”的自在。

而在神户市兵库留学生会馆里，柴生芳深受一种尊严的刺伤，让他变得异常地敏感。在这个会馆里，中国留学生就有三分之一，虽然人数较多却常被管理人员小看。有一次，一个会馆的管理人员在楼道里边走边说了一句“中国人脏”的话，这时候柴生芳正好从那人身边走过，他像被一种锐器刺痛了一样返回身来，怒气冲冲地冲上去质问：“你刚才说什么?”那个管理员又重复了一遍刚才的话。这时候柴生芳语如投石般地质问：“谁脏就谁脏，你不能以偏概全地说中国人。”并且当面警告说：“你再这样，我就去告你!”这件事之后，会馆的一名副馆长亲自赶过来，当面向他道了歉。

会馆里的事情都通过贴告示来通知。刚住进去的时候，柴生芳发现告示有关重要活动讲座都始终用日语书写，而那些有关厨房里的摆置要求，油瓶子没有放在地方的指责却常常用汉语书写。有一次，一个北京来的留学女孩打电话给柴生芳说日语和汉语之间的用语不一样，暗含着歧视中国人的企图。柴生芳当即赶到现场向管理人员提出交涉，管理人员试图抵赖，柴生芳要马上打电话叫新闻媒体曝光，会馆才软下来，会馆馆长最后出面向中国留学生道歉，并指示管理人员将楼道里贴上去的通知撕掉。

这次，他以神户地区中国留学生会会长的身份达成一项协议：以后出通知，不管什么内容，有日语就要有汉语，涉及中国留学生的所有文字无论日语还是汉语，都要经过柴生芳的把关才能公开张贴。

在异国他乡，柴生芳深深理解着祖国母亲的含义。他把维护自己和留学生的尊严与维护祖国尊严连成一体。而且去日本留学的日子里他利用一切机会和条件表达着一个漂泊的游子对祖国母亲的感恩和热爱。

1997 年 7 月，柴生芳到日本不足两个月，那时，中国收回对香港的行政主权。为了祝贺这一划时代的历史事件，各国留学生通过不同的方式表达着对这一事件的热情赞美和祝福。柴生芳在这次中国留学生庆祝香港回归晚会上的热情行为智慧表现，在留学生心目中留下极为深刻的印象，受到尊崇。到 1998 年，神户地区中国留学生学友会的选举活动中，他获得高票，当选这个地区中国留学生学友会副会长。

从此以后，埋藏在柴生芳心中的那团爱国的火焰越烧越旺，而在接着的一连串活动中，他潜在的号召能力和组织能力也得到了充分展示。

长江流域大水灾、台湾地区大地震发生的第一时间内，柴生芳抱着自己亲自糊好的纸箱子，带领几名志愿者，在神户的大街小巷里奔走，在川流不息的人群中宣传。他热情、勤奋、执著的行为影响着看见他的人，感动着被他激发起来的人们。于是一张张或大或小的日元纸票，一枚枚或新或旧的日元铜币被或枯瘦或细嫩，或宽大或稚小的手投进了他的纸箱。为长江洪水灾区他组织筹集了170万日元；为台湾灾区3小时筹集达45万日元。当他把这些募捐通过有关组织托交的时候，他深深地感觉到他的身上流淌着中华的血液，他的血脉和祖国始终息息相通。

2002年2月，反复无常的日本右翼势力公然抛出消息，否认惨绝人寰的南京大屠杀事件，这对从小深受爱国主义影响的柴生芳来说，像当面泼来的冷水让他难以接受。于是他和留学生会其他成员一起到警察局进行了申请，然后，一排排整齐的留学生队伍在滂沱大雨中举着一把把雨伞，像举着一个个坚定的盾牌从街上走过，那隆重的集会，强烈的抗议，声讨了日本右翼的罪行，表达出中国人民“前事不究忘，后过之师”的正义之声。

在日本留学时期的柴生芳

这一年，柴生芳已经以热情的爱国精神，强烈的正义感，出色的组织能力和领导才能，被选为神户地区中国留学生会会长，全日本中国留学生学友会理事，成为留学生中唯一当选的神户地区华侨总会理事。他的行政智慧和才能也在一步步地发挥并且茁壮成长起来。到7月30日的“神户节”上，他筹划组织了200多人的游行队伍，队伍中的成员穿着各色民族服装，狂舞着中华龙，劲擂黄河鼓，浩浩荡荡地经过观礼台。那热烈、壮观而又蓬勃的生动场面，是神户有史以来中国留学生的第一次集体亮相，让在场的解说员不能自抑，激动地连喊 6 次“中国留学生队伍走过来了！”那一刻，柴生芳和所有留学生的心中装着祖国的版图，内心跳动着黄河的涛声。他们也体验到胜利的激情和喜悦。大家边走边舞，把龙舞得海浪奔涌，大家边走边擂，把鼓擂得震响天外。大家在争相观看的目光中，在夹道欢迎的人流里，整整走了两公里。这样的壮观行为被日本各大媒体大篇报道。到了 10 月 1 日，那天是星期天，80 多名中国留学生齐聚神户中华会馆七楼大厅，大家举办了“快乐的星期天庆祝国庆专场晚会”。中国驻大阪总领事专门派来的人员，看到他们从大连买来的卡拉 OK 机改装成 110 伏扩音设施以及彩灯花絮的晚会现场，无不激动，发表了热情洋溢的讲话。随后，在柴生芳的指挥下大家激动地唱着《我的中国心》《我爱你中国》《今天是你的生日》等爱国歌曲，把对家乡、祖国的怀恋和挚爱，那样真诚，那样执著，那样深情地表达在一句句唱词中，表达到一曲曲优美的旋律中。许多人流着内心激动的眼泪边唱边哭。此时，他们的心中，祖国是那样伟大，如巍峨的泰山，此时祖国在他们心中是那样慈祥，如黄河母亲。然后大家一起表决心，表示一定要为祖国的强大出自己的力，流自己的汗。场面庄严地又如上战场前的宣誓。

在这样激情而热烈的活动中，柴生芳和同学们的爱国热情在生长着，成熟着。到 2001 年 2 月 11 日，以“敦煌——丝绸之路的伙伴们”命名的日本国际组织筹划委员会在神户成立。柴生芳是该组织的委员长，其他成员都是志愿者，活动初期投入都是个人出钱。该组织发起募捐到敦煌莫高窟植树活动，并计划在植树区域内开设“功德林”“希望林”两场林区。10 月 12 日，日本神户华侨总会“中国西部大开发考察团”一行考察了甘肃的生态旅游，并表明了寻求经济、文化合作的态度。当天全体成员还专程到兰州王家坪，每人栽下了一棵根植黄土，保护生态的生命树。在这样一个颇具规模的跨海考察活动之前，柴生芳耗费了不少心血，他先通过在神户政界、学界的酝酿，然后在华侨总会例会上提出讨论。在讨论中，大家发现活动的难处是所有成员的花销都是个人自费，而要使活动实施，在这商品经济高度发达的日本神户地区，难度可想而知。但是柴生芳通过千方百计地努力终于促使了活动最终成行。考察团的 18 名成员中 8 名是华侨，10 名是日本各界人士，具有很强的代表性。在整个考察活动过程中，他又充当起了翻译，忙前忙后地为大家搞联系和服务。这次栽下的十几棵树只是活动的开头，回到日本之后，考察团随即组织了一个更深层次的活动——“向甘肃献一棵树”。

在日本的那些艰辛的打工生涯中，在艰苦的日常生活里，柴生芳心里深情地想念着自己的祖国和家乡，在一切为生存而搏，为爱国而斗的活动中，他其实心里想得最多最细的是他的学业，他也没有荒废自己的学业。1997 年到 1998 年，他在神户大学文学部进修，同时又在神户大学文学研究所攻读美术史专业，并获得了硕士学位。2002 年 3 月的一天，柴生芳按照往日的习惯，一步一个台阶地登上六甲山上的神户大学，苍郁的树林中挺立着他熟悉的一座座教学楼，而台阶两旁的一树树浓郁的樱花绽放枝头，一群群蜜蜂蝴蝶在那里闹着玩着，鹅黄色的树林里一只只鹂鸟上下翻飞，娇声啼鸣，而从那树间隙露出的阳光那样明丽。透过树隙，柴生芳望见远处的人工岛，望着远处蓝蓝的海湾，他从来没有发现过神户大学是如此美丽，这美丽带给他的是从来没有过的心旷神怡。就是在这一天里，柴生芳在神户大学文化学研究所获得文化构造学博士学位。这个一般需要 3 至 7 年才能获得的学位，他仅仅用了两年半时间，他也因此成为世界上少有的顶尖级的专门人才，等待他的将会是丰厚的收入，富裕的生活，空前锦绣的前程。

就是在这天下午，柴生芳又一次走进 5 年来他皓首穷经的研究室，见到 5 年多来朝夕相处的百桥名穗先生。并不宽敞的研究室，里面依然散发着浓浓的生机盎然和宁静智慧的学术氛围，就是在这里，在百桥名穗先生的指导下，查找资料，大量阅读，记笔记；就是在这里他和来自不同国家的同学共同听讲，互相辩论；就是在这里他常常看到中等身材雅致清秀的百桥名穗先生推开房门或微笑地走到他面前对他的作业进行指导，或者把他叫到自己的研究室进行启发开导和促膝交谈；在这里他一步步观察了人类的历史文明，辨析着不同文化的脉络纹理，体味到不同民族的精神气质。这里是他人生一个最重要的地方，当拿到学位证书的这一刻，他对这里却是那样留恋。

下午，当金黄的夕阳照在幽暗的树林中的校园时，柴生芳漫步校园，

百桥明穗(左)与柴生芳

颇多感慨。获得学位证书就意味着他已完成学业，不久的将来就要离开这里。离开这里容易，但向着什么方向发展，以后走哪条路呢？

柴生芳深知日本博士是全世界最难读的博士之一，而文化结构的研究前景也是非常看好的学科之一，这时他接到许多在日本就职的朋友的邀请，而且神户大学教学部也希望他留校任教。面对这个关键问题，在国内甘肃省考古研究所当过他的领导的何双全在日本访学后，曾经问过他博士毕业后做什么？柴生芳回答，不想继续搞专业了。面对这个回答，何双全所长很纳闷，这么优秀的博士，别说全中国，就是全球也没有多少！何所长不无痛惜地追问，你为什么要放弃前景如此好的专业呢？柴生芳心里还是装着他的故土，说，我们宁县太苦了，我学成回去，要改变家乡的面貌。面对这样充满激情而不无稚气的回答，何双全有些焦急，甘肃的穷地方太多，你一个人的力量有多大？能做什么？柴生芳的回答是我想做更实在的事，不只局限于学术研究。

面对柴生芳这样优秀的博士，北京、上海、澳门、香港等大城市的科研院所以优厚待遇邀请他加盟，但是柴生芳仍然不为所动。他博士毕业的前夕，以时任甘肃省委副书记马西林为团长的甘肃访日团到日本访问，柴生芳作为留学生代表，见到了来自家乡的领导，柴生芳向关注他的领导说起了日本挽留，国内大城市的邀请，但他都婉言拒绝，诚恳地希望回到家乡工作的心愿。马西林书记当时非常高兴地说："我赞成你的决定，欢迎你学成后报效祖国、建设家乡！"同时建议他到省里综合部门工作，认真学习理论、政策和省情，对全局有一个了解和把握后再到基层做贡献。

为了这些令人纠结的人生选择，柴生芳曾经做过许多思考。这时，六甲山上的校园里路灯灿亮，对面海湾里万家灯火，那些高楼在夜色中璀璨夺目，这一切美丽夜景让此时的柴生芳感觉到心旷神怡，他想起了自己美丽的祖国和自己可爱的家乡，他对自己的选择更加自信。这时他拿着沉甸甸的博士学位证书，大步跨下神户大学校园的台阶，似乎已经归心似箭。

2002 年 9 月，柴生芳安排完在日本的所有事宜，离开神户，登上了回国的航船。

第五章 激流勇进

君子终日乾乾，夕惕若厉，无咎。

——柴生芳摘自《易经》

2002 年 10 月国庆节刚过，严肃有序的甘肃省省委办公厅调研处增加了 4 名新的工作人员，他们分别是从基层选拔的优秀年轻干部韩纲、张志军、李文鸿、还有一名就是人们早已交口称颂的海归博士柴生芳。

为了迎接这一生命中重要的转折时刻，柴生芳在内心里做了许多种设想，也做了许多种筹划。他决心以积极向上的心态，以饱满的工作热情，以诚恳的学习态度来迎接这一难得的新的机遇。他一改以前在日本打工留学时的流行便装，专门挑选了朴素大方而又笔挺庄重的西装，外面穿着一件黑大衣，来迎接这新的一天的阳光。

柴生芳早早地跨进那座古色古香，庄严典雅的门前站着岗哨的省委大门，迎着面前那一座古典庄重的红门红窗黄瓦的高大建筑。沿着整体的绿篱带，从早晨穿过树叶缝隙的阳光中，来到位于省委大院西面的一座建筑面前，怀着兴奋而又敬畏的心情一步一步迈向楼梯口。

省委办公厅调研处的办公室里早已有人了。柴生芳跨进办公室的那一瞬间，发现早到的人已经开始接电话了。看到他进来，那位同志边接电话边站立起来，用眼睛和手势示意他坐在靠门的三人沙发上，然后仔细地听着电话那方的话，并在笔记本上认真地记录着，接着又十分恭敬地回答着对方的话。柴生芳没有坐下，而是双手自然地交叉在身前，让那暂新的黑呢大衣后摆微微翘起，一边等待那个接电话的人，一边打量着这个属于自己新家一样的办公室：靠窗是两组庄重大方的写字台，每组是两个桌子紧挨着，一对椅子面对着面互相注视着，靠窗这两组桌子对面靠墙也有一组同样放置的桌子。而在他所站的沙发对面是三组巨大的木柜，显然是档案资料柜，从那柜子干净的玻璃里可以看见那些整体的文件盒和 书籍。早晨的阳光明朗地照进窗户，让这一切显得整洁、干净、大方而又严肃。柴生芳虽然看着这个他喜爱的办公室，但并没有分散打电话的人的注意力。这时打电话的人边放下电话边向他转过脸来，接着挪开凳子极为热情地向柴生芳伸出手来，柴生芳双手握着那一只有力的手。

“你是——?”接电话的人边握手边探寻地问柴生芳。

“柴生芳，此木柴，此木生芳——柴生芳，日本留学回来的，简称海归”。

那人忽然笑起来，握柴生芳的手更有力了，而且像钳子样抓着他的手使劲地摇着，柴生芳自然地伸出另一只手把那人的肩膀搂了搂。那人显然没有这种准备，上身先靠近了柴生芳，随即脚步短暂而礼节地靠过来，“嘿嘿嘿”地笑着，也用另一只手在生芳的背上拍了拍。这种充满现代色彩的见面礼节，引来早晨的阳光像一群天真的小娃娃喊叫着爬进窗户。

这时候，调研处办公室的门里一前一后又走进了两个人，分别是新到的张志军、李文鸿。大家相互介绍着，仿佛是失散多年的朋友，三言两语就都熟悉了。

这时候门里又进来一位中等身材，显得非常精干的人。大家还在寒暄着，柴生芳早先发现了他，转过身来，跨步迎了上来。韩纲，这位外柔内刚的基层法院工作者的面前，出现了一位穿浅灰西装罩着黑呢大衣，搭条白围巾的稳重而热情的人时，他还没有反应过来怎么打招呼，对方已经热情地伸出手自我介绍起来："我叫柴生芳，——此木生芳，日本海归。"韩刚的手被那只热情温暖而又厚实的手抓着，心里是温热和爽朗，随即迎着海归博士的热情，自然地像亲兄弟一样互相拥抱了一下。这时候省委办公厅调研处的办公室里热情洋溢，像是出现一群从窗户里跳下的阳光儿童，欢笑着冲向楼道。

迎着调研室窗子里的阳光，走进了一位中等身材的中年汉子，他头发梳得很整齐，简便的深蓝西装，配着洁白的没有打领带的衬衫，特别是那裤子一溜地舒展，脚上是黑亮的皮鞋，一看就是一个修炼到位的知识分子型的领导。他和蔼而又不失严肃地微笑着，在每一个新到的人脸上扫了一下，十分自然地伸出手和大家一一相握，微笑着示好。最后在柴生芳面前却脱口而出："日本留学博士——柴生芳。"然后肯定似地看着柴生芳的眼睛，柴生芳显得非常谦虚然而难藏热情和豪爽地回答："你好领导！新到的，新手，柴生芳！"

中等身材的人在听到柴生芳回答的同时，眼睛已经望着早先办公室的那位同志："马书记要的材料搜集好了吗？"那位同志是一连串逻辑严密推理清楚地汇报，又夹杂许多基层的具体事例，这让柴生芳的心里自然地庄严起来，也扩展开来。他感到自己面前忽然出现了一座高大而庄严的高楼，这楼一时变得鲜红起来，也宏伟起来，那些由语言和思想建立起来的火热，一时把他裹挟起来，他不知不觉地被送入一个巨大的火炉。

柴生芳的感觉没有错，甘肃省委办公厅的副主任就是要打造一个"炼丹炉"，让每一个文秘干部在这样一个炼丹炉里经过高温炉火的冶炼，成为炉火纯青的金刚石。为此，他早已亲自担任了锅炉工。柴生芳知道，处室的负责人对又一批像自己这样的人才，要进行再冶炼和再锻造。

柴生芳、韩纲、张志军、李文鸿站在地上，忽然心里都产生了一种热切地投入工作的冲动，然后用目光看着办公室的这位领导，领导同志显得理解大家的意思，然后随和地说："就这几张桌子，一人一张，大家随意坐吧！"几个年轻同志快步走向了属于自己的办公桌，柴生芳像一个大哥一样等大家选择完后，走向了剩下的一张桌子。

同处一室办公，柴生芳的真诚朴实、豪放热情，爽朗幽默，乐于助人的精神渐渐流露出来。他那单纯乐观的自信，光明正派的笑声，像一桶万能胶一样把周围的人"粘"在了一起。而韩纲对这位新同事更是产生了探秘般的好奇。有一天，他跟着柴生芳想看一下他的博士证书，柴生芳说日文你看不懂。韩纲又不无好奇地问到，现在洋博士吃香，满世界打着灯笼抢，待遇棒棒的钞票厚厚的，你能揣着金饭碗回甘肃？柴生芳十分爽快地"嘿嘿"一笑，叽里咕噜说了一通英语，又呜哩哇啦冒出几句日语，然后在面前的稿纸上龙飞凤舞地写了几个字——"与有肝胆人共事，从无字句处读书"，接着把纸展在了韩纲面前。在基层与实打实的干部打交道的韩纲，感觉被柴生芳展现出的一种丰富和神秘裹挟起来，他真有些听不懂也看不懂，觉得这似乎是表扬又觉得是抒发志趣，他感觉到一种无法言说的亲切和鼓舞的力量。后来韩纲终于弄明白了，柴生芳是用一种极其艺术的潜移默化的方法，运用周恩来的对联，表达自己一种务实而又纯粹的志向。韩纲暗暗地佩服起了这个洋博士兄长。

柴生芳曾在日本神户大学文学研究所攻读美术学专业，获得硕士学位，后来又在该校文化学研究所攻读文化构造学专业，获得博士学位。说起美学、文化学相关的话题他会口若悬河，滔滔不绝。然而相对于行政机关的材料来说，他又变成了一个无证驾驶的"菜鸟"。一次，他参照处长的材料给副处长拟现实表现材料时，开头竟将"郭某某"写成"张某某"，这样一个差错无言地证明了一位领导对他"无证驾驶"的提醒。为此顽皮的有证驾驶人韩纲郑重其事地向柴生芳深鞠一躬，说自己孤陋寡闻，敢问"张某某"何许人也？看到这样，在场的同事们乐翻了天，开朗豪爽的柴博士自嘲地跟着大家"哈哈"大笑起来。活泼的韩纲不甘罢休，退到远处模仿交警跑到他跟前敬了一个礼，拿出小本子装模作样的撕了一张票递给他，"无证驾驶，罚款"，柴生芳并不恼火，像个老大哥一样边笑边挠着头发，掩饰着窘态。

虽然柴生芳曾经在北京大学图书馆，在日本神户大学校园那样勤奋苦读，可以说学富五车，才高八斗。但他显然感觉到了自己还没有适应机关工作的需要，于是他如一个职场“菜鸟”充满了好奇和信心。又一次立志——“一心向学”。他开始了又一轮的发奋，又开始向领导、向同事、向书本、向实践学习。

那时候，他在办公桌上和窗台边上放满各种书籍和材料，文件柜里立满了各种文件资料盒，分门别类地贴着政治、经济、社会、文化、党建等等标签，里面是收集整理好的文件资料。一有时间他就爬在办公桌上用塑料本分门别类地摘抄书写。特别是历次党代会的辅导报告成了他攻读的重点，他在那些材料上面密密麻麻地记载着心得感悟，很多地方还用蓝黑几种不同颜色的线勾得色彩斑斓。同事们常常看到他的柜子、桌子旁边，座椅周围到处堆放着书籍和刊物，见到他埋头坐在堆积如山的书城里，一坐就是几个小时甚至是一天。

柴生芳在省委办公厅调研处的工作职责渐渐被明确下来，在配合分管领导完成省委有关领导文稿的起草任务中，他这个博士主要做的是搜集材料、电脑打字、跑腿打杂等具体服务工作。可以说事无巨细，枯燥乏味。这和他研究和思考学问时所用的与智者倾谈用思想飞翔的思维绝对是两码事。但他就是在这种具体工作中做到干一行爱一行，精一行。有时候，省上材料的任务紧，平时和蔼可亲的领导也不免发起脾气，有时候暴躁地训斥几句，甚至狠骂一通。但在这个时候他总是面带笑容，从容接受，又如一个弹性十足的橡皮人样坦然面对。并且像奔流的河水走到打弯的地方回旋一下，在安静中把这看做是领导对自己的爱护，在同事们面前还显出得意和自豪。可是这样能吃苦，不叫苦的精神完全适应了主管领导长期熬夜加班的紧张节奏，而且得到了领导的不少真传。

在这样一个“炼丹炉”火一样的冶炼和熔铸过程中，柴生芳迅速地改张易弦，并且迅速地成长起来了。面对他的稳健而迅速的进步，主管领导看在眼里，喜在心里，最后终于发自肺腑地开始表扬这位博士的“爱学习，肯钻研、能吃苦、眼界宽、思路广、方法活”，还要求大家向他学习。经过一年多的锻炼，2003 年柴生芳已被评为甘肃省办公厅的优秀工作者。

柴生芳在单位勤学上进的精神只是他的冰山一角。回到家里，他更是如饥似渴。那时候他和在兰州政法学院上学的侄儿柴裕红住在一起，周末他们不去商场，不去白塔山或者皋兰山，不去黄河边，而是挤着公共汽车直达兰州的几个大书店。到书店后，叔侄两个一待就是一整天。有时候侄儿饿得肚里像猫抓，但是看看叔父那样认真地沉浸在阅读中，又怕又敬地只得学着叔父的样子钻入书的海洋。而当所有的顾客都走完，书店里只剩他叔侄两个的时候，书店里的人不得不提醒他们说要下班了，要关门了，他们才拿着拣选的一叠书走出书店。这时傍晚的黄河两岸虽然不是日本神户的灯火阑珊，却已是华灯初上，车水马龙。他们又忍着饥饿挤上公共汽车回到住处做饭。柴生芳每月的工资并不多，他衣着简朴，除了吃饭，剩下的钱几乎都买书了。有时候，在省文物所上班的兄长柴生璋过来看他们，见他们的房子简陋极了。只有那么一张桌子，一个柜子，一张双人床。而与之反差的是，他们的桌子、凳子、床头柜上，到处是书。单是床上的书就占去半面地方，他搞不懂剩下的那点地方叔侄是怎么休息的？

广博的知识积累，刻苦地发奋图强加之灵活的思维，柴生芳已经能够吃透中央精神和省情，能够深刻地把握和领会领导的意图，对改革发展稳定各方面问题有了全面深入地了解。他已经能够参与完成各类文稿的起草工作。

时间，对于在省委办公厅工作的同志来说，如同飞逝的索子，而柴生芳为追求生命价值，自己则变成省委办公厅调研处飞速旋转的陀螺。急需起草的材料还没有准备好资料，没有理出个思路，电脑荧屏上没有留下多少字迹，白天的时光不知不觉地溜走了。夜，需要在继续的白天中度过。当机关里那些连续的锁门声、下楼梯的脚步声，楼下汽车马达渐远的声音依次消失的时候；当白天忙碌而紧张的办公室由拥挤而变得开阔甚至空寂的时候；当最后一缕夕阳的反光消失在楼道里的时候，柴生芳在有时寂静，有时有同伴陪伴的情景中，开始了紧张而严密地思考和文件起草工作。

他的身板是那样结实，又喷发着用不完的热情。同事们真诚地感到他全身心地投入，像是一个粗壮的蜡烛刚刚点燃放光，因而戏谑他用身体写作。安静的办公室里，炽白的荧光灯照着他头发稀疏额际发亮的额头，他思如泉涌，在电脑键盘上飞速地敲击着。

而在和大家一起起草文件的夜晚，当大家写到深夜，实在困乏不行了，就悄悄地跑到园子里去散步聊天。他像一个诚实的老大哥，一个人依然坐在桌前，聚精会神地起草着。等到大家散步消除了困倦返回的时候，他已经把文稿写成，并且在许多地方进行了修改和完善。打印好的文稿平展展地放在桌面上，他已经半躺在靠椅上，呼呼的鼾声奏起了“睡眠乐”。那头发稀疏地脑门在日光灯下依然悄悄地发亮，仿佛还在活跃地思考之中。夜走向深入，大家要回家休息了，他则依然守持在办公室里，在大家道晚安的时候，他转过身去，熟练地拉开柜门，从里面取出他第一天上班时穿的呢子大衣。当大家帮他带上门，深一脚浅一脚地离开楼道时，他将黑呢大衣盖在身上，才躺在沙发上开始正式休息。有时候他半夜醒来，想到文稿中不合适或者漏掉的地方，又重新修改和添加。当天空微微发亮，院子里、楼道里有了稀落的脚步声时，他爬起来，奔到省委大院附近的饭馆，要一碗色香味俱全的牛肉面，呼噜噜地吃下去，又匆匆地赶回单位，把文稿交给领导之前又重新修改一遍。

2004 年，国庆黄金周还没有来临的时候，国内的旅游业已经如火如荼。各旅游公司制作了精美的传单在兰州火车站、兰州汽车站，白塔山公园门口，黄河大桥的桥头到处散发。那一个个精美的风景区照片让人的心在这个金秋十月不知不觉灿烂起来，飞翔起来。难识真面目的庐山，奇松怪石的黄山，日出东海的泰山，水光潋滟的西子湖畔，美丽迷人的天涯海角，七彩之光的云南，流传走婚制的泸沽湖，如仙似梦的张家界，古色古香的凤凰城，明清皇城的故宫，云映彩池的九寨，世界屋脊的青藏高原——一个个美丽的去处已经令人神往。有人互相打听各自的去向，有人已经置备出发的行囊，金城兰州的空气中弥漫着一种出行前的喜悦和热望。

放假的通知已经传达。经常通宵达旦地加班的省委办公厅调研处的同志们，想借此机会好好休息一下，放松那紧张而疲劳的神经。柴生芳看着同事们放假前的笑容，脑中闪过一个念头，今年是否回老家董志塬上度过一个金秋十月长假？当这个念头刚闪过脑际，脸上出现了亮亮的笑容时，而另一个庄严的念头又出现在眼前，他之前调研和搜集的经济社会发展的材料还在笔记本上，这个重要材料虽然领导没有问及，但他知道，领导没有催，那是给他充足的时间让他准备。想到这里，他决定放弃回庆阳董志塬上的家乡过国庆节的打算，决定留下来，利用长假起草这份报告。

国庆的长假里，省委的大院仿佛更加开阔起来，也更为安静下来。那些道路更宽广了，花园更丰富了，树木更高大了。连鸟儿也仿佛比平时增多了，叽叽喳喳地在树上欢唱着，更增加了机关的安静。在这样静谧的环境里，柴生芳没有休假，照常按时上下班。他吃过早餐，顺便带一份午餐，从静谧而清新的花园旁穿过，走进西楼路过一楼的值班室，和值班的老张打一声招呼，走过光线有些暗淡的楼道，走进已显空寂的办公室，像平时一样，打开笔记本，勾画、思考，一忙就是一整天。

值班室的老张，在假期里一个人显得寂寞，他盘算着这个楼梯口只进去一个人——柴生芳。想着他什么时候工作毕，然后出来和他拉拉家常。可是等了一天，夕阳已经落去，楼道已暗黑，却还不见柴生芳出楼的身影。他转到楼道一看，调研处的办公室灯已经亮了，十一点多，老张也没有看见柴生芳的身影。他便关闭了楼门，先自睡下了。半夜里，老张被什么响声惊醒，一看才凌晨三点多，他听到说话声，仔细一看，原来是柴生芳在和值班警卫说话。老张想，这位领导工作一天了，真该休息休息脑子了。

一连几天，老张看到一楼 111 房间调研处的灯亮得很早，关得很晚。柴生芳一连几个晚上都没有回家，而是住在办公室里。在这样一个漫长而宁静的金色国庆长假里，柴生芳终于编写成了《甘肃经济社会发展问题研究报告》。

省委办公厅调研处这些自嘲为“工作上的忙人，精神上的苦人，生活中的穷人，家庭中的罪人”，看着博士勤奋、忘我的工作，无不敬佩。可这样好的一个人，三十好几了连个家也没有成，同事们不无焦急。这时候，大家私下里相互商量着给柴生芳介绍起了对象。

韩纲是最热心的“红娘”之一，他先给柴博士介绍了一个姑娘。那次，处里的几位同事在一个火锅店陪着两位新人见面。点好的火锅菜已经摆了大半桌子，火锅火已经点上，雾样的汤气窜到空中，散发着扑鼻的香味，大家不觉举起了筷子，在锅里下着各自喜欢吃的菜。同事看柴生芳似乎有些腼腆，而那个姑娘更是显得羞涩，同事又分别给他两夹了菜，并指使柴生芳去替姑娘调汁子，柴生芳红着脸问姑娘喜欢什么调汁，姑娘羞涩地说“随便”，柴生芳幽默地说：“真能随便吗？不敢吧？”同事们被柴生芳的幽默逗笑了，姑娘脸红起来，却用那美眸顾盼了一下生芳，羞怯地低下头。柴博士的心里被惊动了一下，正准备去自作主张地调汁料时，电话响了。他拿起手机一看，脸上现出不易察觉的严肃和镇定，便很认真地接起电话。接完电话，他把韩纲叫到身边悄悄说：“处长打电话叫加班！”韩纲一下急了，手拍着“唏嘘”了一下，反应极快地大声说：“处长叫我们俩加班！”他手指着另一个同事。那个同事也心领神会，放下筷子，挪着凳子走出来，然后端起桌子上的茶水，分别举到那位姑娘和同事的面前说：“不成敬意，要加班，我们先去抵挡！”当碰到柴生芳面前时，他把胳膊退了退，然后猛地伸出，那只茶杯很响地在空中碰了一下。这当儿，他嗔怒着说：“博士，照顾好姑娘，不然回来我们收拾你！”柴生芳应答着，大家快乐地哈哈大笑。

两个同事走后，生芳主动到调汁台上为姑娘调制了清淡的汁料，认认真真地放到姑娘面前。当他和姑娘由小心翼翼地交流变得并不陌生的时候，便相互既保留又爽朗地说起了自己的单位和工作……还没有说到各自的身世、童年、家庭这些各自生命最秘密部分的时候，他们决定退了桌又往电影院走去。

早先赶回抵挡的韩纲和同事到单位一看，傻眼了。急要的材料正是柴生芳掌握比较全面的方面，他们两个无法替代。当没有等到柴生芳的处长，抓起电话要给柴博士打过去时，韩纲一个箭步过去压住电话：“处长，你太残忍了吧？你是饱汉不知饿汉饥啊！”处长也无奈地说：“领导拿枪顶着我，我咋办呀？打个电话试一下吧！”这时候，柴博士和姑娘刚坐到电影院里，爱情电影的序幕刚刚拉开，情感的迷雾已经弥漫了电影院，柴生芳的手机又响了。他边接电话边看着娇鹿样的姑娘，鼓起了勇气回答说：“看完电影马上回来！”这是三十六岁第一次谈对象的柴生芳，第一次在感情和工作面前所做的选择。然而单位那边却是隔壁房间里的上级领导跨进调研室询问材料进展情况。处长焦头烂额地像热锅上的“处长”，又捞起电话说了一个十分聪明的话：“柴博士啊，领导又进来问，材料很急啊！你看要不让小韩替你陪姑娘看电影，你只回来一阵阵把材料开了头，再看电影如何啊？”听到处长的话，韩纲和同事心里暗暗想，柴博士啊！柴博士，咱们就是写材料的，材料能写完吗?！但是和一个姑娘谈对象能天天重新开始吗？你还是看完电影再回来吧！

当韩纲心里默念着这件事，在柴生芳桌子上找相关资料，准备替柴生芳把这个材料起个头的时候。荧光灯下的办公室门口一暗，气喘吁吁满头大汗的柴生芳，已站到办公室的地上。处长仿佛长长出了一口气，严肃而焦急的神态一下自然活泛起来。这时候韩纲像看到一处紧张的独幕剧样，五味杂陈地向门外走。不想处长早盯着他，问他往哪里跑?！机智幽默的韩纲却回答说：“不是让我替博士陪姑娘看电影吗？”博士边用毛巾擦脸上的汗边回过头来，对着这样俩同事，哭笑不得地摆摆手。那个星期天，柴博士和同事们又整整加了一个通宵的班。而在起草材料的间隙，韩纲不时在荧光灯下望望柴博士，他在想，他和姑娘怎么样告别的？姑娘是一个人看完电影独自回家？还是早早离开了电影院？他们俩个的缘分还能续上吗?！这样一个加班的夜晚，在韩纲的感觉中是三十六岁的柴博士多么郁闷失落而又无奈的长夜啊！

长夜已过，材料完成，东方泛白，朝阳初升，又一个新的日子开始了。一周后，韩纲悄悄问博士和姑娘有无希望？柴博士无奈地说，别提了，人家姑娘说我是“四无产品”。韩纲知道人把他们这些摇笔杆的叫老“三无”，却怎么升级成“四无”了？柴博士叹道：无房无职无钱加无时间不就是“四无”吗？他的几次恋爱就这样在“四无”中错失了。柴博士心中的姑娘在哪里呢？

“众里寻他千百度，蓦然回首，那人却在灯火阑珊处”。2005 年 3 月，当春风又一次吹回金城兰州，拂向黄河两岸，铺上兰州两面山岳的时候；当折柳翠绿，燕子呢喃，桃花吐艳的时月，柴生芳迟开的爱情之花绽露蓓蕾。经人介绍，参加工作只有一年多，年仅 27 岁的聪慧美丽、善良知理的姑娘祁雪丽，那样优雅地推开他心灵的大门。第一次见面的相约聚餐，就是一见如故的得体自然。善解人意的祁雪丽眼中的生芳，显得那样大气、内敛而有涵养。饭后，他们就相约，又去咖啡馆多坐了一会儿。后来柴博士从容地邀请雪丽看电影、喝茶、逛公园。“窈窕淑女，君子好逑”，美丽的姑娘总被人们看重，有人还在继续给雪丽介绍对象，她有意征询生芳的意见，钟情的生芳那样生气，“鼓劲”她去看，免得后悔。这时雪丽心中的生芳的形象更加完美，显得更有素质、更有理想了。作为画家的雪丽的父亲慧眼识才，告诉女儿：“一定要找有才气的男人，那种一根筷子起家的最好，那样的夫妻最好。不要看他眼前的，不要看他现在的，已有的，要看他的能力和将来”。父母的支持是他们的美好爱情走向婚姻殿堂的最好祝福。从美丽的雪丽口中知道了准岳父的思想，生芳便充分地准备了烟、酒、茶和水果，亲自上门求婚。仁慈善良的老人同意了。这是一个爱情的金城，这是一个爱情的春天。37岁的柴生芳仿佛回到少男时期一样，一下子年轻了10岁，他从此心里装着美丽的姑娘，迈着轻快的脚步上班，精力充沛地工作。加班延迟时的思念，激荡着这颗依然年轻的心灵。同事们看他工作更认真，节奏更快，笑脸更多，笑声更加爽朗了，仿佛高天上的流云样给大家带来了快乐和美好。已经结婚的韩纲开玩笑地问：“爱情对你真有如此魅力?!”柴生芳爽浪地笑过之后，重重地拍了一下韩纲的肩膀：“那当然了!”两个人不觉共同笑起来。

这一年，柴生芳收获着爱情，也收获着事业的成功。他参加了《甘肃省专业技术和经营管理人才队伍建设情况调研报告》《甘肃省全面建设小康社会研究报告》《甘肃经济社会发展问题研究报告》等专题的调查研究和报告撰写。至此，他在省委办公厅调研处已经完成了各类文稿百余篇。

2005年10月21日，在省委办公厅工作整整三年以后，柴生芳对自己的思想进行了认真地回顾，写下了《个人思想工作汇报》，他人生中值得纪念的一份重要材料，全文如下：

自2002年10月到中共甘肃省委办公厅调研处工作以来，我始终能够按照办公厅的部署和调研处的安排，刻苦用功，尽心尽力，比较好地完成了组织交给的各项工作任务。现将本人在调研处工作期间的个人思想工作情况汇报如下：

一、加强学习，努力提高思想政治水平和业务素质。一直以来，我都比较重视对思想理论的学习。到调研处以后，为了适应文稿起草工作的需要，我坚持向领导学习，向同事学习，向书本学习，向实践学习。认真学习马列主义、毛泽东思想、邓小平理论和江泽民“三个代表”的重要思想，学习党的基本知识，学习科学发展观、党的执政能力建设、先进性建设、构建和谐社会等党的理论创新的最新成果，学习政策、法律、法规、科学文化和业务知识，着力在理论学习的系统性上下功夫，在理论联系实际上下功夫，拓宽知识面，不断提高运用马克思主义的观点和方法分析问题、解决问题的能力。在实际工作中，无论是文稿起草、调查研究，还是做好日常工作，我都能自觉地以马克思主义的立场、观点、方法来观察、分析和处理问题，体现党和国家的方针政策，体现省委的决策部署，具备了一定的政策理论水平。

二、坚定理想信念，不断增强党员意识，加强党性锻炼。争取进步，积极向党组织靠拢，是我一直以来不懈的追求。留学学业完成后，我积极响应党中央实施西部大开发战略的号召，主动放弃在国外及东部发达地区工作的各种机会，毅然回到了生我养我的故乡甘肃。工作后，理想信念坚定，政治觉悟高，政治立场坚定，在思想上和行动上始终同党中央保持高度一致，坚决贯彻执行党的路线方针政策和省委的决策部署，保持了讲学习、讲政治、讲正气的政治本色，并于2004年6月光荣地加入中国共产党，成为一名中共预备党员。开展保持共产党员先进性教育活动以来，通过认真学习《党章》、“三个代表”重要思想、胡锦涛总书记关于加强党的先进性建设的一系列重要论述，省委领导以及办公厅领导的一系列重要讲话，使我对这次教育活动的重大意义有了更加清醒的认识，从而进一步坚定了理想信念，增强了工作学习的自觉性和主动性。我深深地体会到，坚定建设有中国特色社会主义的理想信念，既是一个思想认识问题，更是一个实践问题，同时也是个世界观的改造过程。只有以我们正在做的事情为中心，坚持用辩证唯物主义和历史唯物主义的强大思想武器来认识世界，逐步深化对共产党执政规律、社会主义建设规律和人类社会发展规律的认识，才能自觉地把我们现在的努力同共产主义这个最终目标紧密地联系起来，才能进一步坚定为建设中国特色社会主义而奋斗的信念。

三、勤恳敬业，尽职尽责地做好本职工作。干一行爱一行，精一行，是我自己对待工作的一个基本信条，无论在什么岗位，干什么事，我都能竭尽全力地去做，认认真真地去干。到调研处以后，我主要从事的文稿起草工作。尽管对自己来说这是一个全新的领域，但我能够结合岗位工作，兢兢业业，认真对待，对不懂的问题能够刻苦钻研，及时补课，在向领导、向同事、向书本、向实践学习的过程中，按照出思路、出精品的要求，既在吃透中央精神和省情上下功夫，又能比较好地把握和领会领导意图，充分体现省委的决策思想和工作部署，使文件、领导讲话等重要文稿的针对性和指导性不断增强，文稿的质量有了明显提高。同时，为了提高独立起草文稿的能力，增强工作的主动性和创造性，我还紧贴省委工作思路，抓住全省改革发展稳定中的一些热点难点问题，加强工作的主动性和创造性，加强调查研究，掌握实际情况，下功夫钻研了党建、组织、干部和人才等方面的工作，力争实现政务服务由被动向主动、由常规向创新、由低层次向高层次的转变，努力做到让组织满意，让领导满意。三年来，共参与完成各类文稿百余篇。面对繁重的工作，我始终敢于吃苦，经常加班加点，保证了各项任务的按时完成。由于工作期间表现比较出色，曾被评为省委办公厅2003年度优秀工作者。

四、注重团结协作，工作作风严谨务实。参加工作以来，我始终能够坚持高标准、严要求，时刻用党员的标准严格要求自己，严格遵守厅里的各项规章制度，积极参加厅里组织的各项活动。我善于思考，乐于探索，积极努力，克服自满思想，从我做起，从现在做起，从一切能够做的事情做起，把群众满意不满意，赞成不赞成作为规章的出发点和落脚点。我牢固树立一盘棋的思想，以大局为重，团结协作，遇事能够主动向领导请示，与同志们商量，遇到矛盾善于做批评与自我批评，一切以团结和做好工作为重，从不计较个人恩怨和得失。我作风朴实、为人厚道，尊敬师长，团结同志，遵纪守法、乐于助人，坚持原则，敢于发表自己的意见，在为人处世和工作作风上始终做到光明正派。

今后的努力方向。三年来，自己虽然做了一些该做的事情，但也存在许多不足之处。主要是，理论学习还不够系统，不够深入，不够全面，运用马克思主义的观点和方法分析问题、解决问题的能力还需要进一步提高；该做的创造性还不够，满足于干好本职工作，前瞻性思考问题和开展工作不够，实际工作的能力和水平还有待进一步提高。今后，我要进一步加强政治理论和业务知识学习，加强党性锻炼，认真践行“三个代表”重要思想，发扬成绩，克服不足，在系统、深入地学习政治理论上下功夫，在理论联系实际上下功夫，不断拓宽知识面，完善知识结构，提高运用马克思主义的立场、观点和方法认识问题、分析问题、解决问题的能力。同时，进一步加强调查研究，吃透省情，掌握实际情况，创造性地开展工作，不断提高实际工作的能力和水平。

三天之后，调研处党支部讨论，对他做了如下的评价：

——柴生芳同志现实表现：

柴生芳同志在省委办公厅调研处工作以来，紧紧围绕办公厅的工作部署和调研处的具体安排，尽心尽力，尽职尽责，比较好地完成了组织交给的各项工作任务。现将该同志的现实表现情况鉴定如下：

一、注重加强学习，思想政治水平和业务素质较高。该同志始终坚持把政治理论学习放在首位，善于学习，勤于思考，思维敏捷，思想解放，接受新事物比较快。学习中，坚持理论联系实际，努力改造主观世界，不断锤炼自己的党性意识，能认真学习“三个代表”重要思想、党的十六大和十六届三中、四中、五中全会精神以及中央和省委的重大决策部署，在思想上、政治上、行动上同党中央保持一致。在实际工作中，能够自觉地以马克思主义的立场、观点、方法来观察、分析和处理问题，理想信念坚定，政治觉悟高，政策理论水平较强。同时，立足工作需要，不断更新知识结构，认真学习现代文秘、经贸、法律等知识，使自己的综合素养有了较大的提高。

二、勤恳敬业，工作脚踏实地。柴生芳主要从事文稿起草工作。在每一个文稿起草任务中，他都刻苦钻研，认真对待，注意学懂弄通每个问题。几年来，他努力吃透中央精神和省情，深刻把握和领会领导意图，充分体现省委决策思想和工作部署，使文稿起草质量明显提高。三年来，共参与完成各类文稿百余篇，并参加了《甘肃省专业技术和经营管理人才队伍建设情况调研报告》、《甘肃省全面建设小康社会研究报告》和

《甘肃经济社会发展问题研究报告》等专题调研报告的调查研究和报告编写工作。该同志吃苦精神好，经常主动加班加点，保证了各项任务的按时完成。由于表现比较出色，2003 年被省委办公厅评为优秀工作者。

三、注意团结协作，作风严谨细致。柴生芳同志始终用党员的标准严格要求自己，严格遵守厅里的各项规章制度，积极参加厅里组织的各项活动。平时注意团结协作，遇事能够主动向领导请示汇报，遇到矛盾善于做批评与自我批评，能以团结和做好工作为重，不计较个人得失。该同志作风朴实，为人厚道，团结同志，乐于助人，得到了领导和同志们的一致好评。

2006 年元月 7 日，柴生芳迟开的爱情之花终于绽放，他和善良美丽聪明的姑娘祁雪丽在同事朋友亲人地祝福下走进了神圣的婚姻殿堂。这一天，柴生芳和祁雪丽接受了人类最真诚最热情最神圣地祝愿，特别是那些从老家董志塬上坐了一整天大班车的亲人，让他感受到朴素而真挚的血缘深情。这一天，他穿着新西装，披着大红花的被面，与天使一样的祁雪丽沉浸在深深地幸福和甜蜜之中。这是一份迟到的爱情，但是它像一瓶埋藏已久的醇酒，因为迟到而弥足珍贵，更加醇香。这让柴生芳在幸福之中倍加珍惜。

元月 7 日，是农历的腊八，吃过腊八饭，董志塬上忙碌了一年的人们就会放下地里的农活，开始准备过年的用品。人们隔三差五地去赶集，购置过年的用品。柴生芳的二哥、三哥到集市上分别买了火炉和烟筒，还分别买了那种烧煤的土暖锅，在妻子的安排下买了新的床单、门帘，还另外给老人买了一身从头到脚的新衣服。三哥想得周到，还买了一只红红的大灯笼，准备在门口高高地挂起。到了腊月二十三，他们在各自媳妇的安排下，把笤帚绑上长长的竿子，在那土箍窑的墙上使劲地刷扫，又到没有顶棚的房梁上把那些灰尘清扫一遍。这些活是些细活，大男人往往在媳妇地指挥下去干，干得男人们渐渐不耐烦起来。这些活干完，二哥柴生都在考虑今年喂的一头大肥猪，是到街上去杀，还是继续请队上的人杀。最后他想队上杀猪的人年龄大了，不好请，还是拉到街上的屠宰场，又快爽又干净。他叫了三弟生琪和六弟建荣把大肥猪抬上架子车，用绳子绑好。到四点多农村人吃午饭的时候，他拉着两大扇厚膘的猪肉回来了，另外还带着一个大猪头。到腊月二十六，在外上学的孩子们都陆续回来了。柴生芳的侄子柴裕红已取得日本神户大学的留学资格，今年回来得早，他已经开始办理自己去日本留学的事宜。他知道叔父今年刚结婚，无论怎么样都会回家过年的，加之自己明年到日本后，说不定两三年都不能回家过年。他勤快地帮着父亲准备着过年的物品。到了晚上，二哥柴生都计算着，窑打扫了，猪宰杀了，剩下就是做豆腐，还要从土窖里挖一些红萝卜、白萝卜，还有白菜。他想着五弟自从上大学，已经有好多年没有在老家过年了，一定要让兄弟吃好，加之五弟今年才结婚，领着新媳妇回来，也不能让人家干公家事的弟媳妇太笑话自己。他把每一种农家人能想到的快乐都想到，把每一个陇东人能准备的幸福都准备足够。十几天下来，家里人快乐而幸福地忙前忙后，忙得不亦乐乎，忙得充满快乐，忙得充满期待。

到了腊月三十，柴裕红早早地在门上贴上红纸黑字的对联，又到几位叔父家里帮忙分别贴上。这一年他高兴得像个小孩子一样，还领着弟妹们在各家门前放炮，让柴家处在一种浓浓的年味的幸福中。到了中午的时候，生芳的二哥家里已经弥漫着浓浓的煮肉的香味，多年在外的柴裕红闻起这味道更加浓香，他不时跑到厨房里去闻，他母亲揭开热气腾腾的肉锅，用手拨着热气给他找一块小的，又另外找了一块中的让给爷爷端去。在院子里转了几圈的爷爷坐在上房椅子上，显得那样沉静，儿子柴生都也安静地陪坐在老父亲旁。这时候柴生都又一次问柴裕红：“不知你五大出了兰州城了吗？现在走到哪里了？”

当冬天的太阳落进董志塬上的树林时，也没有见一辆车驶到柴家湾。柴裕红和父亲、爷爷到晚上才吃了肉，然后他在父亲的带领下先给爷爷拜了年，又和弟弟给父亲、三叔、四叔、六叔拜了年。这时还不见五叔柴生芳的影子。于是他们在备好的盘子里抓了一碟糖和瓜子，分别走出门去。

柴裕红随着柴姓本家的几十人到那些沟边、崖畔、田地，一个个地上了祖坟。这时还不见五叔的影子。他又和本家的几十人给柴家的老影点了香、烧了纸、叩了头，还和同村的兄弟给长辈们叩了头。随后小孩子们就在院子里热热闹闹地放着炮，乱嚷嚷的人群中已经有人端了盘子走向老年人坐的房子，另外的人发着烟，招呼人进屋吃饭。这时候柴裕红却望着大门，他希望五叔能够笑吟吟地从那里走进来，和大家一边打招呼，一边述说路上堵车，或者其它回来迟的原因。柴家人们在柴家湾边喝酒边吃饭，一边询问着他们家里走出去的博士柴生芳的情况。

2005 年除夕夜，柴生芳根本没有出兰州城，在那些此起彼伏、震耳欲聋的爆竹声中，在那忽明忽暗的焰火中，他主动留下来值班，起草一份给中央办公厅的紧急报告。

2006 年的正月初一，熬了一个通宵的柴生芳，拖着疲惫的身躯带着新婚的爱人才向陇东的老家赶。当他走上董志塬，回到宁县南义塬柴家湾的时候，已经是夜幕降临。按照陇东习俗，第二天，正月初二，人们就开始走亲戚了。

第六章 重返乡野

吃百姓饭，穿百姓衣，莫道百姓可欺，自己也是百姓；得一官不容，失一官不辱，勿说一官无用，地方全靠一官。

——摘自柴生芳日记

2006年年初，一个喜人的消息传遍陇原大地，扩散大江南北，令所有学有所成的高层知识分子喜出望外。甘肃省实施了引进高层次人才的项目，吸引一批来自国内外的博士们到政府部门，以及教育、科研、医院等领域任职。这对于渴望利用所学知识建功立业，实现理论与实践结合的有识之士来说，是一个大好时机。省委机关也看好逐步锻炼成熟的柴生芳。同事们想，柴生芳的机遇来了，他本身是博士，又符合引进人才的条件，而且有了一定的资历，蹲在机关或者部门前途无量。可就在这样一个难得的人生大好机遇面前，柴生芳又一次做出一个惊人的抉择，他主动请缨到基层工作，而且把目标选在了被清朝西部封疆大吏左宗棠，称为“苦脊甲天下”的定西。人们有的为之惋惜，有的为之惊叹唏嘘。

六月的金城兰州车水马龙，生机勃勃；六月的黄河水轻抵堤岸，两岸的山岳绿树掩映；六月的城市永远流散着繁荣和锦绣，然而六月也是令人感伤和留恋的季节。这天早晨天刚放亮，聪明心细的祁雪丽早早地起来，为丈夫准备好了新买的床单、被套、一身他常穿的洗净的西服，还有一身便装，两件衬衫和其他换洗的衣服，还细心地为丈夫准备了一个新的牙刷。这时另一边的房子里柴生芳已经起来，他一个人重新打开已装好的纸箱，在书柜和纸箱之间挑换着书籍。

柴生芳快节奏地吃完了早餐，深情地望了一眼妻子祁雪丽一眼，看了一下表，提起放在沙发上已准备好的两个行李包，就向楼下赶去。妻子跟在他后面也下了楼。

没有深情地拥抱，没有离别的泪水。两位新婚不久的人只是相互深情地看了一眼，又低又旧的老式桑塔纳开出了门道，这边是渐渐被遮挡了的一个单薄秀丽的女子的身影。

车子远离了黄河两岸，驶出了金城兰州，翻过一座青色的不高的小山，便到了另一片开阔的川地。不高的山岳伏卧不一，像一群群苍凉而笨拙的老牛，让岁月苍茫起来，让时间缓慢下来，然而却让柴生芳的心情开阔起来。车子迎着高原东面蓝天上那一颗鲜艳的太阳，逐渐加快地奔驰起来。柴生芳的心情仿佛又回到了童年成长的充满向往的岁月，回到了他热爱的阔别了 20 多年的沟塬梁峁，回到了贫穷、单调而埋藏着生机的村庄。

在陇西县，柴生芳简单地安顿了下来。作为副县长的他就接受了县里“最穷最麻烦”的两项工作——招商引资和旅游。

不几天，他就开始了调研工作。这天早晨，他就从县城出发了。车子把路两边那一排排的白杨树抛到后面，迎面的山梁横卧在眼前，在早晨太阳的剪影里弥散着淡淡的尘雾。仔细看去，在那山阴山阳两面的川台上，凹凸不平地镶嵌着零乱的村庄和零落的人家。车子越走村庄越稀，人家越少，展现在眼前的是荒凉的草滩和荒蛮的山坡。车子继续向着山沟深处行驶。

这时候，陇西县权家湾乡党委书记景德贵和几个干部站在山川细长的公路和乡政府路口交叉的地方。大山的贫穷和荒凉反衬着这几个人的微小和生动。公路上一个车子像一个细小的黑点出现在他们的视野里，那黑点越来越大，渐渐显出了汽车的轮廓。大家的心里有些紧张和激动，景德贵再一次在心里念叨着“北大高材生、留洋博士、省委干部”这些令他仰慕的名称。他的脑海里忽然划过了“洋派、阔气、鼻孔朝天”这样的感觉。

这时，视野里那辆满身尘土的汽车已摇摇晃晃地停在眼前。大家正准备上前迎接，一位身材敦实、满面笑容的男子已经钻出了汽车，迎着大家伸出热情的双手：“久等，让大家久等啦!”

看到这情形，景德贵悬着的心一下子释然开来，他感到眼前的这位曾经让他紧张的副县长原来如此朴实、干练、可亲。柴生芳随着干部走进乡政府，还没有落座，便开门见山地问起乡里的工作，他问景德贵发展有什么困难，景德贵见新来的博士县长这样直爽，便扳起手指头为县长摆落起来——地不行、路不平、产粮少。柴生芳听完并没有打官腔，而是乐观地说，山高沟深气候好，生态就是一大宝，千方百计要保护好。地不行？我看整成梯田不错嘛！景德贵作为基层干部，心里暗暗吃惊起来，觉得博士县长并不是门外汉，句句都说在点子上。从这次之后，柴生芳每月都到藏在山沟里的这个乡镇跑两三趟，每到乡上他就招呼景德贵：“走，去呼吸一下你们乡里的新鲜空气!”在那起伏的山岭里，他们一步步走着寻找分散的农户，然后一户户地看，一户户地走进去询问生产情况。渐渐地，全乡的发展战略图浮现在博士县长的脑海中，他便对身边的景德贵说起自己的想法——梯田一亩地产粮350斤，山地只能产150斤，所以应当千方百计多建梯田。在柴县长的多次调查和引导下，权家湾乡定下了“梯田化乡”的发展思路。第二年，全乡重点区域梯田化改造全部完成，权家湾乡的乡亲们再也不用为地不好犯愁，而是开始年年有了好收成。

柴生芳在最穷的地方寻找着最麻烦的招商引资和旅游工作的突破口，在现实中寻找闪光点的同时，又“书生气”地在书本里寻找新思路。

“天下李氏出陇西”之说古已有之，而且县上还有一个李家龙宫的文化遗存。凭着多年的文化积累，直觉似乎告诉他，这里面可能有一个突破口。早年在考古的时候，他就隐隐约约感觉到中国人文化信仰中的宗族观念，后来在日本学习文化结构学课程的时候，他曾采用联系和比较的方法，分析了世界各民族的信仰问题，他发现汉民族在信仰上是一种儒道互补的关系。儒家以孔子为代表，道家以老子为代表，儒家讲究经世致用，道家讲究虚玄梦幻。儒家的产生更有其民族的本质渊源，这就是建立在祖先信仰基础上的血缘传承，这是中华文化的根，也影响了东南亚、日本、韩国，不但有其深厚的基础而且有其广泛的影响。“天下李氏出陇西”就是这种血缘文化在这个偏僻县城的遗存。这到底有没有发掘扩大的价值?

2006年7月4日至7月13日，新加坡和马来西亚李氏宗亲总会成立100周年书画展隆重开展，柴生芳协同陇西县有关领导组团赴新加坡和马来西亚出访画展。

2006年9月10日至11日，瓜果飘香的金秋时月，来自东南沿海发达地区的福建长乐市李氏宗亲联谊会考察代表团浩浩荡荡地到偏僻的陇西进行了为期2天的考察访问。早有思想准备的柴生芳不无激动，从那些李氏人的入住宾馆，到点菜安排，住宿接待，以至行程确定，他都一一过目，并且亲自陪同。福建早先富起来的人们在李家龙宫面前的留恋不舍给他留下了深刻的印象。李氏的一些后代虽然远在东南沿海，而且早已富裕，但是他们的寻根念祖情结是那样浓厚，这时候柴博士亲自上前做起了讲解员。他把自己几个月来了解和学习的陇西深厚的文化底蕴，利用自己丰富的语汇和感人的讲解和盘托出。说得那些多少有些自傲的人们先是对他刮目相看，接着围着他，眼里闪满激动的光华，听他一句句地言说。他们的心动起来了，渐渐从那个海阔天明的富足的水乡向这个贫穷落后的黄土山川降落，最后仿佛望见久远的故土样入乡还俗。柴博士的讲解没有断，他的思路已经由深厚底蕴转向了广阔前景，那些经过几代的海岸生活、商业磨炼的人们根本没有疑虑，他们继续认真地听着，渐渐地那个埋藏在心底的祖先纱衣样的潜意识经过柴博士思想的照晒，仿佛变成一件闪闪发光的金缕玉衣。柴生芳的构思打动了福建来的李氏后裔，他们从情感上信任起这个健谈的可亲的县长。一个定心丸已经吞下，一个愿望已经落地。

2006年11月25日至26日，柴生芳应新加坡李氏总会邀请，与县上有关领导赴新加坡参加了“新加坡李氏总会百年庆典”活动。

2007年6月29日，韩国李氏后裔前来陇西进行寻根祭祖，柴生芳陪同参加了活动。

经过多次磨合，随后是初步缔约，接着便是组织专家深入论证，还有回访洽谈。2007年8月8日，由陇西航龙置业有限公司董事长李龙官发起筹建的“福建长乐市陇西李姓海内外宗亲联谊会陇西分会”在陇西正式挂牌成立，柴生芳陪同县委书记刘富春参加了揭牌仪式。一只耀眼的金凤凰从东南沿海飞到黄土高坡——由福建客商李龙等投资13.5亿元兴建的“李氏文化产业综合开发项目”一锤定音。陇西县旅游产业从古到今的一块金字招牌，在博士县长的辛劳中赫然树起。

在此,柴生芳并没有停歇，他仍然在陇西的山山沟沟奔走着，寻找着帮民致富的路子。和权家湾一样，陇西县的大多数地形都是山川多、平地少。放眼望去，山山岭岭，沟沟岔岔，由于降水稀少，山岭光秃秃地少有植被。但是自从他发现这里气候好，生态好这一大宝之后，他寻思着是否有开发利用价值？他在山川的行走中发现许多地方一片一片的种着他很少见过的植物，他常常走到这些种有特别植物的地头，蹲下身子仔细地抛起叶子观察，又斜着身子看它们的茎秆，还不时抛开茎秆下的泥土，观察他们的根系。遇到田边地头有老农的时候，他更是热情地走上去亲切地攀谈起来。并且仔细询问这种植物的名称，以及价值和价格情况。实地走访中，柴生芳耳里听到人们提起陇西有“中国药都“之称的概念。这让他有了新的发现，于是他对这个他不熟悉的情况又深入探究起来。早在宁县二中上历史课的时候，他就听老师讲过中华人文始祖黄帝西达崆峒与这里“生师神灵，长而博学”的岐伯论医，形成了“黄帝内经”，说起来岐伯还是他的远古先辈呢，在陇西对医药的重新发现让他激动不已。他让秘书陈浩帮他找到了各种中草药的详细资料，然后把它们放在案头，开始仔细地研究。陈浩发现，有三四个月的时间，半夜两点前柴县长窗前的灯光都在亮着，他在仔细研究着“中国药都”的来历，以及有关的具体的一个个药物的外形、性能、药用价值、地域分布和市场价值。之后，在乡村每看到一种药物，他都能准确地叫出名称，还能进行详细分类，并且说出它的药性和市场价格，这让陪同的乡村干部无不惊叹。柴生芳走到那里学到那里，他不是要做一个通才，而是要了解帮民致富的路子。既然陇西叫“中国药都”，这么好的名字连他以前都没有听说过，柴生芳在现代化都市的经历告诉他，由于现代商业社会发展，各种创造层出不穷，以前是“酒好不怕巷子深”，现在是“酒好也怕巷子深”。在县上有关项目提出之后，他以极大的热情积极参与到这项重点工作之中。

2009 年 8 月 15 日，“中国·定西中药材产业新闻发布会”在首都北京国务院新闻办举行。

这次发布会是由定西市政府、甘肃省农牧厅、甘肃省科技厅、甘肃省食品药品监督管理局、甘肃省政府新闻办联合主办，陇西县政府承办的。定西市市委副书记、市长许尔锋，甘肃省农牧厅副厅长韩临广，中国工程院院士王永炎出席并回答了记者的提问。75 家中央、省市新闻媒体的近百名记者参加新闻发布会。当天，柴生芳作为陇西县政府代表之一参加了这次新闻发布会。

“陇西要将中药材产业确定为战略主导产业，竭力打造中国药都，并使中药材基本完成了产业聚集和规模扩张的历史性跨越，步入标准化种植、规模化贮藏、精细化加工、市场化营销的发展阶段。”柴生芳以事实为基础做出了这样肯切的回答。

陇西确定了将中药材产业做大做强的发展路线后，正是在柴生芳和一大批扎实、负责、能干的干部的努力下，最终建成了名字响亮的陇西中医药文化产业园，使“中国药都”的名称名副其实地叫开了，陇西中药材产业实现了一次“华丽蜕变”。

在陇西县三年之后的 2009 年 11 月，柴生芳调任定西市安定区委任常委。次年元月，他担任区政府副区长，开始负责 17 个部门和单位，分管十几项工作，承担起了相当于两个副区长的繁重工作任务。

2010 年 7 月 15 日，就是他无数工作日中异常忙碌的一天。

上午 9 时，他陪同区委副书记、区长赵众炜带领有关部门负责人，现场调研现代物流园、马铃薯产业园物流区和安定工业园南川片区规划及建设情况。

到上午 11 时，他又陪同甘肃祁连山水泥集团股份有限公司董事长脱利成一行，了解安定区调研祁连山商砼站及水泥粉磨综合利用项目建设情况。

下午 2 时 30 分，他又召开现场办公会议，协调解决巉口工业集中区基础设施建设中遇到的困难和问题。

下午 4 时，他开始参加全区非公有制经济发展工作会议。

到下午 6 时，工作还没有结束，他参加由区委副书记、区长赵众炜主持召开的定西现代物流园区建设启动现场办公会议。带领住房和城乡建设局、国土局、商务局、工业和信息化局、水务局、电力公司、自来水公司、南川开发区管委会等部门负责人，深入定西现代物流园区规划区，现场办公，协商解决定西现代物流园基础设施建设有关事宜。

到晚 8 时，他又前去看望中国重型汽车工程机械配件联合会副会长兼秘书长、中国汽车用品联合会常务副理事长董鸿星，并与之研讨甘青宁汽配产业发展暨定西经济开发区投资洽谈活动事宜。

像这样忙碌的工作行程，在柴生芳的生活中是非常常见的。柴生芳忘我的工作，在冥冥之中印证了一句话："将有限的生命，投入到无限的为人民服务中去。"

他这枚曾经高屋建瓴的陀螺，现在更加飞速旋转起来。调研、工作、学习，时间飞速消失，让他一再压缩吃饭和休息的时间。在安定区，他的四哥生军和单位的人去兰州路过定西，给弟弟打了电话，想在定西歇歇脚。可是柴区长只是短暂地接了电话，说他在开会。生军本来希望弟弟能接待一下远路来的本单位的领导，可弟弟这样的回答让生军哥哥不知如何是好，最后只得马不停蹄地赶往兰州。事后生芳回到兰州，给生军哥捎了点土特产，让他带给他们单位领导，并说他当时实在没有时间接待他们。从小和生芳一起生活、学习的四哥生军虽然有些难为情，但是他渐渐理解了这个自小就认真的弟弟。

在安定区，曾和柴生芳在甘肃考古研究所工作和生活的赵雪野研究员专门来看他，心想，以前在研究所大家一起打游戏赢饭钱，玩得那么要好，在这个当区长的战友的辖地转一转总该不成问题吧？可是在简朴的便饭之时，柴区长接到一个电话，说是基层一个变压器坏了，影响正常生产，他放下筷子，抱拳致歉地说失陪了，然后匆匆地走出房门，坐上车走了。赵雪野亲自感受到这位老战友工作的热情和勤勉，他理解地早早回到兰州。后来他接到了柴生芳又一次致歉的电话，相互之间仍然亲近如常。

在安定区里，招商引资争取项目是他的主要工作之一。经常和他一起出差的区商务局副局长郑聪颖，一次次感受着这位内心正直的博士县长生活的随意和真诚。上班时间，他们一起赶到那外形高大庄严，内室干净文明的办公楼里。恭恭敬敬地递送材料，小心谨慎地陈述区情，神情严肃地等待回复。有时，从那些楼里往外走的时候是成功地心花怒放，而更多的时候是难料结果地筋疲力尽。可是在大城市里，无论心里是沮丧还是快乐，柴生芳从来未去大酒店里进行庆贺和自我酬劳。他总是和郑聪颖副局长在车水马龙的街道旁的小饭馆叫一碗面，就着生白萝卜片，像一个朴实的农民老大哥一样呼噜呼噜地把面吃完，然后选择那些便宜又简朴地快捷酒店，两个人同住一个标准间。接着他习惯性地脱下白天穿脏了的衬衫或者西服，在卫生间里干净利落地洗涤好，才开始入睡。入睡的柴区长总是不知不觉、渐渐增强地拉起鼾声，这让商务局长只得无可奈何地按住脑袋勉强入睡。实在受不了，做为下属的他才向领导抱怨，领导歉然一笑，依然没有单开房间的意思，却让下属提前入睡，睡着了后他才开始“打雷”。这样可敬可亲的领导，让当下属的人又恼又敬。

生活中不拘小节，大事上清晰明了。休息一夜之后，柴生芳一旦在那些庄严的楼房里有了陈述情况的机会，他总是显得大气磅礴又细腻如丝，可以把一个项目的社会价值、经济效益、发展前景，如数宗珍地陈述出来。在同等水平同等条件下，他所联系的项目总是领先批复，几年里的招商成功率明显提高。在定西市安定区由小城市向中型城市迈进的道路上，一个能做到锦上添花，虎身添翼的博士区长，让一个个紧贴城市经济发展潮流，且低碳环保的定西西部汽车城、百森家居汇展中心、远梦建材城等 10 多个重点项目，在安定区落地生花。

在定西市，无论是在陇西县还是在安定区，柴生芳总是坚持出门招商，回家下乡。让自身生命的陀螺飞速旋转着，旋转的他为了节省时间，很少回家，有时候像传说中的大禹三过家门而不入。

有一次，他和权家湾乡书记景德贵到他的新家所在地兰州市联系项目，在省上机关里谈完项目后，景德贵心想柴县长能回到家里会会爱人，也好给他放几小时假，让他办点事，第二天赶回县城。可柴县长根本没有这个意思，谈完项目后便直接要往县里赶。在半路上，他让车停在路边，便径直走向站在路边的一个端庄秀丽的年轻女子，他们站着说了几句话，柴县长把手里拿着的一包东西给了女子，似乎又叮嘱了几句什么，就匆匆返身回到车上。这时柴县长见在车上的景德贵似乎还在好奇又不解的张望，便坦然一笑："是我妻子，你没见过，我下午还有事，来不及回家啦！只有这么见一面。"当时车上所有的人心里都在难受，柴县长当时刚结婚一年多，一年里这对夫妻能有几多相会？车子开动的瞬间，柴县长还是返身望着路边，满脸深埋着不舍和自责。而路边那个身影却黯然低下了头，手在脸上摸了摸，又抬头望着汽车，那清秀单薄的身影，似乎被难舍的感伤之云罩得越来越小，抛得越来越远。

亏欠的情意会加倍偿还，柴生芳会寻找到一个干完工作的周末，他会做一个最好的丈夫，会对心爱的妻子说对不起你；他会到星期天带上雪丽，到超市帮她购买可以用更长时间的东西，回家的路上他会抢着提所有的袋子；回到家里，他会抢着拖地，抢着洗碗……若有时间，他会把一切真挚的爱细腻地表达出来。这，祁雪丽是懂得的，她曾经获得过；她相信不愿外露痛苦，更愿与她分享快乐的爱人忙完工作就会回来回报她的付出！

不久，柴生芳的车子又驰向陇中苍茫的大山。大山里的牧羊女在把爱情的山歌唱起——

等待的人啊！多么的长久啊！

博学多思的柴生芳知道，这是中国神话传说中涂山女娇等待治水的大禹时做的一首歌。

传说，大禹治水，年到三十还没有结婚，当他走到涂山（今浙江绍兴县西北），在那里治水的时候，他就心想，"我的年龄已经很大了，将要有什么东西来昭示我吧?”这时，他看到一只长着九条尾巴的白狐狸来到他面前，摇摆着白扫帚般蓬松的尾巴。这是一种生活在东方君子国附近的青丘园，和龙凤、麒麟同属一种的吉祥动物。看见这九尾狐，大禹不禁就想起涂山的一首民歌：“谁见了九尾狐，谁就有了威望，谁娶了涂山女，谁就可以家道兴旺。”

涂山有一个姑娘名叫女娇，姿态婀娜，仪容秀美，禹一见这姑娘，就想娶她做妻子。可是治水的事业忙迫，禹来不及向女娇歌唱心曲，便向着南方巡灾而去。女娇知道了禹的爱意，对万人称颂的英雄也生爱慕。于是她打发一个侠女到涂山南麓去等待禹回来。可是左等右等等不回来，女娇忧伤而烦闷，便做了一首歌：“等待的人啊！多么的长久啊！”多日后，巡查水灾的大禹终于从南方回来了，女娇的侍女在涂山南麓迎接着大禹，表达了女主人的忠诚和爱慕。多少言语，也早酝酿在大禹的心里！两个彼此情投意合的人一见倾心，并不需要繁复典礼，便在太桑这地方简简单单地结了婚。

婚后的第四天，禹便离开了新婚的妻，忙忙碌碌地去治理洪水。女娇便被送到安邑，她在那里生活不惯，时常思恋家乡。禹知道这情形，没有办法安慰新婚的夫人，便叫人在安邑筑了一座台，让她在寂寞无聊的时候，登台眺望千里以外的家乡——

柴生芳在招商的路上，分别了新婚的妻子，又赶回工作的定西，奔赴到下乡的道路上。

2011 年 9 月，柴生芳又奔赴定西市临洮县，任常务副县长。

第七章　爱洒黄土

只有帮助像我的家乡那样贫困地方的老百姓过上好日子，这才是大爱，是我的理想。

——摘自柴生芳日记

柴生芳日记：设想大胆，只要符合国家有关产业政策、临洮发展实际和人民群众的诉求和需要。

2011 年 9 月 13 日，柴生芳调令刚到不久，他向安定区的领导和同事们做了简短地道别，便匆匆赶赴新的征程。车子出了他战斗过两年多，显得繁荣而整齐的安定区街道后，向着渐渐细长起来的柏油路驶去。随着路两边那些属于安定区居民盖就的简单的小楼和院落的渐渐退去，展现在眼前的是一道时宽时窄的荒凉的河道，河道拐拐弯弯的细水几乎难以看见，然而河滩里已显苍老的歪脖子树穿着满身绿中带黄的干硬的叶子，使劲要挺直的身子，使河滩的荒凉显得厚重而苍劲。渐渐地，车子拐过路边几棵大柳树后的农家院落，开始上山了。山是不高的山，然而显得遥远而苍茫。少有生机地像一头头硕大的卧牛慢条斯理地站着、爬着，那上面希疏的树林或野草，像牛身上并不均匀的牛毛。也许由于大山太大，才显得如此低矮和粗蛮，但是真正地亲近起来，却是如此地巨大，车子走了半天还在山坡上爬行。

终于走到了一个高处，四野的境界开阔起来，一条条莽莽大山长龙卧虎样相互交错着横亘在眼前，山坡上一层层没有散去的雾气给整个山岭蒙上一层淡紫色的烟岚，如一种古老的铜号样低沉的声音飘荡山岭之上。而仔细选择近处一座山岭看去，它上面那样层次分明的一道道梯田，又如被缠上了一圈圈草绳那样壮丽。再仔细看去，那些草绳结巴的地方事实是一堆堆隆起的树木。忽多忽少的树林，那是村庄，很少的树木，那是人家。在这座山的顶部或者底部，有一片片洁白的石块贴在上面，仔细看去，那些白石块还在慢慢地移动，那是羊群。

望着车窗外的景象，柴生芳在感叹西部的苍茫，他在敬重人类的勤劳。

很快，车子到了一个山口，山岭的奇绝突兀显现出来，山岭挤压，河水细长。俯身看去，一条深槽样的沟川就在身下，这里早已是临洮的域界。

车子在那些窄细然而充满意味和生机的小巷里七拐八拐，穿来穿去，然后走上一条开阔宽敞的大街，穿过这条大街，一座高挺的大楼像一个挺立的巨人站在向南的阳光中，面前一个开阔的广场，像这个巨人宽广的胸怀。

柴生芳到了他任职的新单位——临洮县人民政府。

当天下午，政府办负责同志来到安排给柴县长的办公室，非常仔细地环视了一遍后谦逊地说，办公室条件很简陋，县长您需要什么尽管吩咐。柴生芳刚直豪爽地说，这不是很好了吗？我来这里工作，有一个办公和休息的地方就行了。这不，办公桌、书柜、沙发，还有一个小床，一应俱全。然后他非常爽朗地笑了笑，办公室负责同志见领导如此朴实豪爽，一下子觉得亲近起来，就顺势说，县上为了方便领导生活，给外调来的领导安排一套临时住房，想带柴县长去看一看。柴生芳听到这里略显严肃，但为了不给新见的下属带来尴尬，便随机打破僵局似地笑了笑说，“没必要，实在没这个必要”。这是县上为了让领导们工作之余休息好，为外地调来的领导统一安排的。柴县长，您先过去看一看再说，平时用不上，至少家里的老人，还有您的爱人孩子来看您时，就不必登记宾馆，最多作为您的一个下榻之处吧。柴生芳觉得这位年轻同志坚持自己的观点，想到现在也没有事，欲顺便出去在街道走一走，熟悉熟悉县情。于是，柴生芳被带到了住的地方，在那房子里，他在地上仅仅站了几分钟，就向门外走，这多少让办公室同志有些尴尬，但还是硬着头皮把房门钥匙交给了柴县长。这时柴县长边随意地装着钥匙边走出了房门。政府办的负责同志还疑心是这位省直下来的博士县长嫌条件简陋而不好说的缘故吧。

可是走到大街上，柴生芳一变刚才的沉默，而是热情地问洮河在什么地方？现在走的这条街道是什么街？然后他非常认真地看着车窗外一排排楼房和单位名称，还仔细地看着一个个店铺的匾牌，显得那样细心而认真，有时还脱口念了出来。办公室负责人看领导很高兴，试探地问，这个房子领导不满意吗？没有，非常满意，这已经是一种奢侈了。

当天晚上，办公室的同志值班，到了晚上十一点多，发现新来的柴县长并没有去分给他的房子，而是坐在简朴的办公室里，拿着一本《临

2014 年 1 月，柴生芳带病到各乡镇检查暴雪灾情（临洮县供）

洮县志》在翻阅和记录着什么。新来的柴县长的房子灯亮着，直到晚上一两点钟。

以后，夜夜如此，柴生芳根本没有去过分给他的房子。后来当办公室的同志熟悉起来，提醒领导说房子里的花多时没有浇的时候，柴生芳笑了笑说，我住在办公室里工作和学习都十分方便，白天到机关食堂吃饭也方便，晚上陪同你们值班不是很好吗？你们有个伴还不高兴？说完，柴县长爽朗地笑起来，年轻同志们也快乐地笑起来。

2014 年 4 月，在苟家山村麻家窑村民小组地头，与双联户麻天明亲切交谈，了解党参种植情况（临洮县供）

从此，新到的柴县长的工作、学习、吃住都在县政府机关大楼上的 417 房间。

到临洮的第 10 天，2011 年 9 月 23 日，柴生芳他就在笔记中这样写道：

如何消除临洮经济社会发展的体制机制性障碍和制约因素。农业实现产业化；中铺园区打造成专业化园区，引进高新技术，实现产业升级；第三产业大力发展服务业。

临洮未来发展的一些战略选择，实现这些战略选择有哪些体制机制创新。一是必须充分发挥临洮的五大优势：区位、交通（兰临高速、212 国道改造升级）、文化资源、宜居环境（休闲、旅游、度假、宜居）、产业（农畜产品、38 万亩水浇地）。二是必须在体制机制的创新上下功夫。体制即打破行政区划，融入兰白经济都市圈，发展临洮经济社会；机制即土地利用规划，城乡建设规划，户籍改革。三是必须把推进城乡一体化进程作为重要内容，着力建设中铺承接区、太石宜居区、新添蔬菜区、城区文化区、玉井生态区。四是必须培育我们的支柱产业，支柱产业是经济基础和发展的支撑点。

又过了10天，2011年11月3日，他开始结合临洮实际，对经济社会发展提出了农业抓调整、工业抓园区、城建抓休闲、资源抓水土、投入抓融资、带动抓兰州、班子抓创新的“七抓”发展思路。

2014年5月，在八里铺镇查看群众畜牧养殖情况（临洮县供）

就这一思路，柴生芳说，要充分利用好临洮的水土条件，以设施农业为主，抓好农业结构调整。大力发展种植业、畜牧业、林业、抓好草畜转化以及以地域特色为主的产业开发，实现“马铃薯、中药材、畜牧业”三足鼎立。争取5至10年，临洮园区建设全省全国有名。建一个有品位的休闲街，从规划开始做好城市建设的基础，争取实施水、滩涂等土地整理项目，以整理出来的土地换取工业发展的空间。主动融入兰白都市圈，哪怕实行同城化待遇，或行政区划重新调整也不成问题。太石新城的编制或观念不能含糊，不能一厢情愿，在这一点上要保持清醒的头脑，要联营。在班子建设上，要引领临洮走在全市的前面，不能满足现状。

做好“水”文章，打好“绿色”牌，树好“建材”旗，下好“物流”棋，唱好文化戏。

再过了10天，2011年11月13日，柴生芳参加定西市三届人大第一次全体会议，听取并审议了常正国市长代表市政府所作的政府工作报告。

在之后的分组讨论中，柴生芳结合临洮县情实际，重新对临洮总体发展思路定位。在“七抓”要求不变的前提下，在六个方面下功夫：一是调整产业结构，发展现代农业；二是加快园区建设，加大招商引资；三是开发文化旅游，发展现代物流；马家窑文化产业园（洮美文化投资公司为文化发展提供投融资平台）、三馆建设、休闲酒吧一条街；四是推进城镇建设，打造山水园林城市。由城区的改造，抢抓把临洮列入全国第三次城镇综合改革试点县的机遇；五是发展社会事业，切实改善民生；用空置房置换土地，盘活房地产，盘活临洮经济。组建临洮建筑集团，建设建筑大厦，为太石新城建设打好基础，以5万人为第一阶段的规模，以休闲养生养老为主；六是改善国计民生，切实解决群众困难：城市低收入人群，四零五零人员，财政暂付款，城乡低保覆盖面。

不一样的环境，一样的执著，柴生芳一切以临洮发展为出发点、落脚点，不断深入，不断细化，而这反复的思考完善，他都围绕着临洮经济社会的这个大主题。

2011年10月11日，柴生芳就任临洮县委常委，常务副县长。

柴生芳日记：我是农民的儿子。

新的工作开始了。凡是没有奔赴在招商的路上，或者没有踏进乡下村庄的时候，柴生芳就会在他那县政府的417的办公室里。简陋的房间里，一个文件和书籍占去三分之一的写字台，一个立满史志、经济学等书籍的书柜，两对上面铺着洗得发白毛巾的老式单人木沙发。这，就是一个基层县长的办公室。被大山里土坯房里的人们想象成富丽堂皇，哨兵把手的县太爷的办公室，实际却总是那样朴素大方地对他们敞开着门。

2011年9月21日，刚到临洮工作第7天，新添镇群众翟志强、董春莲等就找柴生芳反映当地企业排污问题。

2014年5月，在八里铺镇沿川子村了解群众种植马铃薯情况（临洮县供）

柴生芳立即带领住建、环保、国土、水务、水保、财政、发改和新添镇的负责同志赴新添镇现场进行了专题调研。为了慎重起见，他先现场安排住建局牵头，国土、环保、水务等部门和新添镇配合，结合小城镇总体规划，并充分考虑以后污水处理设施的布局安排，拿出切实可行的治理方案。

当天，他立即召集住建、国土、城市执法、信访、洮阳镇、法制办、法院等部门就翟志强、董春莲等人的信访案件进行了专题研究，并作出了由信访局按信访复查程序就翟志强案件的起因、过程以及目前的结果进行有层次、有分析地详细答复。如果对答复不满，由住建局负责将此案件移交司法程序处理。对董春莲案，因属缠访户，已连续上访 11 次，按照信访条例的有关规定，属于信访终结案件，信访局具实函报。同时要求信访局尽快对积压的信访案件进行梳理，分析研究，并提出下一步解决的措施办法等决定。22 天后，县政府关于新添镇排污事宜的解决方案出台。至此，这桩由于排污问题引起的案件终于妥善解决。

2014 年 5 月，在八里铺镇走访了解畜牧养殖合作社发展情况(临洮县供)

柴生芳认为："群众上访，是送上门的社情民意和发展思路，是解决问题最好的切入口"。这就是他认真对待群众上访，"不讲条件、不推责任、不拖时间"的重要原因。

2011 年 12 月 16 日上午，柴生芳一回到办公室，就召开会议，对窑店初中上访事件及洋人巷石桥小区上访事件进行了专项研究。

窑店初中在教育改革的大趋势下，由于办学条件和生源的减少甚至消失，县上决定将其与窑店中学撤并。但是由于群众不理解而上访。柴生芳非常重视这件事情，在会议上提出："教育是大事，关乎一方的兴衰，要慎重处理。”

下午，他带领执法、消防、卫生、食药、环保、住建、信访等部门同志深入石桥小区就盛发源排烟排气设施影响居民正常生活一事进行现场督办，提出由执法局牵头，其他几个部门配合，改造烟道，拆除外挂烟囱，彻底解决问题。

虽然是两件普通的群众上访事件，但柴生芳都第一时间认真调查，研究解决。凡是涉及群众利益的问题，事无巨细，他都认真对待，体现着对“群众利益无小事”的深刻理解和认真践行。

2013 年 11 月 14 日早上，在家里琢磨了一夜的夏淑芳，怀着忐忑不安的心情走上县政府的楼梯，打问着县长的办公室。楼道里那些年轻人礼貌地指着敞开着门的 417 房门，她还在门边徘徊，却被站起来的柴县长邀请进去，接着开门见山地细问她有什么事？——一问一答，夏淑芳心里的疙瘩，在柴县长面前一下子不再凝聚了，而是自然地被化解开了。走出 417 房间的那一刻，她脚步轻快，眼前的阳光不无敞亮，面前的道路不无宽敞。回到家里，她把县长的和蔼、亲切、高水平说给家人，说给亲戚、说给邻居。

2013 年 11 月 18 日早上，怀着胆怯心情的欧阳伟、老秦分别跨进县政府 417 敞开的门，不久就满意而归。

2014 年 5 月，在八里镇调研学校周边环境时在小卖部查看小食品质量情况(临洮县供)

2013 年 11 月 27 日，黄春莲爬上楼梯吃力地走进临洮县政府 417 敞开门的办公室，一个多小时后满意而出。

……

从 2009 年 9 月，柴生芳担任县常委、常务副县长以来，就分管着信访工作。他把那些主动找上门来的群众看作是对政府的信任，深深理解他们的不易，总是热诚接待，安排相关部门给予合理解决。然而这样一件件接待并不都是轻而易举的。

一位信访群众怒气冲冲地跨上楼梯，便开始破口大骂，并且从417办公室的屋外骂到屋内，还拍着县长的桌子质问："你们干部能干啥好事，都是吸血虫!"工作人员急忙过来劝阻，可怎么劝阻他都不听。柴生芳却转过身来，对劝阻的工作人员说："群众有表达诉求的权利，他们来反映问题是应该的，合理的。要多给他们一些笑脸，少一些冷漠，多一些问候，少一些斥责，多一些关心，少一些厌烦。老百姓向我们反映问题，说明对政府抱有希望，咱们不能让他们失望啊!"不管面对信访群众的哭诉还是质问，柴生芳都让群众把话说完，然后依据政策、法律和法规耐心解释。群众在417办公室里，一种热情、理解、诚恳的氛围中，似乎让他们所有的怒气、怨气、戾气一下子降去了一大截。对群众提出的问题，柴生芳能当面答复的他就当面答复。不能答复的，他就让信访部门核实，寻求解决办法。上访群众都很信服他。不一会儿，那些巨大的哭诉质问的声音，在417隔壁的县委常委、县纪委书记南锡诚的耳朵中消失地什么也听不见了。到临洮工作仅仅3个月的他，总想知道隔壁的柴县长有什么"魔法"。

2014年5月，在八里镇调研畜牧养殖合作社发展情况(临洮县供)

其实，柴县长没有什么"魔法"，他有的就是真诚！热情！正义！负责！

以前，上访户梁玉莲和他的爱

2014 年 7 月，在兰洽会上观看临洮仿陶产品（临洮县供）

人经常一起来县政府上访。刚刚踏进417办公室的门时，她爱人情绪激动，手也情不自禁地抖动起来，而且啰啰嗦嗦地不知道说些什么。这时候柴县长从座位上站起来，一边安慰着梁玉莲的爱人，一边大姐长大姐短地叫她们坐到沙发上。然后给她们倒上水，真诚地像对待探望的亲人一样，劝慰她们慢慢叙说。而当她们紧张、激动、斥责地诉说的时候，柴县长便认真地看着他们，不时在笔记本上记着，一直鼓励她们一句句把心中的冤屈道尽。然后他才依据政策、法规，耐心分析和解释，直到她们了解事情的缘由，又答复她们解决的办法。还有什么可说的呢？他们两口子满意地走出了417办公室。

近年，临洮县城市建设拆迁任务繁重，引起部分群众上访，县上为了推动信访积案化解，推行了县级领导包案措施。王慧珍是县委一位女干部联系的两个上访户之一。一天，她怒不可遏地冲进417办公室，大闹起来，怎么劝阻也不停歇。女干部心里不是滋味，急忙跑到417办公室，她希望看到柴县长理直气壮、义正词严地训斥这个不明事理的人。但是她看到的却是另一副平静的场景，柴生芳一边给哭天抹泪的王慧珍递去抽纸，一边心平气和地对比着耐心解释，安慰她不要伤心，问题会慢慢得到解决。王慧珍走后，柴生芳对这位女同事说："老百姓有过高的利益诉求也正常，关键是我们要对他们耐心细致地做工作。同时，我们也要严格执行政策，不能因为一个人而破坏了整个制度的严肃性。"

为了解决群众反映的更难缠问题，柴生芳就亲自跑到现场予以解决。洮阳镇西关社区居民禄冬梅的丈夫过世后，她与儿子、女儿一起生活。4年前，因为城市道路拆迁，政府承诺给她家一套协议面积77平方米的安置房，可是房子到手后却成了 67 平方米，比承诺面积少了 10 个平方米。当听完禄冬梅的诉说后，柴生芳二话没说，立即找到当时房地产开发商进行过问，并责成他们按照现在的房子的市场价，给予禄冬秀现金补偿。看到禄冬梅家中孩子多的实际困难，柴生芳还安排她按相关政策租一套廉租房，并安排信访局长张成举全程督办。拖了四年多的信访案件，柴生芳利用一周时间就解决了。

新添镇上街村村民单俊梅和邻居的地基，因为自来水管破裂而浸泡下陷，房子的墙壁也裂开几道口子。邻居因为发现早、上报早，获得了自来水公司 7000 元赔偿。面对居室的损坏，单俊梅也要求得到赔偿，可是没有结果。得知这一情况后，柴生芳亲自上门去了解实情。最后经质检部门专业测定，确认了单俊梅应得和邻居相同金额的赔偿。

2013 年 12 月，在站滩乡井儿沟村为贫困户发放春耕物资和农机具（临洮县供）

柴生芳日记：事业是考试，群众是裁判，发展是得分。

2014 年春季的一个上午，一位 50 多岁的妇女犹豫胆怯地走进 417 房间，柴生芳从阅读着的文件夹抬起头一看，见这位妇女蜷曲着一只手，颤颤巍巍地站在地上，他立刻站起身迎了上去，握住她的手，关切地问她有什么事。她满脸愁容，说她是洮阳镇瑞新村人，叫雍爱民，得病有好几年了，家里穷，没有钱治病，手伸不开，不能干活，生活实在没有办法。她听说普通人也能找柴县长，就来看能不能要点儿补助，好去治治病。柴生芳听完后，安慰她说："老姐姐，别着急，我这就给你办。"说完，他拿起电话给陶阳镇负责同志打过去，问能不能帮这位妇女申请补助，好让她去治病？放下电话，他对雍爱民说："明天你去城里找民政办，他们会帮助你办好这件事。"听了这番话，妇女情不自禁地赞叹："没想到县长办事这么干撒！"柴生芳说："这没啥，能一次解决的事情，决不能让你跑第二回！"不久，她得到了2000元补助，她终于有钱到医院治病去了。

4月17日到辛店镇苟家山村群众家中了解生活状况(临洮县供)

虽然是这样一件件似乎不足挂齿的小事情，可柴生芳始终认为群众利益无小事。他说："信访无小事，民生大于天；合理诉求解决到位，生活困难救助到位，非法行为打击到位。"因而他对这些"大事"亲力亲为，一片片地温暖着群众的心。

2014年4月29日，杨柳吐绿，阳光灿烂，春光明媚。山川里群众沟播地膜玉米像一条条玉带样展开。这时候正是除禾的好时节，柴生芳带着扶贫办的负责同志去下乡，他要了解群众春播的情况。当车子走到慢洼乡三岘村时，突然，一辆摩托车横在路中间，挡住了他们的去路。摩托车前一个30多岁的妇女怒气冲冲地两手叉腰，拦在车前。面对毫无防备的突然情况，随行的人员不知如何是好。"咱们党的干部，哪有害怕群众的？"柴生芳边说边开门下了车，向车前的妇女走去，便问她是怎么回事？还没等他问清楚，四周20多名干活的群众纷纷从地里四面集聚过来，把他团团围住。群情昂愤，言辞激烈。这时有村干部上前阻挡群众。

面对情形有些紧张的场面，柴生芳自觉站到群众当中，大声说：“大家不要急，我在这里，大家慢慢说。”这时群众立即转向他，像找到救星样七嘴八舌地反映情况。柴生芳拿出笔记本，让大家安静下来，一个一个叙说。他一个一个仔细地听着，一笔一笔仔细地记录着，还不时插话询问并且耐心解释。不一会儿，群众的激动情绪就被他沉稳和蔼的态度平复下来。群众七嘴八舌地说完后，眼睁睁地等待着。对群众当场反映的低保分配不公平，干部作风存在问题，他不慌不忙地询问周围农户，进一步核实了情况。然后当场向群众表态，随后一道进行落实。但群众还是不放心，说：“以前干部也来过，说得也挺好，可问题一直没有解决，你走了，就没有人管了。”柴生芳安慰大家说：“我是县长，能跑到哪里去？我还要来！”群众看到这位领导认真和真诚的态度，也改变了态度，便请领导回家喝水，柴生芳婉言谢绝，微笑着向大家挥手告别。骄阳艳丽的山川里，群众随着柴县长徐徐而行的车子走了一截，然后让开一条道，带着欣慰和期待的感情目送着领导的车子远去。那天是星期五，柴生芳一上车就拨通了县民政局局长的电话，要求立即进村展开调查。第二天，调查组就进驻三岘村。通过入户摸底，民主评议，三榜公示，重新确定了低保户。对村干部的作风问题柴生芳也向县委做了汇报。随后他又多次询问，亲自督办落实情况。县纪委派人进行调查，漫洼乡党委调整了村上干部。村民们心里的怨气消了。这个风波也很快平息了。事后，关于柴生芳为民办事的佳话在慢洼乡传送开来，在临洮大地

2013年七一前夕，柴生芳看望慰问贫困老党员（临洮县供）

2014 年 5 月，在何家山村调研山区经济发展时同路遇的放羊老人攀谈（临洮县供）

上传送开来。

事实上，从 2011 年 10 月 11 日，到临洮的第 27 天，就任县委常委、常务副县长的第一天。柴生芳就开始了深入基层调查了解。

这天上午，他去了玉井、衙下、南屏下乡熟悉情况。

下午，他接着去了峡口、上营、新添下乡熟悉情况。

回来之后，他在笔记上详细地记录了他的调查情况：

新添：全镇 10800 户 50730 人，19 个行政村（4 个山区村 9000 人，8 个坪区村，7 个川区村），人均纯收入 3150 元。总面积 132.59 平方公里，4 万亩水浇地，28000 亩蔬菜。

他又补充记录下了当天的思考：

六个一：1. 科学发展的思路（川区蔬菜花卉、山坪区洋芋和中药材、全镇畜牧业）。2. 有效的工作机制。3. 治庸问责的干部新作风（136 名干部）。4. 诚信贴心的干群关系。5. 真诚解决问题的心。6. 规范安全运作的财政体系。

下乡成了柴县长的必修课。

2012 年 4 月，柴生芳先后深入康家集、窑店、龙门，衙下集、玉井、新添、上营等乡镇，调研“1236”扶贫攻坚行动和易地搬迁项目实施进展情况。

调研中，他深入田间地头、农户家中、养殖大户及养殖专业合作社等地进行实地查看，对当地的中药材种植产业，肉羊、肉牛养殖等情况进行详细了解。在康家集乡邢家山村村民何志清家，他详细询问了中药材种植情况，并鼓励何志清不仅要自己种植中药材，还要带动身边的群众一起种植，以规模种植占领市场。在龙门镇三十里铺村村民高发明家中，他察看了肉牛养殖情况，在了解到高家每年肉牛养殖收入达到了40多万元时，柴生芳说："像这样的养殖户要作为示范户，让周边的群众学习取经，扩大养殖规模。"当天，他还来到3个乡镇的易地搬迁项目安置点，实地查看易地搬迁的选址和整体规划……

"让贫困群众吃上自来水，住上新房子，走上柏油路，是他最大的心愿。"每一次下乡调研，柴生芳都是听的多，说的少。他认真听取群众生产生活中的所需所求，作为制定政策的依据。

从临洮县城到马衔山的苟家山村要走80多公里路。柴生芳的车子从县城出发，先到辛店镇，然后上蒋家坪，就走完了川道和川台上的柏油马路。车子到了桑南家沟，顺沟上山的路大多成了砂石路，绕山而行的砂石路经过风吹日晒、水流冲刷已经坑坑洼洼，颠簸得他的车子左摇右摆。上到石家坡，面前进山的路一面紧贴山崖陡坡，一面紧临巨石深谷。其中一块巨石挡在下寨子的路口，把路挡住了半面。为避让难以撼动的石头，人们把靠山的一面一

4月17日到辛店镇苟家山村调研农村扶贫(临洮县供)

挖再挖。车子小心翼翼地绕过巨石以后，已经被飞扬的尘土埋得看不见踪影。柴生芳忧虑地说："这路，下雨的时候老百姓是寸步难行。"

2014年4月，在中铺镇马家山村五保户老人的家里嘘寒问暖（临洮县供）

到了下寨子，转弯里头沟，翻一道梁，柴生芳才到了苟家山村。

高峻的马衔山横亘在眼前。在万里无云的时日，沿着山脉的轮廓望去，整个山脉像蓝天下的一匹骏马用嘴啃着一块巨石。这马，在云雾缭绕的时候，是一匹巨大到无形的、超出想象力的模糊马，这石是一块巨大到无形的超出想象力的模糊石。站在苟家山村，看到马衔山的形象高大到模糊不清，然而它的名字却清晰响亮地流传着。巨大的马衔山海拔3000多米，是陇中少有的高峻的山脉。有人曾翻过挺立在云天之际的山脊，望到了风景秀丽的兰州市榆中县的流翠叠碧的兴隆山。虽然是一座山的两面，却判若两种世界。走进马衔山中，看到的像是一只大到无形的巨鸟足骨的化石，化石已被风吹日晒成为荒蛮的存在，鸟趾长长地伸展开来抓向大地，形成了脉脉山岭，鸟趾间的空隙形成了沟壑。沟壑里布满了被洪水从山上吹下来的房子样大的石头，牛样大的石头。石头滚到了沟底，然后挤在了一起，上面长满绿苔，沉重地再也没有什么力量来把它们撼动。在这巨趾骨样沟壑的上半部，距离河川三分之二的褶皱里，横向分布着一户户人家，人家和人家连成一带，形成一个个喘息的村庄，柴生芳帮助的苟家山村就埋藏在这里。

巨大的马衔山荒凉而蛮横地蹲踞着，始终弥散着蛮荒世纪难以撼动地傲慢。这里，200来户大山的子民们，种着干旱少雨的山坡地，靠天吃饭。在这种荒凉中，村民人均年收入仅有1500元，贫瘠的人们匆忙而惊竦地过着艰难的日子。

一辆轿车的光临，打破了马衔山亘古的荒寂。临洮县常务副县长柴生芳，在县上为领导安排联户对象的时候，他坚决要求把自己安排在最偏远最贫困的地方。

下车以后，面对荒寂的山村，柴生芳心里不由产生一种疼痛和愧疚，一种有良知的干部都会产生的身背荆棘的感觉。苟家山村吊在马衔山上，处在半山的沟老里，狭窄而荒凉的土坡依势系着人家，那被数十年风吹雨打的荒土崖裸露在崖畔。柴生芳走进一个小小的院落，一户低矮却不无讲究的房子出现在他的眼前，像荒山里亮在眼前的一朵山丹花，一种荒山野岭里埋藏着的勤劳和智慧打动着他的心。他应着身材瘦小机智灵敏的主人苟胜利的谦让走进左手的房子。房子虽小，但是被主人收拾得干净而充满色彩。柴生芳就势坐在靠墙的一个沙发上。苟胜利知道这是领导，但不知道这是县长，心想那沙发上有土，而且下面的弹簧早坏了，正在发急，但领导已经开始打问起他的生活了。

44岁的柴生芳县长问一句，33岁的村民苟胜利回答一两句。亲切地似乎不是县长和村民对话，而是出门回来的兄长和在家种地的弟弟的交谈。

苟胜利家共有6口人，父母早逝，他和爱人既赡养着90多岁的瘫痪在床的老奶奶，还拉扯着两个孩子。而且大哥又生过大病，身体也差，没法干重

4月27日到南屏镇康家沟村划不着山庄调研农村扶贫(临洮县供)

体力活帮衬他。家里仅有的20亩山地种着养活全家的小麦和洋芋。过去种的庄稼是自己吃，给国家上缴一点公粮，日子还能凑合着打发。可现在种庄稼是为了挣钱，小麦和洋芋卖的钱少。家里虽然嘴巴勒得紧，手头依然拮据，只有逢年过节才能吃点肉。能吃苦的汉子纵然怎么努力，日子总是过得不如人。柴生芳边问边凝眉在他随身带着的笔记本上做着记录，他仿佛一下子看出苟胜利贫穷的症结，便注视着胜利，语重心长地说："这样种地不行，要调整种植结构！"接着，他和身边同行的干部与村民一起算起了账，种一亩小麦收入400元，种一亩洋芋收入千把元，如果改种药材，一亩地就能收入4000多元。柴生芳接着说，我在进村的路上发现有人种药材，说明条件合适。他又把目光从人群转向苟胜利，建议他："你试种一下药材怎么样？"

接着柴生芳十分诚挚地询问苟胜利："你还有什么困难吗？"看着如此亲切的领导，苟胜利也就没有拘束了，他想了想，问县长能不能给他大哥安排一个能拿起的轻省活？这个话说出的时候，他觉得自己冒失，就开始后悔，没想到柴县长当场答应了下来。于是他忽然惊醒了似的，翻过身去倒了杯茶，请领导喝。这时候柴生芳已经从沙发上站起来说："水不喝了，以后再喝。"

2014年5月，在中铺镇王家沟村调研时，同路遇的老人亲切交谈（临洮县供）

柴生芳走出苟胜利家的院子，在村子里那个又弯又陡的充满坑窝的路上转着。忽然，眼前一堆顶上长满衰草的酷似土堆的地方引起了他的注意，说是土堆吧？谁家又把土会堆得如此方正，而且旁边开着门，门里还有一个佝偻着腰的老年人出进？说是院落吧，几乎被土掩埋着，柴生芳走了过去，随着老人的脚步走进大门。他惊讶地发现这是一处庄院，院落里有窗子有门。再仔细一看，那是一排土箍窑，箍窑上面的瓦片早已不知去向，只剩下夯土随意塌陷的痕迹。难怪从外面看似一堆土？柴生芳一打问，这个老人就是这院落的主人，叫马彦帮。似乎已被生活的贫困和磨难压走了一切热情和希望，满心只剩下了苍凉和凄惶。他木讷而痴呆地望着这位似乎和他没有任何关系的外来人，并不情愿地勉强让来人进了屋。柴生芳低头进了又黑又窄的屋子，一股潮湿夹杂着霉腐的气味迎面而来，他没有拒绝这气味，沉着镇定地就势坐在炕沿，仔细地察看了老人屋子里破旧的陈设，详细地问了问老汉的名字和生活情况，在笔记本上十分认真记下了这位67岁名叫马彦帮的老人。

太阳已经西斜到马啣山的山岭上，柴生芳并没有返回的打算，而是在这个狭窄的沟湾里继续转着。他寻找着村部的院子，一个窄小的农家样的院落展现在眼前；他寻找村卫生所的位置，一间吊着门帘的土房子就是卫生所，歪斜的铺柜上稀稀落落地摆着几样药品；接着他寻找学校的位置，一排老旧的土房子里挤着几十个流鼻涕的小孩子；接着他要看看村子的大小。一看，发现村背后有一条小水沟。这沟是怎么一回事？赶来的村干部告诉他，这是一个难过的沟，无论是村民种庄稼，还是孩子上

4月17日到辛店镇苟家山村群众家中了解民情（临洮县供）

2013 年 12 月，领到帮扶物资的站滩乡井儿沟村村民激动地握住了柴生芳的手（临洮县供）

学，这个沟都是必经之路。这时，又陡又窄的弯弯曲曲的沟路上，一辆三轮车冒着黑烟吃力地爬着坡，坐在上面的人双手抓着车帮，骨头被抖散了似地喊叫着。“村民们要翻过这条小水沟太艰难了，而且有东西怎么来拉？遇上大雨大雪群众怎么过沟？”柴生芳一句句问着随行的干部，也似乎在追问着一种工作疏漏的内疚。

接着，他又向西翻过横截山腰的窄路，跨过一道梁来到另一座山坳里。这里住着几十户人家。他又来到山坡台上那个不大的院落，走进帮扶户龚彩琴家。一面快要塌陷的院墙迎面展现在眼前，他脱口而出，“这个墙很危险，一定要修！”这家的主人龚彩琴一边胆怯地接待着，一边应诺着。但她心里想，哪里有这个力量啊！在关问中，柴生芳知道了龚彩琴的丈夫 2009 年患病去世，给她留下了患重病的老婆婆和一双上中学的儿女。她一个女人家忙里忙外地独自撑持这个家，生活过得十分艰难。龚彩琴挽留这位别人告诉他是县长的人，吃口饭再走，柴生芳却说：“先不吃，等帮你有了好日子以后，再来吃！”

他继续向着大山深处的村庄行进，面前又一个巨石横在路上，挡住去路。村民告诉他，苟家山人以前出山，要经过一个涵洞，涵洞是多年前修的。两年前一场暴雨把涵洞冲毁了。村民们无奈，便修了一条便道，顺着河沟走。马衔山暴雨多，凶猛的洪水吹着牛大的石头满山滚。洪水过后，没有吹走的石头便横在路上，挡住去路。到了冬天，河水结了冰，运销的车辆根本没法通行。

这时候，夕阳早已从马衔山消失地无影无踪，大山显出阴暗的轮廓，暮色已经从沟底里向山坡爬着。柴生芳第一次在苟家山来，就转了一整天，了解了一整天。他还没有来得及喝一口苟家山群众的水，吃一口群众家做的饭，就在越来越浓的暮色中上了车。然后拿起他早已准备的馒头、鸡蛋、矿泉水和苹果，分给同行的人每人一份，大家边吃边颠簸着向县城返回。车子在黑夜里划开一道亮光，苟家山的贫穷却像一道伤痕划开了柴生芳那蓬勃的心灵。

柴县长走了以后，苟家山的苟胜利左思右想，既跃跃欲试，又忐忑不安。最后他下了决心，鼓足勇气种了一亩黄芪和一亩党参，精心侍弄着，等待秋天的收获。

从此以后，柴生芳常到苟家山来，他成了苟家山人的亲戚。每一户人的生产、生活都是他牵挂的，人越来越熟，情越来越浓，牵挂也越来越深。特别是那些困难户，那些沟路，那些学校，更使他放不下心。他与苟家山人在求生存谋发展的过程中结下了难以割舍的亲情。

秋天到了，苟胜利种的两亩中药材卖掉了，收入一万多元，相当于十亩小麦的收益。他抑制不住丰收的喜悦，点完了厚厚的一叠票子，就给柴县长打电话，正在开会的柴县长说开完会回电话。过了一阵，他真的回电话，问苟胜利有啥事？当苟胜利抑制不住激动告诉柴县长他喜获丰收的消息时，柴县长喜悦的笑声像潺潺的溪流从电话那头传过来，让苟胜利感觉那种分享快乐的喜悦，不像一个县长，更像是一个亲人。

不久，苟胜利不能种地的哥哥被柴县长介绍到建筑公司当保管员，每月工资 3600 元。

2012 年 4 月的一天，苟胜利收到柴县长发来的一条手机短信，问候他全家好！又惊又喜的苟胜利赶紧给县长回了短信。从此以后，每逢端午、中秋、元旦、春节，苟胜利都像给家人发短信一样给柴县长发个短信，柴县长都会像给家里人回复信息一样及时回复。

这年 5 月，苟胜利听说村里有两户“双特户”要建新房，上面给了建房指标，他是个泥瓦匠，想揽下这个活儿，就壮着胆子给柴县长发了条短信，没想到柴县长真帮他联系成了。苟胜利保质保量地完成建房任务，挣了一万多元务工费。

苟胜利是个有心人，在自家的笔记本子上记着：2012 年 5 月 5 日，柴县长为我们送来洋芋种子……2013 年 3 月，柴县长为我们送来了一只小尾寒羊，让我们增加收入……2014 年 2 月份，柴县长给我们带来化肥，指导春播……

在柴县长的关心扶持下，苟胜利致富奔小康的信心更足了，他种植了 8 亩药材，积攒了一笔钱，正准备着盖一座新房。

在马衔山里，柴生芳惦记的不仅仅是几家双联户，而是全部苟家山人，每次到苟家山去，就像回到自家的村子，他都要挨家挨户地看看每个父老乡亲。有一次，天下着毛毛细雨，他在村子里走了一户又一户，看了一家又一家。大多吃过晚饭的村民看到晚上七点多钟，柴县长还在山上的麻家窑社里转着了解情况。

临洮境内的马衔山

2013年10月18日，甘肃省扶贫攻坚推进大会，在金城兰州隆重召开。作为“国家级扶贫开发重点县”的临洮，如何来啃下扶贫攻坚这块硬骨头？全省的实施方案下发之后，各县也随之制订了实施方案，作为代县长的柴生芳没有想到一文报文，熟悉基层实际情况的他觉得省委的这项决定是正确的，也是非常必要和及时的。他深刻地发出反问，临洮县的实情到底怎么样？如何来做好这项工作？这，比他当年上大学时，在日本留学时，老师出的每一篇论文都要复杂，都要难写！柴生芳决定：一要摸清家底；二要把规划、方案落实到每一个行政村；三要把扶贫攻坚作为农村工作的切入口。10月19日，根据他的安排，全县从扶贫、农业、畜牧、交通、水利、住建、教育、文化、卫生等9个部门抽调了30多人，组成3个调查组，分赴18个乡镇323个行政村开展深度调查，进行全面摸底。他说一定要拿回第一手资料，为扶贫决策提供准确的依据。

柴生芳即是施令者，又是执行者。他指导设定了统一的表格，大到农村基础设施、农村产业、公共服务、小到自来水入户、集雨水窖、小型人饮工程、山泉等。从大类到中小项，涵盖了三农问题的方方面面。拿到这份“三农调查表”的工作人员，都惊讶地发现，柴县长真是把农村的方方面面都涉及了。大家分成了组带着表格，充满信心地走向乡村。他也加入到调研组，和同志们一起，又一次向着乡村走去。他有一个坚实的打算：利用一段时间，要把全县323个村子都跑一遍。

每到一个村庄，柴生芳都直奔田间的群众而去，询问他们的困难，倾听他们的期盼和诉求，然后认认真真地一笔一笔在他随身带着的笔记本上记录下来：

麻天雄，种植7亩药材，养了3只羊，下了6只羊羔都死亡。低保三类。想养羊，养羊技术有待提高，把路往好里修——

玉井镇19个村，从山区的韩家寨子、曹家岭、到坪区的宋家坪、崖观坪再到川区的店子、杨家台、白塔——

光明村、合好村、康家沟村、苟家岭、打石坪——

他就这样一个村庄一个村庄地走。然后在笔记本上把走过的这些村庄绘出清晰的地图。零散的村子，被他用脚步、用记忆、用感情、用规划的笔勾画和串联起来。

时节在前行，柴生芳的调查在深入。

那是春天，桃花、杏花、梨花早已开过，阳光显得那样明媚，杨树柳树都已染上渐浓的绿色，远处苍灰的山坡显出浅浅的朗润的湿气，山沟里显出淡蓝的寂静的迷雾，山阴里那一片片还没有消融的雪地显出耀眼的白色，山沟深处的村庄偶尔传来一两声鸡鸣犬吠。在山村里已经走了大半天的柴县长望着山岭间传来村声的地方，问镇上的负责人那是什么村庄？这时，乡镇负责人想到柴县长已经走了14个村庄，而且没有吃饭没有喝水，就随口说，周围的村庄情况大体相同。最偏远的那个村叫王家沟，太远，路又太窄，背阴处还很滑，没有必要再去了！

“我们下乡就是为了了解最贫困村庄老百姓的真实生存现状！怎么能遇到困难就退缩？”乡镇负责人没有想到柴县长不听劝阻，而且执意要去。

又经过两个多小时的跋涉，大家终于来到王家沟村。在村道边上一棵大槐树下，柴生芳遇到一位70多岁的老人，便上前和他打招呼，并一句一个老人家地嘘寒问暖，聊了半天。临走的时候，老人听旁人把这个和他聊天的微胖、头发谢顶的人喊县长，他激动地不知说什么好，连忙上前紧握柴生芳的手不放，“真没想到县长能来我们村子！”

柴生芳带着干部走进村子，他看着那破旧的屋子，弯曲的村路，干硬缺墒的田地，心情沉重地劝说，让这148户人家的村子实行异地搬迁。

又是一个周末。柴生芳忽然想起近来一直在县城中部和北部调研，有一些时日没有去看2012年7.22地震之后南屏镇的灾后重建了。想到涉及5万群众易地搬迁脱贫致富项目的质量、进度，他在办公室兼休息室的房子里也坐不住了。于是连忙叫上司机，一路向县里最南端南坪镇的灾后重建项目奔去。前天晚上的一场大雪把整个洮河川道两岸打扮成皑皑的童话般的世界，随着鲜艳阳光的照耀，那些树枝上的积雪再也站不住了，哗哗，刷刷地塌落着。远处向阳的山岭上站得很高的树已经抖落了重雪，十分精神地站在那里，向阳的山坡上一片片雪融的凹处或野洼，层次分明地显露出来，天是那样蓝，阳光是那样明媚。道路上满溢着雪水的印迹，柴生芳的车子在雪泥湿滑的道路上摇摆着来到南屏镇。

他直接走进已经垫平地基，开始砌墙的巨大的工地，然后仔细地抓起一块块砖头，十分内行地看着是否饮够了水，又在水泥槽里查看倒出来的沙灰水泥，从搅拌机中鉴别石子和水泥的比例。他曾在相关会上讲，灾后重建是关乎群众生命健康的工程，决不能搞成豆腐渣。接着他又走过去数着绑扎好的钢筋的根数，并亲自用手掂着感觉牢靠程度。偌大的一片工地上轰轰隆隆、叮叮当当，呼喊应接。他整整查看了两个多小时。这时候，乡镇上值班的干部听说柴县长来到工地，也赶到现场。当看完了半坡上的康家沟在建工地，柴生芳望着向阳的消去雪花的精神抖擞的绿树，再向远处望着一座雪迹消尽的山头问道，这里还有村庄吗？是不是到了临洮县的边界？在场的乡上干部杜文革指着一个个山坡，扳着指头为柴县长算着：安家社、下康家社、上康家社、金家社、阳洼社，最南面的叫划不着山庄。

听到“划不着山庄”，柴生芳忽然插问起来，怎么叫“划不着山庄?”

没有等杜文革解释清楚，对新词极为敏感的柴县长呼唤一声，“走，咱们就去一下划不着山庄。如果这次不上划不着山庄，咱们就等于没有来康家沟村”。

乡上的干部看着阴处的树上还没有消尽的皑皑的白雪，面有难色地说：今天的路滑，怕不好走。柴生芳已经上了车子，皑皑白雪把道路两边的树枝压弯下来，两相交错起来，让道路变成了一个雪洞，汽车在这个雪洞里钻行着。到了转弯的地方，树枝彻底堵塞了洞，司机下车想法抖落树上的雪，然后再沿雪洞盘曲而行。到了半山坡以后，树林不见了，一处不宽的山川展露出来，背阴的地方依然白雪如棉，向阳的地方已是一片草坡。车子路过一座房院，和一座小学校以及几个零星的人家之后，继续向川内驶去。川道越来越窄，道路越来越难走，这时一座崎岖的山阻挡在眼前。山重水复疑无路，柳暗花明又一村。当又一座陡峭的山坡挡在眼前时，周围都是山了，再也不是柳暗花明的景色了，能去处只有一座陡峭的山岭。车子没法前行的柴生芳和同行的干部跳下车，沿着沉着温软雪泥的草路艰难前行。这时脚下的湿泥一滑，柴县长一个趔趄，手抓住路边的一个毛刺树，同行的年轻的康家沟村主任靳军海赶紧跨上前，扶住了将倒的柴县长。一看，他满手的毛刺，还有星星点点的血珠。这时大家发现柴县长把手一甩，豪放地说，没事，我是农民的儿子，本身就是放羊娃出身。同行的人敬佩而亲近地望着他，和他走得更近了。这时山岭上树头上的积雪早已消融，树林抖擞着精神伸出山边，山林之中闪过一两只鸟影，却没有人的声息，似乎在用蓝天白云的背景迎接这一群远道的客人。沿着一条细长的山路攀行着，大家不无欢畅。这时已到了半山腰，柴县长站在山梁上，望着四面伸展的山岭，不无惋惜地说，这样美丽开阔的山川，处在深山无人知，怎么会叫“划不着山庄”，应该叫“划得来山庄”才对。大家深有同感地乐呵呵地笑起来。又走上一个山咀，大家发现柴县长满头大汗，呼吸上气不接下气，便劝县长休息一会儿。而这时候的山景更加壮观，两道斜形的长满树木的山岭被前面一道开满梯田的山岭隔挡了一下，把整个山川挡成一个不规则的山的院落，院落里草木繁茂，空气清新，安静怡人。柴县长叫过身边的村干部靳军海问他：“你觉得这里景色怎么样?”“在这里建一个农家乐山庄，即让城里的人来亲近自然，又给当地老百姓找一个致富的路子。”“这是很好的想法,”“在这里建一个农家乐山庄好是好，就是没有钱投资。”“只要你有信心，我帮助你!”

临洮境内的南屏山

实际靳军海还不清楚柴县长的话并不是无根之木。针对临洮县致富项目少，资源缺乏的实际，柴生芳曾多方调研论证过，临洮要不断发展壮大以农家乐为主的文化旅游产业，增加群众收入。

他的热心指导和积极推动，已经换来了农家休闲旅游业的迅速发展，全县先后建成了以岳麓苑、水泉山庄、佛归寺生态园为“龙头”，以马家窑、辛店、寺洼文化、秦长城起首为主的历史文化古迹游玩，岳麓山森林公园、神龟奇石园、南屏山自然景观旅游和洮河沿岸餐饮、垂钓、住宿为重点的“农家乐”，吸引了本地群众及周边市县的游客，成为人们休闲、娱乐的好去处。“农家乐”休闲旅游呈现出“百花齐放”的态势。

一时间，全县共发展“农家乐”84家，接待能力在200人以上的占35%。吃农家饭、享农家乐，以亲近自然为主题的乡村旅游成了临洮旅游的新亮点，为当地农民增收致富开拓了新途径。

小小的“农家乐”，在柴生芳的眼中，早已是群众增收的好渠道，是发展旅游产业的生力军。

一位博士县长和一位山村干部就这样心气相投地交谈着，万物留下了美景，流芳带走了浮躁。

这时候，树林里钻出来一位穿深蓝色旧中山装的农民，和大家打着招呼。村干部介绍说这老年人叫孙玉才，今年83岁，是“划不着山庄”年龄最大的人。孙玉才热情地拉着来人的手，要到他们家里去。走到山坡的一个台子上，眼前出现了一座荒墙老瓦的庄院，门外路边站着一个人，领着一个小孩，他叫孙世荣，是孙玉才老人的儿子。于是柴县长走进旁边立着木栅栏的门道。这时候一个院子展在眼前，这是一个古老的、年久失修的破旧的院落，低矮的山墙，充满烟垢的门窗，早已抖落泥块的土墙，被烟熏得墨黑的炕洞门，破旧地充满了各种零乱杂物的房子。柴生芳挨个地转着这个院落的每一个房间，看着每一件古老的家具，又看了看墙上的一张旧报纸，准确地说着，你在这房子里住了30多年。孙世荣惊奇于来人的判断，佩服地靠近前来，来人然后关切地问着家里生活来源，仔细地听他介绍完种植情况。接着就问孙世荣生活上有什么困难？孙世荣在大山里期盼了几十年天上掉馅饼，急迫地说房子太旧了，没钱建个新的。柴生芳当场答应想办法解决，并鼓励孙世荣利用山上肥沃土壤，多种些药材，然后发展畜牧业，提高收入。孙世荣听着来人的话，心里充满鼓舞，他赶紧让来人喝水，柴生芳笑着回答，这次不喝，等你把新房子建好后再来喝！

柴生芳又带领人到了山顶上孙世荣父亲孙玉才的家里。这是山坡上一座更古老更破旧的院落。那一架古老到成为艺术品的编织鸡舍立在院子角落里，右边是一间古老到墙壁被烟珠堆起四五寸厚，窗户门框被烟熏成墨黑的低矮的房子。紧挨着的另一个房子已经半塌陷，柴生芳先走进塌陷的房子，他看到，新中国成立前才有的那些做工细致的房梁还撑在上面，仍搭着一条一条整体的椽子，地上被土埋了的两架画满古老花饰的大木柜立在墙边，上面放着一个黑色的铸铁的清油灯盏和一个老式的煤油马灯。柴生芳问老人在这里住了多久？老人词不达意地说起，那时他还年轻，为了逃避兵荒马乱才逃到这里的。柴生芳问身边的人，哪是什么年代，大家推断，至少是新中国成立前的事了。

柴生芳又走进孙玉才住的另一个房间里。房间地上堆着一大堆装着各种干草树籽的小袋子和叠在一起粮食袋子。还有一两个小一点的老式柜子。在很暗的弥漫着各种古老气息的房间里，他找到了一个很高的土炕，然后就势坐了上去。那个 83 岁的孙玉才赶紧过来说：“炕上有土，还没扫净。”“有土不怕，你能住我就能坐!”柴生芳在渐渐适应起来的光线里看到了这位老人贫困而艰难的日月。他坐了一会儿，然后出来，站在院子里对孙玉才老人说：“你房子太旧了，住着危险，我给你拨些款重建新的!”孙玉才这个从新中国成立前开始受苦，艰难走过八十多年岁月的老人抓着柴生芳的手，张着没牙的嘴一直笑着，不知说什么好。

这个周末，柴生芳在“划不着山庄”挨家挨户地转完了十二家埋在树林里蹲在山头的人家。当夕阳从树林里露出嫣红的光线，他们才从沟底里升起的暮色中向山外走去。

就这样，几十天的辛苦努力，2014 年 2 月 3 日，一件浸润着柴生芳心血和相关部门同志汗水的方案出台了。这份细化到村组的表格达 78 页，总计 140 页的《全县深入推进‘1236’扶贫攻坚行动实施方案》，把 323 个行政村分为强村和弱村两大类，其中 144 个强村为产业示范村，179 个弱村为产业潜力村。并提出了“强村主提升，弱村抓培育”的工作思路。制定了既符合科学发展又顾及农村实际的建设标准和指标。细化了任务目标，产业培育，基础建设、帮扶措施，责任考核“五个到村到户”的精准扶贫机制，绘制了一副新农村建设的美好蓝图。

早在扶贫之初，柴生芳的调研、走访和扶贫，就是扎扎实实的。他在日记中写道：

关于实施好扶贫攻坚行动。一是充分利用好双联行动这个载体。二是狠抓农民增收这一核心。小康不小康关键看老乡，挖掘内部潜力抓增收；在非农产业上找路子：搞加工、搞贩运、搞劳务、搞经营；在增加财产性收入上找办法。三是狠抓基础设施建设。水利建设、灾后重建、易地搬迁，政府启动价格干预机制，监控钢筋、水泥和砖瓦的价格或统一招标。先选址、后规划。四是狠抓金融扶贫这个支撑。五是狠抓人居（环境）改善这个难点。六是抓好农村社会事业这个重点。

关于服务型党组织建设问题。突出抓好镇村两级党组织建设。全力打造镇村两级便民服务中心，不断完善服务体系建设。推行全员参与机制，“美丽临洮、共同缔造”。充分发挥党员作用，加大培训力度，抓好信访工作。

马衔山里苟家山村的支书杨成武说：“每次来，他总想着解决村民的实际问题，哪怕是一件、两件。能解决多少算多少。他没有给村民多少钱，而是和大家一道寻找穷根，谋划着拔掉它。他经过认真的调查、走访和交谈，终于给贫困的苟家山开出一副良药，那就是调整种植结构，还鼓励大家规模化养羊。”他知道，贫困的苟家山发展经济需要帮扶，还需要智力扶贫，需要将输血和造血并举进行。他组织农业技术部门对苟家山村民进行科技培训，改变过去一见植物蚜虫就喷洒农药的老办法，采用尿液和旱烟头混合物杀死蚜虫的新办法，让村民掌握了一系列新技术。这以后，苟家山村规模种植药材达 1200 亩，养羊达 1000 多只，仅小尾寒羊就达 400 多只，农民纯收入达 2500 元。随后，他还亲自抓，在村里那条水沟中央，修建了一条拦河大坝，便利了上学和种田的村民；他又主抓在涵洞被冲毁的河沟建起了一座长 8 米，宽 6 米的小桥，解决了村里出行运销艰难的问题。随后苟家山宽敞的校舍，规范卫生室在他的关怀下一举建成。

为了有效推动全县扶贫攻坚工作的落实，及时掌握工作的进展动态，柴生芳安排将扶贫攻坚方案的内容制成一张特别的地图。地图上每个行政村的位置赫然在目，更特别的是每个村子都用图标注着产业发展的方向，画着牛、羊、猪、鸡、马铃薯、中药材、蔬菜、瓜果、花卉、苗木等图像。贯穿他的“一乡一业，一村一品”扶贫发展思路的经济发展地图，成了他的作战地图，挂在墙上，看在眼里，吃在心里，并且要落到实处。

至此，他的房间旁的小会议室的墙壁上除了《2014 年临洮县产业示范村分布示意图》和《2014 年临洮县产业潜力村分布示意图》外，还挂着一组图，即《重要经济指标进度表》，《省、市重点项目建设进度表》，《争取项目、招商引资进度表》。

看到这一组精确的表图，同事们赞赏地感叹：“柴县长的办公室简直就是作战指挥部”。

“任务进图，进展上墙”。这是他独有的运用尖端统计方法抓基础工作落实的倒逼法，把扶贫工作看作是在与贫困打一场硬仗的意识，渗透着他与时间赛跑的强烈的使命感，浸透着他心系全县的心血和智慧。

2014 年 4 月，当国家精准扶贫文件出台的时候，柴生芳从 2012 年已经开始实践，到 2013 年，他已带领的临洮县进行周密实施。在这个博士县长的心目中，老百姓需要就是政府需要及时去做的。

2014 年 1 月，在站滩乡检查工作

柴生芳在调研的时候就发现，无论是解决老百姓的贫穷，还是完成攻坚扶贫的任务，都需要钱。而老百姓手里并没有多余的钱。缺少发展资金，这才是制约农村全面建设小康的瓶颈。于是，他抓住这个扶贫攻坚的“牛鼻子”不放松，他积极行动起来，在甘肃省银行董事长李鑫的大力支持下，筹集担保基金，一举与甘肃银行签订了高达15亿的金融扶贫战略合作协议。不仅解决群众发展资金短缺的问题，而且创建成以农业专业合作社和龙头企业统筹统还，群众分撒使用的贷款模式，创造性地把全县金融扶贫工作推上一个新阶段，走在甘肃省金融扶贫前列，成为“甘肃省金融扶贫试点县”。

柴生芳日记：民心即天心，军民同心。（《吕氏春秋》）

美丽的洮河，像一声声永久的絮语，言说在山岳间，言说在传说里，言说在历史里，永久地流淌在洮河儿女的心田里。每当数九寒天，别的河流已经结冰封冻，而洮河还那样欢畅地流淌着，而且河面似乎滚动着一簇簇、一串串浑圆晶莹、玲珑剔透的水珠。但到汛期，洮河又变成年轻的蛟龙，显得那样不安分。

2012年5月19日下午，临洮部分乡镇普降暴雨夹杂冰雹。中铺镇、太石镇、新添镇、龙门镇灾情严重，造成农作物大面积受损。柴生芳接到报告后，立即召开紧急会议，安排部署救灾工作，使受灾群众在第一时间得到救助。

临洮是农业大县，农业是临洮的支柱产业。近年来，由于河道阻塞，河床老化，灌溉成了农民的最大难题，山区饮水困难重重；洮河从县城横穿而过，洪水频繁，河道塌岸、淤积、萎缩严重，常年的洪水灾害严重影响着沿岸居民和企事业单位的正常生产生活，制约着县域经济的健康快速发展……这些，柴生芳看在眼里，急在心里。

“5月20日，他参加全市防灾减灾工作视频会议。会后又一次召开全县防灾减灾工作会议。凌晨1点在县上值守。5月21日，上午核实灾情。下午召开灾情汇报会”。

“5月28日，上午他又陪同省防灾减灾督查组到龙门、中铺等乡镇现场视察。”

2012年5月，柴生芳通过实地走访调查，多方筹措资金，利用临洮县雨量充沛、水资源丰富的优势，加强现代化水利基础设施建设，特别加大现代化农业灌溉设施建设和投入。

2012年6月，柴生芳经过多方奔走，争取到洮河改造及洮惠渠、新民渠改造项目，按照项目批复及工程建设有关规范及规程，结合地方实际情况，决心把该工程建设成高质量、高标准的民心工程。

可是，“7月28日，下午6时许他接到办公室关于临洮因局部地区强降雨造成重大灾情的报告，即刻赶赴灾区。晚上9点又陪同省民政厅权处长赶赴受灾最严重的辛店镇里头沟村查看灾情”。

“7月29日，他上午陪同省民政厅权处长、省防汛办苏主任、陈国栋副市长，市交通局文国良局长等赴太石镇的五户村（安五路）和辛店镇的里头沟村（上平路）查看灾情。下午3点在410会议室召开会议，研判灾情，安排部署救灾工作。晚上9点参加全县防灾减灾工作紧急会议。”

“7月30日凌晨3点，他发现降雨量增加，即刻向气象部门电话了解天气情况，指示办公室电话通知相关部门和乡镇，采取有效防范措施，确保不发生事故。上午又签发临洮县贯彻省市要求加强防灾减灾通知精神的文件。下午在310会议室参加常务（扩大）会议。会后又赶赴红旗乡实地查看灾情，现场要求转移群众，改造危房。”

2012年8月中旬，洮河上游黑云压山，电闪雷鸣，倾盆大雨如注而下，猛涨的洮河如一条条苍龙翻起汹涌的浪涛，河岸多处护堤出现险情，兴荣村和周边村庄400多户人家的生命财产安全受到严重威胁。洮河告急！8月19日黄昏，如注的暴雨刚刚停歇，紧张抢险的洮阳镇干部听到群众的欢呼声——“县长来了！柴县长来了！”柴生芳带着有关干部第一时间奔赴险情现场。只见他穿着雨衣雨鞋在河堤上走一会，停一会，指着猛涨的河水和身边的干部商量着。当夜他就研究安排疏散群众，组织干部群众开展防汛工作。20日一大早，他又早早走上河堤，认真查看了水势与河坝，安排着抢险防灾的各项工作。一时间，近百米长的河岸变成紧张的战场，干部群众一起抬着沙袋挥汗如雨地奔跑在危险的河堤。本是指挥者的柴县长，也加入到抢险的行列，他和干部抬起沙袋一次次奔向河堤。大家看到县长和他们一起抢险，干得更加起劲，偌长的河堤在一步步地加厚加高。他用行动把现场人的精神凝成一道有力的墙，与汹涌的河水搏斗。一直干到中午，河水似乎有所回头。他才和大家一同端起送来的凉面，边吃边望着河堤，似乎还在想着怎样继续组织抢险防灾。饭后他接着又和大家干到下午 7 点多钟，在紧张而高强度的劳动中度过一天的干部群众，看着汗水浸透衣衫的柴县长，心疼地不约而同劝县长回城休息。可柴生芳却说放不下群众的安危，坚持住进了村小学附近一个养殖场里。天已完全黑了下来，大家只有敬佩而又内疚地离开晚上的河堤和留守的柴县长。夜里，住在养殖场里的柴县长无法安然入睡，他半夜里起来，打着电灯，上下几十米徘徊在洮河岸边，观看着河水的浪涌，惊觉着不安的洮河水龙。那时的他，不像一个现代的县长，而更像是上古那个治水的大禹。每天早晨天没有亮，来到工地的干部群众发现站在河堤上的柴县长，无不振奋。柴县长每天坚守在河堤上，和大家一起抢险，一起吃从县城送来的大饼加方便面，喝凉凉的矿泉水。有天中午，从县城里送来的午饭，是一些凉皮和饼子，并没有碗筷。只见柴县长在云里探出的强烈阳光下，脱下自己的草帽，反过来，把装面的塑料袋展在里面，端起帽子，吃了起来。一旁的干部感觉县长好幽默，好奇又好笑地议论着，但最终觉得这是河堤上最好的吃法。大家纷纷脱下帽子，学习这种“博士”的吃法，并且都吃得其乐无穷。到了晚上，挖掘机开始在现场加固河堤，柴县长亲自指挥着，整整一夜没有休息。

柴生芳在河堤上坚守了 7 天 7 夜。最后一天，看到险情已经稳定，在决定撤走之前，他又在河堤上走了一遍。这时，细心的他发现 23 日夜里为了加固河堤，把群众走路的岸边挖得坑坑洼洼，难以迈行。干了一天的干部群众，还没有吃上晚饭，许多人饿得没了力气，都想着尽快收工。可是柴县长却鼓励大家继续干，用挖掘机从高处取来了沙石，把先前挖空的地方重新垫平。这一工作紧紧张张地又进行了 5 个多小时。干着干着，沙石铺平了泥坑，眼前平展展地一片，大家倒忘记了饥饿。工程收工的时候，人们感叹着有效的成绩，柴生芳则拿着手电，把那片曾经挖空的河堤再照了照，仿佛看到了走过河堤的群众满意的笑容，然后他才舒心地和大家离开洮河河堤。

对于哺育了马家窑文化，养育了两岸人民的洮河，柴生芳在那些防汛时沿岸巡视的时间里，他智慧的大脑一定想了很多。他不会不想到那色泽艳丽质地细腻地藏在清清河水下，绵延河岸却名扬天下的美丽洮砚；

他不会不想到当年马家窑人用那画满智慧花纹的精致陶罐汲取清凌凌河水的场景；他也不会不想起早在20世纪五六十年代，陇东儿女曾以战天斗地的精神为了把洮河引到六盘山之东几百里以外的董志塬而热火朝天地劳动的场景。他不会不理性地想到这些。他把临洮当成第二故乡，把洮河当成自己热爱的生命河。他曾经坐着车，沿着洮河岸边向南走到县城的边界，又向北走到县城的边界。那些建在洮河岸边的水电厂和在洮河岸上淘沙的车辆，在他看来，不是在洮河母亲的身体上砍骨，就是在挖肉。他对洮河是那样热爱，因而又是那样心疼。他在心里已经形成了保护洮河的理念。此后他把这种理念公之于政府的办公会议上，公之于洮河两岸的群众之中。他要开始治理这些留在洮河身上的伤疤。告示发出来了不见衔接，渐渐地他感觉到暗中抵触的力量。但他有的是智慧和一身正气。取缔“伤疤”的行动开始了。他带领有关部门，对境内河岸的小水电厂、采沙场进行清理整顿，还对以经济开发为借口罔顾土地的情形进行了清除。一石激起千层浪，他保护洮河的行动受到了一些人的抵抗，有的把“不懂经济不发展经济”的脏水向他泼来；有的还四处扬言，威胁要给他一点颜色看看。柴生芳毫不退缩，早在安定区当常务副区长的时候，他就和区长赵众炜说过一句话：当官，就要学会忘我。忘我地为群众谋福利，谋利益，就会忘掉自己是个官。柴生芳在临洮依然坚持这个原则，他坦然地笑了笑，刚正不阿地等待着要给他看的那些“颜色”。然而，洮河在正午的阳光下一泻千里，流光溢彩。

清清洮河，一泻千里，护围着洮河的两岸山岳绵延百里，风景秀丽，这里不仅哺育了马家窑文化、养育着两岸儿女，留下了无数美丽故事，而且，留下道教文化创始人老子在此写完《道德经》，然后升天的传说，以及三国名将姜维挺立东山山峰上雄视万千苍山野岭，挥师点将的传说。洮河西岸还有一座山在早晨阳光的照耀下，酷似一个圆形太极图，到下午太阳偏西时，山的阴影又变成一个反方向的太极图，传说那是老子为了让人们分清时间，辨别方向，协调阴阳而专门挥笔点画的。这里被誉为美丽金城兰州的后花园。

然而，这样美丽的传说和景致到了冬季则黯然失色。洮河两岸之间山川的上空弥漫起一层浓浓的雾霾。看着这情景，柴生芳的心里沉重起来，怎么样消除这雾霾？还给临洮人民一个青山绿水的县城？对于这个问题县委县政府早已决定治理。柴生芳带领相关人员走巷串户，挨家挨户了解供暖单位情况。走访中，他发现早先建起的供暖单位都是一些有钱单位，只有少数是新连起的片区。供暖方由于供热面积小，采用低吨位锅炉，不但浪费严重，供热效果差，而且整个县城烟囱林立、污染严重。在一个专门研究治理措施的会议上，有不同的意见提出来了，有说本来就如此的；有说要解决缺资金的；有说再怎么样改，以后都不好管理的。面临种种问题和困难，多数人坚持维持原样不变。可是柴生芳却力排众议坚持要解决这个问题，并且义正词严，历数目前状况的后果，分析改变的措施。这样，会议上最终确定下由他负责这项工作。

柴生芳找到问题的症结，增强了他解决问题的决心，也寻找到了解决的措施。

柴县长开始了集中供热工程，可是马上又出现了阻力。他不管不怕，头顶压力，迎难而上。他上省上，进企业、走住户、千方百计融资，开始了临洮县历史上单体工程投资最大的供热项目。建设过程中，还是有人觉得这是超前发展，最终会成为烂尾工程；有人则说即使建成难以管理也会打架。柴生芳没有泄气，凭着这多年的见识和知识积累，他相信这项惠县惠民的工程一定能够成功。

经过前期大量的准备工作，临洮县城区集中供热项目评审会，终于在省政府接受评审。2012 年 10 月 9 日上午，柴生芳主持召开了全县项目工作推进会后，下午赶到兰州参加该项目评审。

评审会议由节能评审中心、省发改委资环处、5 位能评专家、施工单位、设计单位以及县政府和市县发改部门负责人参加。评审根据“国家发改委 6 号令”节能措施和建议，从 4 个方面进行了评审。

在评审会议上，柴生芳指出，集中供热方案与城区原分散供热工艺相比，年生产综合节能 19532 吨标准煤，年实现二氧化碳减排 48048.72 吨。仅从节能环保方面来说，集中供热项目对临洮的发展意义重大。此后，柴生芳就该项目又多次前往兰州进行衔接，在 10 月 9 日到年底的柴生芳工作笔记中，“供热”一词出现不下 30 次。

在柴生芳的大力协调推进下，临洮县城区集中供热项目终于在 2013

年4月份开工建设，在建设过程中，他就开始考虑管理问题，他通过引进和查寻，对供热公司实行了改革，进行市场化运作，灵活地机制，促进了工程的顺利进行。

最终，柴县长带领相关部门终于建成了供热面积达300万平方米，涉及城区3万住户10万群众的惠民供热工程。

往年一到冬天，群众对暖气不热的反映随着气温的下降日渐强烈，但如今，临洮城区的冬天不再寒冷。一位曾经因为暖气不热长期上访的老大爷，激动地说："供热工程建成了，不但暖了房间而且暖了人心！"

随后，该项目二期工程也有序展开。

柴生芳日记：出门招商，回家下乡。

有着扎实理论功底的柴生芳，经过了几年基层工作的历练，他不仅锻炼成了在一把手岗位上所需的驾驭复杂局面和解决难题的能力，而且有了处理各种突发事件的能力。对临洮县情的透彻了解，对临洮经济社会发展的基本判断和定位，对未来的准确把握，使他更进一步了解了临洮这个"农业大县、工业弱县、人口大县、财政穷县"，仍然属于国家级贫困县，要实现与全国同步进入小康绝非易事，必须要有强大的推动力和加速器。这个推动力让他找到了，那就是改革开放；这个加速器让他找到了，那就是争取项目。

2011年10月28日，在临洮县第十七届人代会分团讨论时他就发言：一是项目建设。实现临洮经济社会跨越发展必须有产业的强力支撑，产业的振兴必须有项目的持续拉动。项目建设是吸引社会资源，尤其是资金、人才、技术等资源的有效载体，是我们全部工作的第一抓手。抓项目的力度决定着发展速度，抓项目的水平反映着各级干部的能力。我们要牢固树立"发展是第一要务，项目是第一抓手"的理念，始终把项目工作牢牢抓在手上，举全县之力，调动一切资源，通过向上抓争取，向内抓集聚，向外抓引进，立足长远谋划一批大项目，抢抓机遇争取一批大项目，千方百计引进一批大项目，加快速度建成一批大项目。全力以赴抓出一批支撑发展全局，提升城市形象，推动社会事业，改善人民生活的大项目，推动临洮经济社会科学发展、跨越发展、和谐发展。坚持以重大项目建设为抓手，以园区建设为平台，以产业集聚为重点，不断做大产业经济规模，增强经济综合实力。

二是优化结构调整，尤其是三大产业结构调整。

三是大力发展文化产业和文化旅游产业。

四是始终保障和改善民生。

2013 年 9 月 14 日，在甘肃省“33141”项目工程督查定西座谈会上，当柴生芳获悉支持全省发展第 43 条“生态宜居，休闲度假、文化旅游、商务会所、养生养老”的内容时，他内心产生强烈的“震撼”和“希望”的回音，他抑制不住内心的喜悦和激动，发自内心地感叹“定位准确!”

他深深捕捉到抓项目的历史机遇，并且敏锐地找到“交通”这个抓项目的突破口。2013 年 7 月 22 日，甘肃岷县、漳县发生地震，对灾区人民的生命财产造成很大的损失。临洮南部山区也是灾害波及的范围。柴生芳第一时间赶到重灾区，跑遍了每一个村庄。他看到南屏镇等山区里虽然没有人员伤亡，但是有许多房屋受损严重。此后，向上级报送有关地域的灾后重建项目工作紧锣密鼓地展开，柴生芳心急如焚，临洮南部山区到底够不够灾后重建条件，能不能搭上这个顺车？他奔走有关部门进行咨询，并联系相关专家对县南山区的灾情进行了重新评估。专家们得出的结论是这里超过灾后重建的条件。他便开始了新的项目的衔接工作。一项以异地搬迁的方式进行灾后重建，从而实现山区群众脱贫致富的惠及全县 5 万人的连带项目，最终在他辛劳的工作下实施开了。在南坪镇一片广阔的平台上，大规模的居民住宅建设拉开了序幕。41 岁患有糖尿病的乡党委书记桑育雄也顾不得养病了，他在柴县长十天一回地督促下，昼夜加班，开始了紧张地施工工作。

而更广大的县城西南片区群众面临的饮水不安全问题，是柴县长最放心不下的一件大事。他又四处奔波，联系水利部门，采用打井、压管道、建净化蓄水池等一系列措施，为所有行政村、自然村里都压上管道，做到自来水管网全覆盖，入户率 70%以上，解决了群众吃水难的问题。

2012 年 2 月 13 日，柴生芳就在笔记中这样写道——

关于基础设施建设有关事项：

五个续建项目：

1. 定临二级公路 76.6km；2. 临康二级 5.2km；3. 兰州韩家河—太石水泉 60km；4. 开发区小河沟 107.34 米 *15 米；5. 王马家大桥 146.28 米 *8。

四个新建项目：

1. 王家大庄小河沟桥 67.6 米 *8 米；2. 16 条通畅工程 103km；3. 朱家川—康家公路改建工程 21km；4. 康家崖洮河大桥 157+260 米。

三个争取开工项目：

1. 临渭高速 16km、16 亿；2. 玉冶路（G212）41.214km，其中临洮 26.9 公里，总投 3.6 亿元；3. 水泉—罐子沟（G212）二级公路改造，临洮段 55 公里，投资 8.088 亿。4. 北门、南门 4.1km 的铺路及 212 改线。

两个协调项目：

1. 定临路连儿湾乡街道（1 公里）和城区段（4.1 公里），按 16 米建设。2. 临洮至康乐二级公路改造工程在兰临高速公路引线南侧新建宽 12 米道路的问题。

到临洮不久，望着绵延褶皱的大山，想到那些身居山沟的农民，柴生芳曾为自己定下了一个任务，要踏遍临洮的山山岭岭、沟沟岔岔，到每一户农家里去访贫问苦，解决群众困难。车上放上草帽、雨鞋、雨衣、水杯、笔记本和方便面、饼干，叫上司机。在那些向大山深处走去的弯弯拐拐、七颠八簸的山路上。他的脑子里清晰地刻画着马啣山的上梁乡苟家山村那拐弯颠簸的山路，那条正在修建的山路中途停建了，人们把这条“上辛路”叫“伤心路”。而且他清楚地知道，全县原有 35 个乡镇，撤并了 17 个，全县有各类道路 229 条，5850 公里；乡村路 223 条，1584 公里；油化硬化路 723 公里，占 45.9%；村道 1249 公里，油化硬化 545 公里，占 43.6%；323 个村，硬化路 182 个，占 56.3%，县乡公路建设欠账涉及 140 多个村，700 公里。他常说：“要把路修好，雨天不泥泞，晴天不扬土。走好的路，住好的房，喝好的水，老百姓的日子就好过了”。

他的重大项目建设便从“修路”开始。

他做规划，打报告。他带着县交通部门的同志，拿着项目建议书，他去兰州，上北京，向有关部门汇报临洮的道路建设困难。到了 2013 年 12 月 30 日，人们都清楚，再过一天就是元旦，机关单位就会放假休息。

而他分析，过了元旦，领导们会更忙，说不定这个时段能见上领导。于是他带领有关人员向北京赶去。31日天刚蒙蒙亮的时候，他们已赶到北京。首都北京高楼林立车水马龙，那现代都市的繁华和紧张令人眼花缭乱。走到这里，让人不是淡忘了小山区人的艰难，就是惧怯于它超常的节奏。到了大街上，同行的干部说："柴县长，我们先吃饭吧！""先不吃，衔接好项目再吃吧！"说着他们挡了一辆出租车，急忙赶到了交通部的楼下。当他们上气不接下气踏进交通部大楼的时候，发现机关单位早已上班，整个大楼像一架动能充足的机器开始运转。他们发现楼道里走过两个领导模样的人，而且边走边讨论着什么。其中一个人他认识，是交通部的一位领导。领导看见柴生芳，非常吃惊地问他："你们怎么今天赶来了？不过也好，平时我们也忙，常常在外，你们来的时候，我们也许不在。来！今天正好听听你们的汇报！"柴生芳喜出望外，他感觉自己来京的筹划没有错。连忙回答领导："我们也想全国交通的摊子那么大，领导那么忙，平时来肯定难以见到！"领导深有同感似地笑了。

走进了办公室，感受着部里领导的亲切，柴生芳内心豁然亮堂，那些临洮县的山山水水，弯弯曲曲又坑坑洼洼的山路，以及山路上那些艰难行进的人和车辆清晰地展现在眼前。这一切又化为一种力量，像充满深情的洮河从他的心里流出，流成真诚的话语："听说要在甘肃选两个交通扶贫试点县，临洮的路太差了。我当上县长才8天，有责任把临洮山区的路修好。路不好，百姓的生产生活都有困难，农副产品运不出去，生活物资运不进来。"

听完柴生芳这简短的浓缩着责任与感情的汇报。交通部的负责同志被真切打动了。他说："你作为县长这么远来，我给你联系主管领导。"说完当即拨通了电话，说那边正开会，开完会就来。

主管领导回来后，听了柴生芳的汇报，也动情地说："你们这种为老百姓着想的高度负责的精神很感人！"并表示，初步把临洮作为"六盘山区"交通扶贫试点县来考虑。但第一批筹建的试点县全国只有5个县，甘肃省仅有2个，因此还有待会议研究决定。听完主管领导的话，柴生芳的心里总算有了指望，他不无激动地说："那太好了，感谢领导，我代表临洮全县人民感谢您！"

元旦过后，交通部来电通知开编制培训会，要求县上去一名技术人员，去一个县上领导。心系全县人民交通大事的柴县长说：“事关重大，别人去我不放心。也不用再带人，人多花费就高。”

第二次来到北京，柴县长又马不停蹄地坐上出租车到了交通部的楼下，这一次他熟悉多了，见到交通部的负责同志，没等他开口，领导同志却先开口了：“县长你又来了，让人很感动啊！”柴生芳接着说：“是临洮那些难走的道路催着我来的啊！”

这次培训之后，他随着领导来到办公室，拿着自己准备的材料，诚恳地如数家珍地做了更为详尽的汇报。

当他面带笑容，兴奋地跨出交通部大楼的时刻，手机却响了，他拿起来一看，是妻子从兰州打来的。他正打算给妻子说说这个令人激动的消息，可没等他说话，那边却已传来妻子带着泪腔焦急的声音要他赶快回来，说女儿甜甜正在发高烧。柴生芳三十多岁得下女儿，他视自己的女儿小甜甜如心肝宝贝，他也更爱临洮县的54万人民，他们的道路那样难走，遇到孩子发烧，老人有病，他们送到医院看病更为艰难。怎么办呢？他内心疼痛地回答说，招商引资的事非常急，一刻回不来。你找个亲戚一起去医院给孩子看病吧！

第三天，柴生芳从北京赶到临洮县已经天黑了。他连忙打电话叫来交通局长说：“明天无论如何要把资料完善后向省交通厅汇报。”

3月24日，他带上交通部门的同志第三次去北京，向交通部进行汇报。汇报过程中交通部负责同志提出一些环节的具体问题，没想到柴生芳像临洮的一个活地图，他对提出的问题当场做了详尽的解释和说明。交通部负责同志又一次被他的踏实和诚意打动，郑重地把项目规划书的副本交到他手里，面带笑容握着他的手摇着：“项目交到你手里，相信一定能干好！”

“六盘山片区交通扶贫攻坚示范点县”项目终于落地临洮。

这个项目为临洮县争取到公路建设总投资达9.1亿元。仅2014年前已下达409公里，2.045亿元。临洮县县委书记石琳感叹地说：“两年时间修建道路1115公里，相当于新中国成立后几十年修建的道路总量。

柴生芳日记：大道之行，天下为公。（《礼记》）

在跑项目的那些日子里，柴生芳深深感觉到西部地区的贫穷落后与京城的繁华形成的反差。这，在他的心海里激起的层浪，反过来也调动起他的创造性思维。这时，他联系项目已经开始不是一个一个地跑，而是在保证基本的前提下，开展横向衔接，进行一组一组地衔接。

京城的信息灵，他常常会听到只言片语的令他激动的消息，诸如“灾后重建”、“文物保护项目”、“非物质文化遗产项目”等等，这些词语常常像一杯烈酒，激起他的兴奋，像一颗信号弹，映照他思维的天空。有时，让他兴奋地半夜半夜睡不着觉。

白天，在北京那些小面馆用餐的时候，他会仔细观看那些艺术化的匾牌、室内装饰，特别是面馆里面的味道、调料。每到北京，一有机会，他都会联系他北大的同学（现任联合国教科文组织北京代表处文化遗产保护专员、中国文物学会世界遗产研究委员会副会长），每次和这位知识渊博重于实践的同学交谈，柴县长都会谈到临洮的文化事业建设。他把临洮的寺洼文化遗址以及老子登仙传说等等文化遗存一次次一句句向这位昔日的同学、如今的国际文化领导进行陈述，以期得到他的了解和支持。有时候谈到吃饭的时间，作为一县之长的他自然会请同学吃饭，他请的是什么？就是他看准的这家面馆。一人一碗面片，外加一碗老同学喜欢吃的酿皮子。两个同学吃得简单，然而吃得和睦。那种为了事业“淡如水”的交往却是那样实在和久长。

曾经，在日本神户留学的时候，柴生芳多么想吃一碗家乡的臊子面，可那里人根本没有见过这种色香味俱全的面中之王。在首都北京吃面的时候，他想起了在临洮街道吃过的小面馆，在临洮的小面馆里他吃出了一种色香味俱全的特殊味道，他就想着能否把临洮的小吃推而广之。于是在他的指导下，一项以临洮小吃为主角的纪录片出来了，广电部门的同志起一个“临洮味道”的名称请他审阅，在确定名字的时候，他提出叫“味道临洮”怎么样？在场的专家似乎醍醐灌顶，比大家起就的“临洮味道”当然更好了。柴生芳想的是以“味道临洮”为引子，来推动临洮文化旅游事业的大发展。

这时候，谁能不想到这位文化学博士不在边吃边想着洮河两岸青山？

不在想着老子登天，貂蝉照镜？不在想着马家窑遗址、寺洼传说？不在想着姜维点将、长城遗址？不在想着马家窑的彩陶，辛店的陶器——一位热情的博士县长怎么不会想着？每到北京，他除了联系杜小凡还和许多同学联系，动员更多知识分子为临洮县发展献计。有时候还把他们请来，让大家以实为实地在现场激发思路。

是的，早在2012年2月13日，柴生芳就开始关于临洮文化发展的思考，他在笔记中记录了自己的思考——

关于文化旅游发展有关事项：

1. 重点工作：三馆建设，3月份动工建设；马家窑文化产业园，6月份动工建设；马家窑遗址保护规划；50个农家书屋；20户以下自然村村村通工程，安装14300面卫星地面接收设施；博艺广告公司，争取盈利100万元；建成3个数学电影放映厅；貂蝉歌舞剧。

批复成立美术家协会、书法家协会、音乐家协会、摄影家协会以及各种艺术团体。

2. 旅游中心：要抓紧做好以下工作的推进，王家大庄休闲度假村、貂蝉大舞台、苗圃、岳麓苑农家乐、玉井白塔乐园特色休闲旅游基地、貂蝉文化、洮河文化、月岛湖生态湿地公园、洮之苑酒吧一条街、岳麓山公园、西湖公园、三易花卉园、卧龙寺景区、玉井峰景区、石景峡、三甲水电站、海甸峡水电站、城隍庙等旅游点的打造，成立貂蝉旅行社，举办旅游形象大使选拔推荐活动、旅游宣传促销节会，走品牌的市场化运营路子，总体规划非常重要。

用以补代奖的形式对文化旅游开发项目给予扶持，交给专业管理机构去运营。

而到了2012年5月15日，他又做着更加具体的思考——

马家窑文化产业园项目：建设文化创意产业基地、文化旅游产业园、文化创意新城。打造临洮文化旅游名片、甘肃文化旅游胜地、中国彩陶产业基地、世界彩陶文化中心。

以马家窑文化为核心竞争力，建成集遗址保护、文化传承、生态养生、科技研发多元素聚合的高品质文化产业园区。

整合周边文化旅游资源，向南发展延伸，边海路两边一直到马家窑文化遗址，一并规划。投资规模应该上百亿。关于陶艺的研究与从业人员，搭架子挖掘人才。在职校设陶艺专业，培养人才，培养产业工人。从娃娃抓起，营造氛围，在县城部分学校开设陶艺体验课，先采购一批设备。人社局在全县范围内选拔计算机、陶艺和市场营销专业的高校毕业生，组建办公室。对二、三期需要动迁的房屋等地上附着物及早动手，外观设计统一把关，对民宅进行改造，变成产为园的一个重要组成部分。把文化产业园与亚高原训练基地的划界问题处理好。

在思考的同时，他全力开始了行动。

大王庄（王家大庄）文化休闲旅游度假基地，位于八里铺镇王家大庄村，项目总占地约 3180 亩，估算总投资 32 亿元。

2012 年 4 月 12 日，县委常委会安排由柴生芳负责王家大庄乡村旅游示范区项目实施。柴生芳高度重视这一发展临洮文化旅游业的重点工程。多次前往王家大庄，亲自就选址、拆迁等问题做了调查。就拆迁中遇到的阻碍，他从党员、村干部入手，顺利解决了拆迁工作停滞不前的困境。

在积极推进项目前期准备工作的同时，柴生芳还和县上主要领导、设计专家、承建方进行沟通，确定了王家大庄乡村旅游示范区项目的设计主旨和建设思路，为项目规划顺利评审通过奠定了坚实基础。

2012 年 12 月 25 日下午，临洮县召开城建及文化旅游重点项目规划评审会议时，柴生芳与专家刘勋章、赵金铭、陈怀录、杨亚斌以及相关部门、相关领导一道，参加了会议。

会上，大家一致通过王家大庄乡村旅游示范区项目评审，并针对该项目提出了进一步完善的意见建设。该项目在 2012 年被省旅游局评为“全省乡村旅游示范村”。

2013 年 7 月 9 日，王家大庄乡村旅游示范区项目顺利签约实施。2013 年被农业部、国家旅游局评为“全国休闲农业与乡村旅游示范点”。大王庄文化休闲旅游度假基地，将成为临洮文化休闲旅游度假的一张名牌。而柴生芳在基地建设前期工作中所付出的辛勤劳动，为造就这一名牌做出了巨大贡献。

太石水城项目是临洮县依托得天独厚的区位、交通和资源优势，按照打造“休闲之都”的目标定位，精心谋划和打造的战略性重大项目，临洮太石水城项目位于临洮县太石镇，规划总面积约18平方公里，投资总额200亿元，采用政府主导、企业运作的模式，由美国希尔顿国际集团（中国）投资控股公司参与土地的一级整理和部分二级综合开发，建设期限为10年，被列为“甘肃华夏文明传承创新区”建设重点项目。该项目建成以后，将成为高品质的兰州宜居后花园及西北地区的水文化旅游度假胜地。考虑到项目重大、规划设计复杂、衔接准备困难，市县主要领导安排让招商引资经验丰富的柴生芳全面负责。

接到任务后，2013年1月23日，他就赶兰州，开始接手定西市人民政府与美国希尔顿投资控股集团关于临洮太石水城项目签约仪式的筹备工作。经过连续多日的紧张筹备，1月27日上午该项目正式签约。

太石水城是一项规模宏大的项目，柴生芳积极衔接精心筹备，终于促成了该项目的完善“落地”。签约该项目，将对临洮经济社会发展、产生巨大的影响。

临洮县卧龙湾水镇文化休闲旅游综合项目总投资9.8亿元、占地面积500亩。这是临洮县立足县内资源条件和交通区位优势，精心谋划建设的文化旅游产业开发重点项目。

项目如何实施？方案如何制定？建设如何布局？一系列的问题，需要听取专家的意见建议，2013年2月3日，卧龙湾水镇规划方案评审会在临洮举行，听取了有关专家和相关人员的意见，这次会上，柴生芳以高度负责的科学态度说：“该项目要依托洮河丰富的水资源和深厚的历史文化资源，以中式建筑为风格，以水为纽带，着力打造集水上游乐基地、水动力科普实训基地、文化养生基地为目标的特色文化休闲旅游综合体。”会上，参会的专家，学者对柴生芳的看法、定位表示非常赞同，并按照此意见付诸实际。

柴生芳就这样竭心尽力地，认真负责地，做好了卧龙湾水镇的规划方案评审工作，为卧龙湾水镇科学化高标准建设打下了坚实的基础。

马家窑遗址位于临洮县洮阳镇马家窑村南面的麻峪沟口，是黄河上游新石器时代到青铜时代的遗址，地处洮河西岸的一级阶地上。1924年首次发现并进行考古挖掘，马家窑文化由此而得名。1988年国务院公布为全国重点文物保护单位。柴生芳说：“马家窑文化遗址对研究马家窑文化及黄河上游地区诸史前文化具有重要价值和意义。”

同样，在临洮还有个一国宝级的单位是战国秦长城，它是全国最古老的长城遗址之一，从临洮城北15公里处的三十墩南坪望儿嘴到窑店长城坡关门湾，途径新添、峡口、八里铺、龙门、窑店5个乡镇约45公里，临洮辖区内的战国秦长城遗址存有大量秦代绳纹板瓦、筒底残片暴露，有不少陶罐、陶钵、陶碗残片。站在长城上，柴生芳感慨道：“长城如今虽然被历史的风雨剥蚀成了断垣残基，但仍以苍苍莽莽的气势，威武雄浑的壮阔，浓缩成了一种厚实的文化积淀，永远留在华夏文明的史册里。祖先留给我们的宝贵财富，千万不敢再毁了，是该到保护的时候了!”

其实，柴生芳心里想的就是——临洮是文化大县，有着原始社会的马家窑文化、辛店文化、寺家洼文化和战国秦长城遗址，还有传说中的老子飞升地。但由于缺少人才和资金，缺乏完整的保护和有力推介，没有产生足够的影响力，丰富的文化资源至今没有发出璀璨的光芒。一次他在兰州古玩市场转悠时，发现那里价值上百万的精美彩陶，竟然是从临洮买来的。人生的前半部分，柴生芳都是在研究文化中成长的，文化是他的长项，他为县上有如此丰厚的文化遗存却没有发挥出应有的作用而焦虑着。县上有许多珍贵的文物，但由于没有像样的博物馆，文物被锁在柜子里，无法展览，发挥不了应有的作用。县上许多优秀的图书也被放在皇庙里，与神像相伴。当读书的人想要安静地查阅资料时，另外一些人在吹吹打打地搞祭祀活动。还有文化馆的地方和需求相比显得那么狭小。

他是学习考古和文化结构学的，历史文化对一个民族精神的形成，对社会经济发展的推动作用他是清楚的。看到如此耀眼的文化资源，他再也等不住了，他在县上相关会议上提出：“文化识别过去，文化需要觉醒，文化改变临洮”的思路，并且决心要发展临洮的文化事业。

2013年3月19日，柴生芳带领县文广局、县发改局负责人到国家文物局汇报衔接马家窑遗址和战国秦长城遗址保护项目。

虽然只接受过一县之长一碗面一碗酿皮的招待，但作为柴生芳老同学的联合国教科文组织官员的杜小帆是有使命感的，他支持并和柴生芳

柴生芳记写的170万字的民情日记

共同联系了北大考古系的同学，大家共同谋划，编制了《马家窑遗址保护工作规划》，并争取到了国家批复立项。

在北京，柴生芳的出租车没有白坐，快捷酒店没有白住，一碗碗的面条没有白吃，在部委大楼下垫着报纸坐等领导也没有白等。总之他近十次北京没有白跑。经过他四处奔波，四处宣传和推介，争取到战国秦长城保护资金0.12亿元。并且一举完成了投资1.2亿元的三馆项目建设。

随后，马家窑遗址国际学术研讨会、老子登仙祭拜活动等等文化活动，在他的支持下五彩缤纷地开展起来。

临洮县以旅游文化为发展的又一引擎，在他的引导下已抬起了“龙头”。

临洮县全面发展的事业，在上级部门地领导下，在柴生芳的实干精神中，已经展现出一条生机勃勃的金光大道。柴生芳和县委、县政府的各位领导正带领着全县人民，奋进在这条通向全面小康的中国梦的锦绣前程上。

第八章　惊心一天

我奉献你们的，只有热情和汗水。

——摘自柴生芳日记。

2014年8月14日，又一个新的太阳。临洮县的政府办公大楼上，博士县长柴生芳6点多就起床了，当他拉开417办公室旁边小房间的窗帘时，面对早晨鲜丽的阳光，他的内心又一次升起灿烂，他像往常一样，把全天的主要工作在心里过了一遍，然后快速洗漱完毕，便爬在办公桌上开始批阅文件。

8点07，临洮县政府办公室主任龙小林走出电梯，他发现柴县长417办公室的门已敞着一条缝儿。便从大办公室里拿着当晚常务会议议程，轻轻敲响了柴县长的房门。

柴县长从桌上的文件堆里抬起头，迎着早晨玻璃窗户里照进的阳光和蔼地微笑着。

“柴县长。您看常务会议议程还要修改吗?”龙小林话刚出口，水务局长李学智就已推门进来了。早晨分分秒秒的时间已经过了40分钟，李学智还没有走，门外还有几个部门的同志等着汇报工作。柴生芳在紧锣密鼓地处理问题时，还接待着两名上访群众。

8时53分，柴生芳一手拉上房门，一手拿着馍馍边走边吃着早餐，并且快速走出政府大楼。他大步流星地赶去和县委书记石琳会合，陪同省上领导前去调研引洮工程。

9时33分，柴生芳一行的车子已到了东峪沟引洮一期工程6号隧洞。看到前天连降大雨对几处工程的损毁，柴县长脸色凝重地对水利部门负责人说，不管原因多复杂，我们都不能干等。这附近住着群众，决不能影响安全，要克服困难，把能做的工作做起来，重点是清淤。调研一直进行到中午。

12时，柴县长一行的车子又向25公里开外的7号隧洞驶去。泥泞崎岖的“搓板路”足足走了一个小时。一点多才在那里吃了一个简单的午餐。

14时30分，引洮工程现场座谈会开始。柴县长在座谈会上一项一项地提出严肃的整改措施。

16时30分，从引洮工程开完座谈会的柴县长跳下汽车，疾步走上县文化中心的主席台，开始主持“捐资助学表彰暨资助优秀贫困大学生大会”。他面带微笑，情绪昂扬。虽然讲话的声音有些沙哑，但他那热情的目光久久地注视着接受资助的学生。

17时30分，主持完捐资助学大会的柴县长走出会场，又钻进车里，来到热火朝天的县城主干线改造工程现场。面对颠簸绕行的车辆和行人，以及施工的路段、线路。他的脸色又凝重起来。对身边的工作人员说：“道路改造是好事，可却给老百姓带来不便啊！一定要抓紧再抓紧，确保按时通车!”

20多分钟后，柴生芳再次坐进汽车，脸上显出明显的困倦，但他看了看表，没有采纳龙小林主任要他休息的劝阻，却转头对司机朱凯说：

“不是有6条明年待建的道路吗？咱们一条一条去看一看。”于是柴县长沿着东大街、南大街、公园路、新街……一段一段地察看着，在坑洼不平的道路走着，他又一次感叹着：“路这么难走，老百姓没有怨气才怪。县里财政再紧，这两个多亿也得投！一定得保证明年春季动工，雨季来临前彻底修好道路！”并且立下宏愿：“这路修好，得争取至少管10年，让临洮人安安心心地迈大步。”

18时30分，柴生芳才到了饭桌上。

19时刚过几分钟，柴生芳便招呼着龙小林离桌赶往办公楼三楼会议室。

在工作中把一天当两天用，柴生芳的这“第二天”是从夜色开始。而且这“第二天”的工作比已经过去的“第一天”，还要隆重，还要紧张。

19时30分，柴县长主持召开的县政府常务会议开始。22大项、53小项的事关县计民生的政府事务部门的工作，被一件一件详细地汇报着，被与会者一点一滴地集中讨论着。每一件的最终拍板定案，都要柴县长慎重的落锤定音。

这是一次特殊的会议。由于前段时间里政府班子无法凑齐，而许多问题亟待解决，是由两次合并成一次的重要会议。

到21时许，会议已经进行到第六项。精准扶贫是近年来柴生芳主抓的一项重点工作，也是今夜常务会议的重头。白亮的灯光下，安静而充满思考的会议室里县扶贫办主任常贵勤在柴县长和其他领导鼓励的目光中，认真宣读《临洮县建立精准扶贫工作机制实施方案》、《临洮县建立贫困村驻村帮扶工作队的意见》。对这两份文件常贵勤之所以信心十足，念得铿锵有力，是因为这背后覆盖着全县18个镇、323个行政村大规模调研活动做支撑的。从去年10月份着手做方案，柴县长坚决主张先调研，把家底摸清，后来才形成了文字加表格达140页的调研报告。为此柴县长亲自跑过了300多个村子，记录笔记29本。他还根据一村一户的实际情况，绘制了详细的精准扶贫的彩色图，悬挂在墙壁上，作为“作战地图”。

常贵勤读完《方案》和《意见》后，参会的领导们就踊跃发言，到了10点多，柴县长环视了一下会议室，发现相关领导都已发表过意见。他颇有感触地说，为啥要这么搞，搞这么细？扶贫攻坚，以前的普惠制效率低下，等于是“大水漫灌”；现在就是要搞成“精准滴灌”，才能让不同类型、不同需求的农民“吃饱、解渴”。只有抓住产业这个关键，“一村一业、一户一策”群众才能致富。这时的常贵勤和许多干部一下子明白了当初柴县长为什么一个村子一个村子地跑，又一本笔记一本笔记地记录，还制定了那么详细的“作战地图”悬挂在小会议室的墙壁上。

8月15日凌晨零时20分，讨论完商务局王建府的汇报时，会议已进行了将近5个小时。不少干部面露困意，有些人连连打起呵欠。柴县长脸色泛红，咳嗽了两声之后，仍然精神抖擞地劝大家“再坚持一会儿！”

2014年8月15日凌晨1时30分，洮河两岸的山岳早已安然入眠，兰州后花园的万家灯火早已相继睡去，只有百里洮河仍传出入梦的絮语。这时，临洮县政府常务会议议程才全部进行完毕。柴县长看着大家收拾好各自的材料，陆续站立起来，有的已跨向门外。这时他才收拾了面前的材料，边站起边关切地对大家说：“大家回去要早早休息，明天还有事，不要睡过了头！”

随后，县政府办主任龙小林陪着柴县长从三楼爬到四楼，他看着柴县长走进了办公室隔壁的小房间，然后离去。

夜，2014年8月15日的夜，这应该是一个和平的安详之夜，是一个期待着明天朝阳依然冉冉升起的夜。

房间，地处陇中洮河岸边的一个小房间里，那简单的单人床、朴素的两张桌子，简陋的衣柜，应该是继续陪伴并且照料它的主人休息之后，重新开始新的一天的房间。

然而……

2014年8月15日早7时20分，龙小林和朱凯等待着柴县长，他原计划用完早餐后赶往辛店镇开民主生活会的。

7时40分，还不见柴县长的身影。

察觉不对的工作人员破门而入。

眼前的景象让人心碎。蓝格子床单上的柴县长侧卧着一动不动，那件前天穿着的白衬衫、蓝裤子、袜子还穿在身上，一条腿拖在地上。床头的台灯发着苍白的亮光。

“柴县长——”一声哭喊，传出417房间后，悲痛了整个临洮县，整个定西市，整个甘肃省；悲痛着洮河两岸，悲痛着马衔山……这悲痛又传到董志塬、金城兰州、北京燕园、日本神户……

呜呼！苍天无眼，天妒英才。45岁，本应该是生命的如日中天……

2014年8月18日，临洮县人面含悲泣送别柴生芳（临洮县供）

第九章　历史铭记

马衔山上永生此木 洮河岸畔千古生芳

——中国报告文学学会副会长　李春雷

中共甘肃省委关于追授柴生芳同志“全省优秀共产党员”称号的决定

（二一四年八月二十九日）

柴生芳，男，汉族，甘肃宁县人，1969 年 7 月出生，1990 年 7 月参加工作，2004 年 6 月加入中国共产党。1990 年 7 月北京大学毕业后进入甘肃省文物考古研究所工作，1997 年 5 月到日本国立神户大学留学，获得硕士和博士学位。2002 年 9 月回国后调省委办公厅工作，2006 年 4 月他主动要求去贫困地区定西市工作，先后担任陇西县副县长，安定区委常委、副区长，临洮县委常委、副县长，临洮县委副书记、县长等职务。2014 年 8 月 15 日凌晨，柴生芳同志因劳累过度，诱发心源性猝死，在其办公室不幸去世，年仅 45 岁。

柴生芳同志生前模范践行党的根本宗旨和群众路线，始终牢记立党为公、执政为民的政治责任，始终把群众冷暖、百姓疾苦放在心头，是党的群众路线教育实践活动中涌现出的先进典型，是党员领导干部忠实践行为民务实清廉要求的优秀代表。在定西工作的 8 年时间里，他夙夜在公、忘我工作、无私奉献，全身心扑在党和人民的事业上，每天工作都在 12 小时以上，足迹踏遍了两县一区的山山水水。他废寝忘食、殚精竭虑、谋划发展，调研提出“五个到村到户”精准扶贫工作思路，为全县 300 多个村全部确定了主导产业，创建了“全省精准扶贫示范县”。他心系百姓、情系民生、勇于担当，在临洮县工作期间跑遍了全县绝大多数行政村，走访和接待群众近 5000 人次，千方百计解决群众吃水难、行路难、上学难、看病难等现实问题。他信念坚定、对党忠诚、坦荡无私，始终牢记共产党人的道德操守，坚持清正廉洁从政、两袖清风做人，高风亮节深受老百姓敬佩，广大群众称赞他是“焦裕禄式的好干部”。

柴生芳同志以自己的实际行动诠释了人民公仆的真谛，落实了“三严三实”的要求，展示了新时期党员领导干部的崇高精神风貌。为了更好地学习宣传柴生芳同志先进事迹，进一步形成学习先进、争当先进的浓厚氛围，激励广大党员干部为党和人民的事业矢志奋斗，省委决定，追授柴生芳同志“全省优秀共产党员”称号。

省委号召，全省各级党组织要广泛开展学习宣传柴生芳同志先进事迹活动，把学习宣传活动同深入贯彻习近平总书记系列重要讲话精神结合起来，同扎实推进党的群众路线教育实践活动结合起来，同大力弘扬焦裕禄精神结合起来，引导广大党员干部积极投身转型发展、富民兴陇的火热实践中。全省广大党员干部要以柴生芳同志为榜样，恪守信念坚定、对党忠诚的政治品质，强化心系群众、一心为民的宗旨意识，坚持勤奋敬业、无私奉献的职业操守，弘扬求真务实、敢于担当的实干精神，秉承严于律己、清正廉洁的优良作风，充分发挥共产党员的先锋模范和骨干带头作用，在各自岗位上作出新的更大成绩，为建设经济发展、山川秀美、民族团结、社会和谐的幸福美好新甘肃努力奋斗。

中共中央宣传部向全社会公开发布“时代楷模”柴生芳和王继才、王仕花夫妇

新华网北京9月25日电　在新中国成立65周年之际，中央宣传部25日在中央电视台向全社会公开发布“时代楷模”柴生芳和王继才、王仕花夫妇的先进事迹。

柴生芳生前是甘肃省定西市临洮县委副书记、县长。十几年来，他始终牢记立党为公、执政为民的政治责任，始终把群众冷暖、百姓疾苦放在心头，生活在群众中，工作在第一线，躬身为民、夙夜在公，直到生命的最后一刻，书写了对党和人民的无限忠诚，在群众心中树起一座丰碑，不愧为新时期广大基层党员干部的优秀代表。江苏省灌云县开山岛民兵哨所所长王继才和守岛民兵王仕花夫妇，为了五星红旗每天冉冉升起，28年如一日，以海岛为家、与海水为邻、和孤独为伴，在没有淡水、没有电、面积不足20亩的小岛上，默默坚守、矢志不渝，把人生的青春年华奉献给了祖国的海防事业，用信念和执著书写了精彩人生，不愧为践行社会主义核心价值观的优秀代表。

近一段时间以来，柴生芳和王继才、王仕花夫妇的事迹经新闻媒体广泛报道后，在全社会引起强烈反响。大家纷纷表示，他们的先进事迹和崇高精神，体现了信念坚定、对党忠诚的政治品质，牢记宗旨、一心为民的公仆情怀，敬业奉献、鞠躬尽瘁的高尚情操，勇挑重担、敢于担当的过硬作风，体现了强烈的爱国之情和报国之志，诠释了社会主义核心价值观的要求。正是因为有一大批像他们这样的先进模范人物，为推

进改革开放和社会主义现代化建设提供强大的精神力量，我们才能建设成一个民主富强文明和谐的现代中国，才能实现中华民族伟大复兴的百年梦想。

“时代楷模”发布以“我们的价值观、我们的中国梦”为主题，现场发布了柴生芳和王继才、王仕花夫妇的先进事迹，宣读了《中共中央宣传部关于“时代楷模”柴生芳和王继才、王仕花的表彰决定》，播放了反映他们先进事迹的短片，展示了中国楹联学会、中华诗词学会创作的反映他们先进事迹的楹联、诗词和小传。全国道德模范马虎向柴生芳的亲属，王继才、王仕花夫妇颁发了“时代楷模”纪念章和荣誉证书。发布单位有关负责同志，“时代楷模”的亲友、同事及社会各界代表等参加。

中共中央组织部追授柴生芳同志“全国优秀共产党员”称号

新华网北京 12 月 11 日电　中央组织部日前印发《中共中央组织部关于追授柴生芳同志“全国优秀共产党员”称号的决定》，全文如下：

柴生芳，男，汉族，甘肃宁县人，1969 年 7 月出生，1990 年 7 月参加工作，2004 年 6 月入党，先后在甘肃省文物考古研究所、省委办公厅工作，2006 年主动要求去贫困地区定西市工作，曾任陇西县副县长，定西市安定区委常委、副区长，临洮县委常委、副县长，临洮县委副书记、县长等职务。2014 年 8 月 15 日凌晨，柴生芳同志因劳累过度诱发心源性猝死，在办公室不幸去世，年仅 45 岁。

柴生芳同志是用生命践行“三严三实”要求的好干部，是新时期共产党人的楷模。他信念坚定、胸怀大爱，立志让家乡的贫困百姓过上好日子，博士研究生毕业后，放弃在北京、上海、香港等地工作的机会，毅然回到生他养他的陇原大地，扎实干事，报效桑梓。他求真务实、推动发展，提出精准扶贫工作思路，为全县300多个村确定主导产业，立规划、跑项目、引资金、抓落实，使临洮县成为“全省精准扶贫示范县”。他贴近群众、深入基层，在临洮县工作期间，走访群众5000多人次，写下民情日记170多万字，千方百计解决群众吃水难、行路难、上学难、看病难等实际问题，不遗余力推进各项民生实事的落实。他殚精竭虑、夙夜在公，在定西工作的8年时间里，每天工作都在12小时以上，像一个上足发条的“陀螺”那样运转，去世前一天抱病工作近18个小时。他清正廉洁、严于律己，带头贯彻中央八项规定精神，从不搞特殊、讲特权，恪守自定的上班开门办公、公车里不能有“土特产”、爱人“收别人东西就离婚”的“铁规矩”，广大群众称他是“焦裕禄式的好干部”。

为表彰先进、弘扬正气，激励广大党员、干部胸怀理想、坚定信念，牢记宗旨、为民奉献，在全面建成小康社会、全面深化改革、全面推进依法治国中作出新的更大贡献，经中央领导同志同意，中央组织部决定，追授柴生芳同志“全国优秀共产党员”称号。

中央组织部号召全国各条战线的共产党员和广大干部向柴生芳同志学习。学习他胸怀祖国、对党忠诚的政治品格，坚守共产党人精神追求；学习他践行宗旨、热爱人民的公仆情怀，尽心竭力为人民谋利益；学习他锐意进取、求真务实的工作作风，努力做到谋事实、创业实、做人实；学习他公正无私、清廉如水的道德情操，严以修身、严于用权、严以律己，永葆共产党人本色。广大党员、干部要把学习柴生芳同志的崇高精神转化为为民务实清廉的自觉行动，努力为党和人民事业创造一流业绩。

各级党组织要把学习柴生芳同志先进事迹，作为巩固和拓展党的群众路线教育实践活动成果的重要举措，充分发挥先进典型的示范带动作用，引导广大党员、干部以先锋模范为镜，自觉践行党的群众路线，更加紧密团结在以习近平同志为总书记的党中央周围，积极投身中国特色社会主义伟大事业，为实现“两个一百年”奋斗目标、实现中华民族伟大复兴的中国梦而不懈奋斗。

中共中央组织部 人力资源社会保障部 国家公务员局 关于追授柴生芳同志全国“人民满意的公务员”荣誉称号的决定

（兰州晚报讯（通讯员王亚海穆军学记者牛小亚）1月9日，追授柴生芳同志全国“人民满意的公务员”荣誉称号表彰会在定西市临洮县召开。这是继中宣部追授柴生芳同志“时代楷模”称号，中组部追授柴生芳同志“全国优秀共产党员”称号后的又一国家级荣誉称号。

近年来，在党中央、国务院的正确领导下，全国广大公务员努力践行全心全意为人民服务的宗旨，为促进经济社会发展作出了突出贡献，涌现出一大批人民满意的公务员。柴生芳同志就是其中的优秀代表。

柴生芳同志是中国共产党党员，甘肃宁县人，生前任中共临洮县委副书记、临洮县人民政府县长。2014年8月15日凌晨，柴生芳同志因长期超负荷工作，劳累过度，在办公室不幸去世，年仅45岁。他信念坚定、对党忠诚、坦荡无私，始终牢记立党为公、执政为民的政治责任，始终把群众冷暖、百姓疾苦放在心头，模范践行党的根本宗旨和群众路线，落实“三严三实”要求，以自己的实际行动诠释着人民公仆的真谛。他恪尽职守，无私奉献，夙夜在公，忘我工作，全身心扑在党和人民的事业上，在定西工作的8年时间里，平均每天工作12小时以上，临终前接连几天工作到深夜，去世前一天持续工作17.5个小时，直到生命最后时刻。他殚精竭虑，谋划发展，勇于担当，通过调研提出“五个到村到户”精准扶贫工作思路，创建了“全省精准扶贫示范县”。他全心全意为人民服务，心系百姓，情系民生，在临洮县工作期间跑遍了全县绝大多数行政村，走访和接待群众近5000人次，千方百计解决群众吃水难、行路难、上学难、看病难等现实问题。他清正廉洁，带头贯彻中央八项规定精神，整改办公用房用车，从不搞特殊、讲特权，广大群众称赞他是“焦裕禄式的好干部”。他以模范行为和崇高精神，赢得了广大干部群众的由衷赞誉，是党的群众路线教育实践活动中涌现出的先进典型，是基层干部的优秀代表，是新时期广大公务员学习的楷模。

为表彰柴生芳同志的先进事迹，弘扬其崇高精神，激励广大公务员为党和人民的事业矢志奋斗，不断加强公务员队伍建设，中共中央组织部、人力资源社会保障部和国家公务员局决定追授柴生芳同志全国“人民满意的公务员”荣誉称号。

全国广大公务员要向柴生芳同志学习，学习他信念坚定、对党忠诚的政治品质，心系群众、为民尽责的公仆情怀，忘我工作、务实进取的敬业精神，克己奉公、敢于担当的崇高品格，牢固树立宗旨意识，自觉做到为民务实清廉，更好发挥表率作用，不断做出经得起实践、人民、历史检验的实绩，更加紧密地团结在以习近平同志为总书记的党中央周围，高举中国特色社会主义伟大旗帜，为全面建成小康社会、实现中华民族伟大复兴的中国梦作出新的更大贡献。

追梦书·神祇飞翔

ZHUIMENG SHU

SHENQI FEIXIANG

王天宁／著

甘肃文化出版社
飞天出版传媒集团

图书在版编目（CIP）数据

追梦书 / 王天宁著. -- 兰州 : 甘肃文化出版社，2016.5

ISBN 978-7-5490-1061-5

Ⅰ. ①追… Ⅱ. ①王… Ⅲ. ①报告文学—中国—当代 ②诗集—中国—当代 Ⅳ. ①I217.2

中国版本图书馆CIP数据核字(2016)第109723号

追梦书

王天宁 | 著

责任编辑 | 郧军涛　凯旋

封面设计 | 马吉庆

出版发行 | 甘肃文化出版社

网　　址 | http://www.gswenhua.cn

投稿邮箱 | press@gswenhua.cn

地　　址 | 兰州市城关区曹家巷 1 号 | 730030(邮编)

营销中心 | 王　俊　贾　莉

电　　话 | 0931-8454870　8430531(传真)

印　　刷 | 兰州大众彩印包装有限公司

开　　本 | 787 毫米 × 1092 毫米　1/16

字　　数 | 316 千

印　　张 | 20.125

版　　次 | 2016 年 6 月第 1 版

印　　次 | 2016 年 6 月第 1 次

书　　号 | ISBN 978-7-5490-1061-5

定　　价 | 58.00元(全二卷)

追夢書

神祇飛翔

炳銀題

Contents

目　录

卷一

神祇飞翔

Contents

目　录

卷二

神祇飞翔

Contents

目　录

Contents

目　录

Contents

目　录

Contents

目　录

Contents

目　录

卷一 神祇飞翔

卷一

神祇飞翔

盘古

这是经过多少亿年地沉睡
这是什么地方
这里充满无边的寂静
这里充满无际的黑暗
这里憋闷的没有一丝风
我是谁
你不由地抡起麻木的四肢
不由地放开凝固的喉咙
你看到那钢水样流动的泥流
你感觉到黑铁样坚硬的石板
你听到水流流动的声音

隐约的万物天籁的欢鸣
混沌未开的远方出现亮泽
夹在两条沉重的石板之间
一条是那样柔软褐红
一条那样坚硬乌黑
你感觉到自己内心在喧响
你感觉到自己体内在灼热
你感觉整个躯体慢慢膨胀
你举起了你灵活起来的手
你站直了你有力起来的腿
天际出现了更大的亮色
而且透来一丝凉爽的风
石板的距离在你手中继续扩张
夹住你的石板在继续分离
那远处的亮色继续明亮
你在这石板之间生长着
石板间的距离一天远似一天
这样经过了一万八千年
上面的石板升腾了九千丈
像一片蓝的海铺在高处
下面的石板沉降了九千丈
如一盘乌黑的土凝在脚下
你长成一千八百丈的大汉
挺立在蓝海和沉土之间

又经过一万八千年
你站得如一棵坚实的巨树
四肢挺立成天的四极
五体挺拔成雄奇五岳
肌肉铺展出无际原野

筋脉清晰成大地的纹理
血液流淌成奔腾的江河
你那毛皮生长成葱郁草木
你那齿骨凝固成璀璨金石
你那精髓化为瑰丽宝玉
你那发髻明亮成耀眼星辰
左眼悬挂成月盘
右眼灼热成日轮
热汗流淌成淅沥雨水
呼吸奔腾成壮丽风云
吟咏豪迈成震天雷霆
你把全部的生命丰硕成
天地之间的无穷万物

女娲

在那盘古身躯化育的大地
是高耸的山峰和广阔的原野
原野上到处是茂盛的草木
蜿蜒流动着飘带样壮丽的河流
河里游动着欢快的鱼影
空中飞过绮丽的鸟群
然而壮丽的云涛下面
空旷的大地却一派寂寥
蛇尾人身的女娲孤独异常
她在湖岸边蹲下身去
顺手抓起湖岸一团黄泥
照着水中自身的影子
揉捏出一个小小的人儿

便放到了眼前的草地
那小人儿呱呱叫着　欢喜跳着
爆发着征服一切的英雄气概
女娲的内心多么欢喜
继续揉捏着水土的黄泥
造作着一个个赤裸的小人
又把他们放回大地
看着他们围在四周跳跃欢呼
然后一个个向远方行走
而这又是多么缓慢的造作
相对空旷大地真是点滴之劳
女娲抓起山崖上一根藤条
豪放地伸进湖边的泥潭
使劲地搅动着黄泥
然后抡起臂膊使劲一挥
泥点瀌落的大地
到处是又叫又跳的人群
女娲接连挥动藤条
大地布满人类的踪影
然而那些泥点造作的人群
相互独立　并不亲密
女娲又把那男女拨在一起
让他们成为一对对夫妻
以旷远的蓝天作为帐子
用绿茵大地作为床第
享天作之合繁衍生息

然而幸福的时光并不长久
半面的天空却塌落大地
露出凹凸丑陋的黑洞

四面望去
山林燃烧着炎炎烈火
洪水从地面下喷发而出
到处是波浪翻涌的洋流
而那山上的猛禽恶兽
奔赴撕咬残慌的人群
慈爱的女娲心如刀凌
她奔走到了大江河
捡拾一颗颗的五彩石子
架起熊熊烈火煮烧胶液
又托起凝固石片飞上天空
把丑陋的窟窿小心补平
她又宰杀一条巨龟
把那四脚作为天柱
树立在大地的四方
让天空变为蓝色的帐篷
如铺开的一片湛蓝湖面
大地上又显现出勃勃生机
原野里弥漫饱满的禾谷
人子重新又快乐地欢跳奔走
一会儿迷幻成奔腾的骏马
一会又感觉像漫行的神牛
他们生下的孩童
抓起花豹的尾巴随意玩耍
在蟒蛇的身上随意踩踏
又爬上了树梢的鸟巢
风吹巢动如同天然摇篮

女娲的心里无比欢喜
内心飘起迷人的籁音

引她制作凤尾样的笙簧
吹奏仙风样的乐音
她又把这礼物送给人间
让他们内心荡漾悠扬的风
在那广阔的原野蓬勃欢欣
望着欢乐的人群 女娲
内心终于秋水样宁静

她放心地离开大地
离开她创造的人间
是那勇敢的应龙驾驭雷车
有那神勇的白螭鸣锣开道
修长的腾蛇紧随其后
天地鬼神跟从左右
金黄的云团簇拥四周
一层层飞上了九天重云
热热闹闹跨过了天门
向着天帝的殿堂行进

黄

庄严伟大的天神是黄
他住在玉树琼楼的天宫
却常常来到下方的帝都
那巍峨壮丽的昆仑之巅
是一座高耸入云的大山
山峰高达一万一千华里
九重的山峦重叠起来
好像一座巍峨的城阙

四周常被幽深的渊水护卫
外围绕着赤火烈炎的大山
大山燃着永烧不尽的巨树
暴风吹来炽焰腾空
熊熊的火焰直上云霄
把黄帝的宫殿灿烂映照
倾盆大雨无法浇灭的火种
有一种如牛的巨鼠
钻入火中遍体通红
走出火中却是洁白如银
用它身上纤长的丝毛
织就的衣裳永不洗涤

巍峨的昆仑殿门
正对着东方
九头虎身的开明神兽
威武地站上石岗
把尊神的宫城守护
走进东方之门的庭院
四周围绕汉白玉栏杆
栏杆四面挖有九口深井
也有高挺的九扇大门
进入了大门的里面
便看到高大雄伟的帝宫
高高挺立在了眼前
一面铺开的无座城池上
耸立着十二座辉煌的城楼
巍峨壮丽的城池之巅
生长着一枝高大的稻谷
高高的足有四丈

粗粗的满有四围
四周长满珠、玉、璇树
巨稻东西长满沙棠和琅轩
琅轩树长满珍珠般的美玉
三头六目的珠离站上服常树
昼夜不分地把美玉看护
而舞彩凤凰和翩翩鸾鸟
头上戴着蛇　足下踩着蛇
胸前倒挂着艳艳红蛇
远飞而回常把美玉来摘食
巨稻南面是绛树　雕鸟　蝮蛇　六首蛟
还有一种奇特的视肉
北面是美丽的碧树　瑶树
珠树　文玉树　玗琪树
上面都长满珍珠似的美玉
文玉树上的美玉五彩斑斓
还有一种长青的不死之树
上面的凤凰和鸾鸟带着盾牌
护卫着珍贵的珠玉
下面却是芬芳甘美的醴泉
泉水四周长满奇花异草
威武的黄帝常在这里巡游

有时他向东北方巡游而去
走到四百里开外的地方
那是槐江之山的悬圃
一座黄帝喜欢的花园
高高灿烂的花园铺展山巅
好像是悬挂云空的半天
再走一走就会到达天庭

管理着巨大花园的园丁
是那位鸟身人脸
长着虎斑花纹的英招
他飞行在高高的云天
巡游四海　大声嗥叫
从上帝的花园向远眺望
绚烂的景致美丽壮观
每当暮色四合的傍晚
向着南面的远方眺望
看见巍峨的昆仑之山
笼罩着金碧耀眼的辉光
天帝华美庄严的行宫
在一片辉煌的光影里显露
而向着西天望去
是水光连天的银色稷泽
湖泽边长满葱郁的大树
树林是周族后稷神灵的住所
向着北方眺望而去
是那雄威峻峭的诸比山
山头勇猛的鹰鸢和鹳鸟盘旋
向着东方眺去
巍峨连绵的恒山展现眼前
那生了四子的鹰鹳
要把羽毛渐丰的孩子送走
一边飞行　一边悲鸣
向着远方把孩儿遣送
那悲痛的声音回旋天空
好像人间的母亲送子远行

而在高高花园下面

是清澈见底纤尘不染的隔水
有一位无名的天神
在把处子般的瑶水护卫
那八足双脑的牛身马尾
整天吹奏着大象样的号角
常常把战争的消息预言
威武的黄帝常回头把它细望

伟大而英雄的黄
是天下最威武的中央大帝
他去西泰山会合天下鬼神
鹤样的毕方鸟驾驭宝车
稳重的巨象挽拉宝车
六条蛟龙跟随其后
紧随着雨师风伯打扫尘埃
那蚩尤带领虎狼在前方开道
但心里憋满愤怒和不平
想着要为仁慈的炎帝雪恨

浩浩荡荡的车队奔过
只见那马身人面　鸟身龙头
人面蛇身猪尾
各路鬼神列行如云
更有那腾蛇伏窜大地
凤凰翩翩飞舞
空中飘过悲凉而激越的乐音
一支名叫《清角》的乐曲
真的是惊天动地　感动神鬼
这便是威武至上的神国之音

黄帝车队中开道的蚩尤
忽然偷偷逃离浩荡的车队
他到了南方发动悲愤恐惧的苗族人
又带领山林水泽中的魑魅魍魉
长着兽身呼叫人语的
那些铜头铁额
凶猛异常的八十一兄弟
竖起了他们祖辈炎帝的大旗
浩浩荡荡赴向涿鹿
昆仑山里悠悠自得的“仁义”黄帝
虽然有些惊慌和震怒
但他毕竟身经大战　老谋深算
他先用“仁义道德”
欲把怒火中烧的蚩尤感化
而施强好胜的蚩尤怒火愈旺
广大的涿鹿之野旌旗飞动
两军已经严阵对垒
蚩尤的八十铜头铁额兄弟
和那雄壮勇猛的苗族人们
还有魑魅魍魉的山精水怪
个个显出暴怒的情绪
而那瘦小聪明的黄帝军师
四方勇猛的鬼神　还有
黑熊　貔貅　貙虎种种野兽
两军对垒　各不相让
广大的荒凉之野里
野蛮的蚩尤之军凶猛应战
黄帝的群兽和四方鬼神
还有勇敢的人群仓皇出击
但终究不是蚩尤的对手

惊慌中几个慌乱地来回
就已连吃几次败仗
只见蚩尤变幻多方
一征风招雨　吞烟喷雾
一瞬间满天遍野大雾弥漫
雾中铜头铁额的蚩尤之兵
忽隐忽显　神出鬼没
一阵阵地举刀杀砍
又一群群地狼奔虎窜
黄帝虽然稳站战车
一边举剑督战一边虎声呐喊
黄帝的四方鬼神齐声呐喊
紧随着威武的虎吼熊咆
帝黄之威在冲杀声中
想要尽快冲出迷茫大雾
却像缠进无边的布幔
总也难以冲出个尽头
如此激烈的战争
却有黄帝名叫“风后”的臣子
微微闭上聪慧大眼打着瞌睡
这引起黄帝焦急地责问
谁知“风后”脑子却在飞快地旋转
他脑中出现北斗七星的斗柄
于是便在激烈的杀伐战场
鬼斧神工地做出了指挥战车
这是一个奇特的车子
车上一个铁制的水仙之人
伸出修长的手臂正指南方
率领着黄帝的军队
一直冲出了无边大雾的重围

这时蚩尤眼看大势已去
便命令它的魑魅魍魉山精水怪
一齐发出怪声怪气的怒吼
听到这驴叫一样的怪声
黄帝军队的一些士兵
迷迷糊糊失去知觉
像被无形的绳子牵引
向着怪声的方向自觉行动
结果被妖魔鬼怪撕得粉碎
焦急的黄帝四处探听
怎么才能对付这种怪声
他得出的结论要用龙的声音
于是让士兵吹起牛羊角的军号
那种低沉回环的龙吟
像沉重的石头滚过战场
蚩尤的水怪和山精
个个心脏打战瘫如醉泥
黄帝之师一拥而上
小小地取得了胜利
勇武之师便乘胜追击
长翅的应龙也从凶犁土丘的南极
飞行到乌烟瘴气的天空
摆出行云布雨的阵势
准备雾水行雨对付蚩尤的伎俩
而蚩尤却搬请了西泰山的风伯雨师
早早激起一场无比猛烈的狂风暴雨
让蓄势待发的应龙无法出手
狂风加上骤雨猛袭而来
黄帝的队伍脚跟难立 四散而退
站在小山顶上观战的黄帝

失望应龙原来这么不济
便叫随军的女儿“魃”来助威
来自系昆仑山共工之台的女魃
披着一件并不美丽的宽大青衣
还露出和尚一样的秃头
体内喷涌着暴怒的炎火
像一座燃烧的小山移动而来
只见那火一样的小山奔上战场
刹那间狂风暴雨消失殆尽
天空又是烈日当头
这使阴郁的蚩尤惊慌失措
空中的应龙乘机扑杀
黄帝之师又杀了蚩尤的人马
可怜的女魃却伤力过度
从此只能长留大地难以上天
她居留的地方旱地千里颗雨不见
损失了士兵的蚩尤　却依然
飞腾在天空　疾行在险岭
安然无恙却浩声依旧
这让黄帝的士兵士气低落
智慧的黄帝焦急难耐
他要制作特别的军鼓振作士气
于是想到东海流波山的夔兽
它苍灰的身子像牛一样的雄壮
却只长有一角和一足
自由地出入于海水之中
它浮出海面便伴随大风巨雷
一双眼睛发出日月的光辉
一声吼叫又如天空的巨雷
可是黄帝却硬是剥下了它的皮

晾干　制成一面巨大的军鼓
而雷泽之中还有一种雷神怪兽
常常无忧地拍打自己肚皮
一拍便放出一个山响巨雷
黄帝抽出它身上的一块大骨
用它做了军鼓的鼓槌
雷神骨头的鼓槌
敲打着夔牛皮的鼓皮
发出的声音如同打雷
五百里之外声音难以消去
这面巨鼓搬上战场连擂九通
山川齐鸣　百谷回应
平静的天空立时变幻声色
黄帝之师军威大振
蚩尤之部丧魂落魄
一边是勇猛地追杀
一边却是狼狈逃窜

这一次蚩尤是损兵折将
参战的兵士人心惶惶
但却没有投降的意思
又去搬请巨人族的夸父帮忙
夸父族是后土的子孙
后土又是尧帝的苗裔
说来说去本是一族出身
蚩尤得了夸父人的助威
声势重新大大振作
又如烈火里增加了干柴
老虎身上增添了翅膀
又和黄帝之师势均力敌

面对敌方势力强大
黄帝内心又是忧心忡忡
幸亏飞来人头鸟身的玄女
向着黄帝把奇特兵法传授
黄帝用着玄女的兵法布阵
军队的阵势变来变去难以捉摸
又兼用昆吾山如火的红铜
打制了切玉如泥的铜剑
面对依仗蛮力的蚩尤
黄帝的谋略加上利器
把那蚩尤之师团团包围
加翱翔天空戛然怪叫的应龙
一齐攻杀蚩尤的帮凶夸父
又把那力拔山气盖世的铜头蚩尤
生生地擒拿活捉

可怜的应龙身受邪气侵袭
从此也被自己的主人遗弃
暗暗地躲进南方的山泽而去
而万恶之战的元凶首领
活捉的蚩尤被带上枷铐
杀死在荒凉的涿鹿之野
便取下他身上染血的枷铐
抛掷在茫茫的大荒之中
那抛落之地顿时化作枫林
片片树叶长成鲜艳的血红
似乎向着上苍诉说无边的冤恨

斥杀蚩尤之战大获全胜
黄帝为此制作了一首乐曲——

著名的《铜鼓曲》共分十部
部部展现战争的雄壮和士兵勇武
震动心魄的鼓声又加克敌制胜的弦音
陶醉着听乐观舞的战胜之帝
这时堂前又有披着马皮的蚕神
像天宫不速之客冉冉降下
捧着白银和黄金的两段姣丝
那是她半跪在百丈的桑树之侧
昼夜不断倾吐的心血之丝
如今亲手奉献于黄帝的面前
似乎作为礼物庆贺战争的胜利

舜

像那漆黑夜晚的大泽里
浮现出一片隐约的光亮
瞎眼睛的瞽叟夜晚做了奇怪的梦
梦见绚烂的凤凰衔来米粒给他喂食
梦醒后他就生了儿子　取名叫舜
舜的眼里犹如扩散着太阳的光辉
双生的瞳子亮如明星
可不久生他的母亲撒手而去
黑夜样愚迈的父亲续娶了新妻
又生下了凶狠的弟弟取名为“象”
“象”跟随在舜的后面黑影样阴暗

舜生长在清流的沩水之岸
渐渐长成中等身材的汉子
身上是黝黑的皮肤　脸颊无须

从小也传出暖阳般孝顺的美名
可是他却有夜色样糊涂的父亲
还有寒风样凶悍的继母
和冰窟般阴毒的弟弟
但他有慰藉人心的妹妹叫敤首
在这寒夜样的家里他是受气的猴
四处围击的棍影下他含泪忍受
倒塌的树影里他逃到荒野
仰天痛号呼唤死去的母亲
还要伺候那个黑影样的弟弟
难以忍受的舜最终搬出黑夜的家
孤身来到沩水旁的历山脚下
搭一间粗糙的茅屋并开出荒地
孤独地来把荒蛮的日子消磨
湛蓝的天空布谷鸟飞翔
母衔食物在把幼鸟哺养
弥漫着一派和睦的亲情景象
他信口做作排遣着悲伤

勤劳的舜像太阳奔走天空
按时节在河边自耕自种
忍耐的德行如和煦的阳光
慢慢感化历山的人们
耕种的农人相互尽让起田界
雷泽的渔夫争着让起渔场
舜来到滨河做成陶器
模仿的陶工把陶器做得更美
而舜一个人居住的沩水岸边
被周围的人们爱阳光样亲近
那里头年变成了活跃的村庄

再年变成热闹的村镇
三年又变成繁华的都会

像春天在寻找着夏天
如旭日要把热光传给午日
那时的尧帝在寻访天下贤人
欲把天子的业位传承下去
慈贤的仁舜成为备选的才干
尧把两个女儿给舜做妻
又让九个儿子与舜生活一起
还赐给他粗布衣裳和优美的琴
为他修建了谷仓赶来牛羊
富贵起来的舜引起家人妒忌
粗野的弟弟对美丽嫂子直流口水
而诚实的舜却依然如故
对待父母兄弟更加亲昵
像阳光在把黑暗消融
他不知暗害的阴谋已在酝酿
像黑夜要把阳光吞没
父亲叫舜去修理损坏的谷仓
他那聪慧的妻子早知真像
衣服画上鸟形的彩纹让他穿上
诚实的舜爬上高高谷仓
踏踏实实地开始干活
可他哪里知道阴谋早已设好
高高的木梯早已抽掉
旺盛的柴禾瞬间燃烧
他如一颗孤独太阳半悬天空
“爹爹呀？你们这般要干什么？”
看见凶相的舜惶恐难熬

欢叫之声像黑暗的布幔
从亲人群中雀跃着包裹而来
熊熊的烈火已经腾空
可怜的舜惊得满头大汗
只得伸出双臂向天高呼——
恐慌的舜却变成了大鸟
三足乌样鸣叫着朝天飞去
恶徒们在地上惊若木鸡

像黑夜在日光里自动消失
虽然这次阴谋已经败露
紧接着的黑夜却已来临
第二个圈套又出心头
黑心的老爹要他掏井
善良的舜不知又是阴谋
聪明的妻子暗中又来保护
给他的衣服画着龙形彩纹
让他穿在旧衣的里层
舜被用长绳掉下深井
哪知道绳子却被割断
乒乒乓乓的绳子倾倒而下
惊慌中舜脱去了旧衣
瞬间变成披龙戴甲的游龙
一头扎进了地下的黄泉
如鱼得水地逍遥漫游
像在甘渊的温泉洗过澡
重生般从另一井眼里钻出

而井上的恶徒脚踏脚蹬
像黑夜的舞蹈样欢庆着胜利

又吵吵闹闹到了舜的家里
像要打碎一个盆盆
欲把舜的家产一起瓜分
小妹敤首也跟着去看热闹
蛤蟆嘴形的“象”张大嘴巴
什么财产他都不要
一个劲嚷着想和嫂嫂同睡
还从墙上取下舜的秀琴
铮铮琮琮弹得得意忘形
伴随嫂子们的哀哀哭泣
舜却神色自如地回到屋里
屋里的人惊得半晌无语
如寂静凝固在黑暗中心
卑鄙的“象”如变色的怪虫
忙说哥哥呀我在把你想念

虽然经历两次的生死变故
像太阳忠诚着天空
舜却对爹妈依然孝顺
被刺伤却良心未泯的敤首
被哥哥的善良感化得痛悔前非
然而又一个黑夜还将来临
更狠的阴谋又在策划
父母们又假心地备了酒席
要把诚实的舜亲自请去
稍有觉察的舜早在犯愁
聪明的妻子自有办法拯救
从箱里拿出一包药末
让舜和上狗屎前去洗澡
用药末和狗屎洗过澡

舜便穿上新衣前去赴宴
丰盛的酒宴已经摆好
假意的殷勤款款呈送
而锋利的板斧已备门后
筵席上是欢喜的劝酒
大盅复小杯一杯接一盅
舜豪然端起一饮而尽
月上半天不知喝过多少巡酒
酒坛已空　菜肴已尽
劝酒的人早已烂醉如泥
而舜还如等酒样的清醒
恶徒们眼看着舜在抹嘴
礼貌告辞扬长而去
只剩门后的板斧独放寒光

诚实的舜经过了八灾九难
坚强的舜成了人中才干
细心的尧还要把他考验
把舜带到雷雨将至的深林
让他独自设法走出
独自走在山林中的舜
如太阳逡巡在山林
全然没有丝毫的恐惧
毒蛇见他逃脱　虎豹见他让路
倾盆的暴雨就要来临
森林里显出一片漆黑
高空中电闪雷鸣
倾盆大雨入注而下
四周布满披头的精怪
黑暗里分不出东西南北

可是勇敢智慧的舜
行走在雷雨交加的树林
如同太阳走在广阔天空
他终于安然走出了山林
舜对尧帝的考验大获成功
他顺利地接上尧的帝位
坐上马车打着天子的号旗
回家拜见黑夜样糊涂的父亲
依然显出儿子暖阳般的恭顺

伏羲

极乐的华胥氏之国
并非常人能够到达
那是人心向往的国度
从容的人们暗自享乐
却像神灵一样水火难侵
极乐之国有位美丽姑娘
她走到林木葱郁的雷泽
看见巨人的脚印露在沼泽
便照着这足印踩踏上去
内心出现飘飘欲仙的感动
随后她喜怀身孕
生下那叫伏羲的神子

伏羲神子相貌堂堂
却有龙样宽大的嘴唇
乌龟般细小的牙齿
眉间杂生几撮白毛

胡须长长地拖在地上
奇特就如神的长相

渐渐长大的伏羲神子
总做出一些奇特壮举
他的身旁紧随着
鸟身人面　身穿白袍
手持巨型圆规
驾驭两条威武长龙的
那个叫句芒的春神
他们一同来到
太阳升起的东方大地
使那春光明媚　万木苁蓉
把春天打扮的辉煌灿烂

伏羲又来到辽阔的都广之野
那里万物勃勃生长
鸾凤翩翩起舞　放声歌唱
善禽神兽自在游荡
这里是天地中心的富饶之野
旷野中心树立登天的建木之树
挺拔似一支直抒的竹竿
坚挺笔直地直插云霄
在云霄顶端长出盘曲的树冠
像一把伞盖把大地召唤
这是一座笔挺的天梯
挺立在大地的都广中央
你望它不见日光的投影
你喊他不见日光的回声
这是通向天宫挺直的道路

没有人类能够上到树顶
可人们却看到神灵伏羲
从那笔直的树干迅捷而上
到了云天交错的树冠
展开一双巨大的翅膀
向着光明的太阳飞翔

神灵般的伏羲仰望天象
低头又把万物的律法观察
他照着鸟兽留下的纹饰
记写神明的浩浩美德
又采集万物的清晰资讯
描写出心中的图景
展现出人类思维的图腾

炎

雨过天晴　即使
荒凉的原野也是一首歌
远天飘起神性霓云
仁慈的炎帝来到原野
望着远处的一切哈笑
天空飞过众鸟的欢呼
遗落了九头穗的粟粒
我帝弯腰拾起这金米
思忖喂饱饥寒的人们
便将这金米埋入田地
幻想一只只陶碗的米光

为了播种更多的粟米
炎帝要与旱魔抗争
他在地上挖出一眼井
挖出更多井相互连通
动这眼井更多井跟着动
井里闪着粟米的笑容

阳光普照　满眼是
植物的身影绿草的身影
万千的绿草像潮水
一浪浪向天边滚去
炎帝要人有草的生机
他一支支辨别草味
满嘴角淌下绿水
血里震颤起十二苗毒针
心里恍惚酸甜苦辣的滋味
越尝越多越多越毒
草潮渐滚渐远的浪里
消失荒原上炎帝的身影

食饱的人们怎么知道
他曾玲珑的玉体
透亮过众多野草的倩影
没有逃过一只百足虫
化为万千毒身的鬼影
斧劈刀削的圣体
我神英勇的神农氏
悲壮倒在茫茫荒原的深处

禹

死去三年也不愿融化的鲧
依然丰腴若一匹白马
有人终于抵不过他的沉默
用吴刀剖开这无声的语言
里面惊人地爬出个小人儿

那就是治水的英雄——禹

禹请求上帝给予治水的息壤
聪明的上帝满口答应
又为他指派应龙还有众多群龙
让他来把下方的洪水平治

禹和他那些众龙兄弟
匆匆忙忙来到了大地
看见到处是洪浪滔天　汪洋一片
可怜的子民恐惧地躲上高山
禹望着一片水浪惊心感叹
便带群龙把洪水根治
他们在大地上开始导引水路
那勇猛的应龙壮烈前行
为洪水引导流淌的主路
其余众龙为洪水引导歧路
群龙的英姿震怒了凶恶的共工
他振滔起一排排的洪水
禹在会籍会合天下群神
共同要把凶恶的洪水根治

正义之举必定要有铁的纪律
只有那巨人般的防风氏过于傲慢
迟迟把一言九鼎的时刻拖延
禹杀这自大的人决不手软
即使他巨首大如牛头　身拔三丈
也要为奇伟的身躯筑堤
把他那高大身躯缚在堤下
威武的刽子手站在堤上
刀起头落的是一颗巨大的头颅
顽强如同西海的牦牛
就这样被刀把铁律立就
禹因此赶走了横蛮的共工
便重开根除洪水的伟业
他派那大黑龟
跟在他身后把深泉平填
又把居人的高地重新加高
造就天下的四方赫然名山
派那应龙举起他的尾巴
把模糊的方向详细描画
沿着他的描画开凿水流的河川
引导滔滔的洪水流向东方
使奔腾的江河流入大海
在那水流咆哮的洪浪岸边
大禹又把凶恶的水势观察
浪里奔出一个鱼脸人身的怪精
抛给他一块淋水的青石
重又跳进翻滚的浪涛
大禹把青石拿在手上察看
却是弯弯曲曲的条形花纹
大禹明白那是一幅治水之图

又在那坚壁对垒的龙门山口
大禹遇到一座巨大的岩洞
岩洞深到无边　暗止无境
初进洞口　已是寸步难行
只得打着火把探索前进
照见前面远处的亮光
在把黑暗的岩洞照亮
却原来是一条巨大的黑蛇
口含一颗耀眼的夜明珠
在前面为大禹小心带路
走到那一片光明的地方
像一座传说中的辉煌殿堂
一群穿着黑衣的人们
簇拥着人脸蛇身的神灵
大禹认出那就是远古的伏羲
伏羲愿意把大家的事业成就
送给他莹亮如竹的玉简
让他来把起伏的水土平定
有了神助的河图和玉简
大禹治水更为灵便
黄河从龙门流出数百里地面
有一条龙门山把黄水阻挡
禹把当道的石山劈为两半
让汹涌的洪水顺势分流
又环绕着石山汹涌奔流

恰如经过了三道大门
大禹治洪水艰难行进
当他走到那桐柏山的时候

到处是狂风巨雷和那石啸树号
让他治水的工程难行进展
有谁能为他降魔除妖
他召集众神把妙法讨教
大家通力合作方把妖魔寻找
是那青身白脑金睛雪齿
既善应对言语又力过九象的
伶俐轻捷横奔竖跳的无支祈
天神神童律无法把它制服
天神乌木由也无法把它降服
只有那庚辰来把它对付
庚辰抡起一把呼风的大戟
赶走了奔走呼号的山精水怪
才把失助的怪物顺利降服
又把那巨大的铁锁挂上脖颈
给扁平的鼻梁拴上了金铃
又把它压进威武的龟山之下
大禹才将淮水导入了大海

大禹治水啊忘我无私
而立之年还不曾婚娶
到了那涂山之巅暗自臆想——
我的年岁已经很大
要有什么东西来把我昭示?
眼前飘来一只九尾的白狐
向他摇曳起蓬松的尾巴
是谁在把一首民谣歌唱——
谁见过九条尾巴的白狐
谁就能当上国王
谁娶回涂山的女儿

谁就会家道兴旺
名叫女娇的涂山姑娘
娴雅秀美又是那样端庄
大禹的心里虽然把女娇念想
可是治水的事业催他南行
女娇的心里已会爱意
暗派了使女来把大禹等回
可是心上的英雄不见踪影
女娇的心里焦躁又烦闷
轻轻吟出了自编的一首歌——
等候人啊，多么的长久哟
终于那察看灾情的英雄自南而归
女娇的使女到那涂山南麓迎遇
表达了主人的忠诚与爱慕
两个人即使这样意合情投
一见倾心啊就办了婚礼
新婚第四天的黎明
大禹又要离开新婚的妻
女娇被送到禹的都城安邑
娴雅的女娇常思故乡
英雄大禹设法把夫人安慰
为她筑起了一座庙台
让她寂寞的时候登台望乡
毕竟女娇是有情有义的女郎
离乡离夫的日子实在凄苦
她要紧紧把心爱的丈夫跟随

大禹治水到了险峻的轩辕山
他面对心爱的妻子声明——
这里的工作实在艰难

我可要甩开膀子努力来干
我在这山崖挂一面大鼓
听见鼓声你给我送饭
勇敢的大禹为了开山引水
摇身一变化成大黑熊
用嘴用爪使出浑身的劲
尘飞土扬　石块翻滚
爪子带起的石块打得鼓面咚咚
做饭的妻子听到了鼓声
急忙提上篮子把饭来送
大禹爬在山崖一点没有 留心
拼命地用力　他是一头黑熊
竟让美丽的妻子看得吃惊
想不到英雄的丈夫是一头黑熊
惭愧惭愧真惭愧
女娇由不得大叫一声
丢下了饭篮急忙逃走
听见妻子的叫喊禹忙追
慌忙中穷追还是条熊
妻逃熊追都太急
一直追到了嵩高山下
女娇急忙化作一块巨石
禹见妻子化石又急又气
向着石头大喊：还我儿
巨石向北开裂生下“启”

大禹治水踏遍九州大地
向着东方他到过尊木之国
看到了日出东方的灿烂阳光
向着南行　他到过交趾国

向着西方　他到了西王母的三危山
看见那山上堆满橙橙黄金
向北他到了那晋北之国
看着那里人们过着神仙的日子
但那些辛劳终使洪水平息
他要量一量平坦大地的面积
他让一位神从东走到西
量得二亿三万三千五百里
又让一位神从北走到南
一共有二亿三万三千五百里
大禹治平的地四方四正

大禹治水终得功绩
仁慈的舜传给他王位
安居乐业的万民把他赞美
他便集中九州献来的厚礼
把那铜铁铸成了金鼎
鼎上彩绘九州万国的毒恶生灵
使子民看到图像知道防备
免得遭受妖木怪石
邪神厉鬼的侵袭
九尊宝鼎是九重告慰
禹要让那世世代代流传下去

少昊

皇娥这是天上的美丽仙女
在西海的穷桑树下
遇见东方天空的启明金星

他们一唱一和心心相印
孕育了爱情完美的结晶
生育了西方的少昊天帝

英姿勃勃的少昊长大成人
便来到玉神山的归墟之地
建立起一个百鸟的王国——
有那燕子　伯劳　鹦雀　锦鸡
分别把一年的四季掌治
又有五只尽职的鸟官
把国家的政事执掌
鹁鸪是一位擅权的小鸟
每当下雨的时候　却把
心爱的妻子赶到巢外
让它饱受雨水的侵袭
而到了雨过天晴的时刻
又把心爱唤回窝巢
权利的诞生如此阴毒
它却赢得善管家庭的名声
又有会尽孝道的传言
它被委派主管教育事业
鸷鸟威武而又猛悍
便被委派掌管了军队
布谷鸟养育了七个子女
每天平均地给子女喂食
便被委派掌管建筑
开张规模庞大的筑屋和掘沟
鹰鸟威严而又勇猛
主起事来铁面无私
手握法律和刑罚大权

斑鸠这只活泼的小鸟
叽叽喳喳藏不住心里的话
便让它主管修缮和零杂
还有另外的五只野鸡　管理着
木工　金工　陶工　皮工和染工
整个鸟的王国井然有序
每遇商量国家大事的时刻
天空飘满缤纷的羽翼
一片勾舟诘格的鸟语
少昊这位拜鸟之帝
威武地坐在朝堂中央
辨听着众官的鸟语
定夺着鸟国的重大事宜
太昊如此神明地
建起了秩序井然的鸟国

可是经过了许多年代
他带着儿子金神蓐收
又坐上西方的天帝之位
管理起一万二千里属地
少昊住上高高的长留之山
背对西方沉没的太阳
望着它反射到东的光芒
查验这种光景是否正常
他的儿子蓐收
住进了长留山旁的泑山泑沟
眺望那气象辽阔的黄昏
西沉的太阳浩大圆浑
把万道霞光映上天空
他还掌管了国家的刑罚

护卫着西方天国的安宁

嫦娥

那长生不老药本是王母娘的
来源带着权势和奇绝的味道
它是王母娘送给你丈夫的
后羿　一个善射的传奇英雄

灯火辉煌　歌舞升平
从来是王母宫里的排场
飞行射日　奔走射兽
也是你丈夫后羿的功业
可你只有寂寞　只有烦闷
只有伤春　只有悲秋
也只有更加辽远的美梦
长生不老　寻飞梦境
你的心日日长出了翅膀

明眸皓齿　倩体香躯　云髻霓裳
是你出发时要带走的美丽
大地渐渐离去　离去
草木远去　树林远去
人子远去　群兽远去
河流渐细　山岳渐微
大地变窄　地面模糊而去
你在空中飘飞
你在空中飞升
飞升或者飘飞都是你美丽的飞行

是你渐渐舒展的梦想
梦想　是空间舒展的霓裳
那是广阔的蓝　无垠的蓝
深远的蓝
蓝　蓝　蓝　蓝　蓝　蓝
飞　飞　飞　飞　飞　飞
眼前已是一片垂直的玉壁
一片玉幕　一片玉洋
一片玉的时空
你飞翔着进入玉的世界

这是如玉的洁白大地
是如玉的洁白山岳
是如玉的圣洁天堂
玉树琼花　玉宇琼楼
这不是时间诅咒的广寒清宫
不是一片冰冷寂寞的寒冷世界
也不是仅有玉兔　桂树　吴刚
而你并不是被变为蟾蜍
整天寂寞无奈地捣鼓仙药
你是远离了时间阴暗的诅咒
和那步步紧逼的疯狂追伐
变成整个月宫飘游的玉仙
像似整个玉宇至纯的梦幻

飞廉

细刀样锋利的羽毛
架你飞过沙漠　飞过荒原

飞到荒凉的河谷
手脚利索的刀刻剥那些树杈
也没放过树上最后一片枯叶
然后又毫不留情地飞行
老枣树举着铁硬的手臂
惊护瞬间消瘦的肢体

那铁叉样的利骨
架你飞过了河岸　爬上荒坡
掠过嶙峋的山顶
毫不留情地削剐那些屋脊
甚至不放过上面最后一根稻草
你离去的沟畔
破败屋子抖动枯瘦的骨骼
追讨瞬时剥去的衣衫

那巨大的呼啸
张着条条空洞的袋子
穿过那些田地　那些道路
后半夜飞进那些城市
穿过黑夜空荡荡的街区
温暖的梦中无人理会
你便凭着强大的力气
飞旋半空　一路向北

夜晚人们从睡梦中惊醒
刚听到声声发怒的摔打
又听到谁蹲在屋顶
抱着双脚呜咽哭泣

西王母

西王母
形象有些粗粝　行为有些暴躁
像传说一样来去无踪
广大西部旷野里的神
巍峨西部高山上的神
震慑瘟疫　主掌刑罚的神

面对荒蛮的西部大地施行王道
不知是上天给了你威武
还是大地的子民给了你威仪
西海之南　流沙之滨
赤水之后　黑水之前
那个叫昆仑的高山上
万物尽显
被深深的河流围绕
又被燃烧的山脉环抱
戴胜　虎齿　豹尾
我们的威武之神
你就生活在昆仑山的山洞里
你是有些高大　有些幽深
有些粗糙的山洞的主人
那些温顺的三足鸟
侍立在高大的洞窟等待指使
勤劳的三青鸟飞出飞进
从葱郁的山林里
衔来清露　衔来珍珠
衔来花瓣　衔来仙桃

壮大着王威震山野
高迈深远的啸鸣之声

西王母
一位威武勇敢的西部之王

那个不恤国事　不悦臣妾
驾驭着八骏马车的穆王
肆意在大地上奔游
他威武的车队向前驶来
向着昆仑山驶来
向着西王母您驶来
他带来了白圭和玄璧
带来了百纯的锦绫
已经走到了富丽的瑶池之边
西部骄傲的王母不得不屈尊下迎
迎受了那些贵重的礼物
西王母的屈尊是女人的屈尊
西王母的优雅是女性的优雅
离别的日子终于到了
友情的歌声那堪哀伤
王母望着那从山隙流出
飘上天空的白云
望着那山川之间
悠远的羊肠小路
问过那个游荡的国王
——如果你活在世上
还能再来这里吗?

羿

帝授予你彤弓和素箭
从天国把你派往下界
让你体恤水深火热的民艰

看见空中石子样的小雀
你举起箭它就会迅速掉下
你精准的箭法　羡慕得
海滨的越国人抢执箭靶
带着美丽的妻子嫦娥
你在赤荒大地行走
先拜访茅屋里愁苦的尧
又看十日炙烤下昏死的田间
绝望的民众看到你的英姿
活跃地聚集开始齐声呐喊
呼唤你来把恶害诛灭
即是帝的臣子也是民的英雄
早有狂野的十日穿上天空
肆意喷射灼热的毒火
燃烧的树木和庄稼都已枯焦
谁家子嗣如此发疯
你稳健地走进场子中间
从肩上解下红色的弓
又从箭袋取出白色的箭
憋足了劲愤怒地搭箭弯弓
照着天空火一样的红球
愤愤地瞄准便用力射去

随着一时无声的暴烈
流火纷飞中金色毛羽散开
忽然坠地的是一片火团
那硕大无比的金色乌鸦
再看天空的太阳已剩九个
愤怒的羿已经无法止遏
一支支疾箭飞向高空
战栗的金乌无处逃遁
一个个火团无声地爆破
流火漫天　金色毛羽四散
空中掉下九只乌黑的死鸟
当天空只剩一个太阳
人们把酣畅的羿来阻挡
恶阳的毒热最终消除

你又来到畴华的广大原野
对着那牙齿如凿的怪兽
举起了锋利的箭镞
捕杀了那凶残的凿齿
在凶水巨河的上游
杀死喷水吐火的九头兽
在青丘的一片沼泽丛里
捕获恶蛮凶悍的大风
杀死奔走食人的猰貐
斩断吞象食牛的修蛇

疯狂的大地有了安宁
江河两岸的山头原底
到处是长跪膜拜的顺民

帝　将你逐放到下界
你孤独却忠于职守
日日与巨兽恶魔搏斗
你猎射了大豕做成肉膏
长跪着向帝祭拜
总想对帝有个交代
可帝从无赞许的表情
谁能知道帝至高无上的心里
在责怪你射死了他九个爱子

后羿　一位孤独的英雄
在世间建功立业艰苦奋斗
却无法再回帝的天宫
英雄末路　无路可走
你只愿在世间长生不老
而不老药却被嫦娥偷走
连迷人的妻子也弃你奔月
后世传说你死于桃木大杖

帝的子嗣　世间英雄
难逃末路的悲剧命运
化为宗布神是子民给你的封谥

尧

尧住在粗木架设的茅草屋
使用着土里土气的土钵和土碗

吃着粗糙的米饭　喝着野菜汤
身穿粗布麻衣　遇冷才披上鹿皮
尧总想着别人挨饿都是自己的错
人没有穿衣是自己造作的冷
人犯了罪也因自己把他推到泥坑
这样顾念人民的仁义之君
即使遭遇大旱和水灾
天空却常显吉祥的征兆
喂马的草料会变成水稻
五彩的凤凰常飞到天井
有那奇异的“历荚”把时光数计
月初的豆子长到了十五
十六又开始逐步跌落
神圣的植物如同日历
替着朴素节俭之帝把时间数计
更有那奇异的萐蒲之草
它的叶子像一把轻摇的扇子
在把习习的凉风扇动
驱逐着恶心的苍蝇和虫子
常把存放的食物保护

而至尧君三十之龄的时分
茫茫西海出现一只巨大浮槎
每到夜晚闪耀着灿烂光亮
一会大如月盘　一会又小似萤火
在那漆黑的西海又如闪亮的明月
浮槎绕海而行
十二年完成一个完满的周天

尧作为一个仁慈之君

围绕他的是著名的贤臣
那位青脸马嘴的皋陶
虽然是状貌显得奇特
可他却是铁面无私的法官
常常带领着那独角的神羊
夏天居住在水泽边上
冬天又钻进松柏树林
用利角抵触错误的一方

还有那东海流波山的夔牛
做了尧君的乐官
他仿效山川溪谷的声音
作一首名叫《大帝》的乐曲
又用石块和石片啪啪敲打
让那飞禽走兽也跟着起舞
让那愤慨的人心平如镜

尧君到了晚年之时
秖支国献来了重明鸟
那双瞳子的凤凰样的鸟
时常脱了丰满的羽毛
裸身在空中飞行
并且为尧驱妖除怪
又赶走那凶猛的豺狼虎豹
吉祥的重明鸟吃着玉膏
到尧的国度时来时往
尧国的人们洒扫门户
盼望着重明鸟的归来

尧君却也渐渐衰老

他的儿子丹朱并非贤孝
他要寻找贤达的人把帝位谦让
便前去拜访阳城的许由
想把帝位亲自禅让
可那许由却逃到了箕山之下
悄悄居住到赢水的岸边
尧又派人请他做个九州长
清高的许由听到这个消息
却掬起了颍水把耳朵清洗
尧的重担便一时难以卸任
除非他寻访到贤明的舜

卷二 神祇飞翔

卷二

神祇飞翔

女娲氏

而天空　像发乌的
牛皮泛起褶皱
背后露出狎昵的云光
大地如游走的冰原
移动着不安的惶恐
天雨倒灌
阴风号惨
虎狼追噬着成人
鹰鹫扑攫着孩童
迷失了的诗意大地

弥漫着漫天的恐惧

你来了　从荒原上——
修长的躯体悠长的发
卧蚕的弯眉如月的面
只见你抓起顽劣的巨鳌
砍断四肢向天投去
把天空的蓝海倏然撑起
杀了那条黑色的巨龙
安定冰原样游动的九州
用绵细的芦草之灰
阻隔了漫溢的江水

而此时的天空
仍露出撕碎的破洞
你点起火焰燃烧七天七夜
将大石烧成的鲜艳玉板
挺举着飞向破天
空中留下霞霓飘动的背影

伏羲·八卦

沪洛两河的交汇之处
身披金鳞的龙马之神
飞腾跃出了水面
背上闪着旋毛的星点
后一.六　前二.七
左三.八　右四.九
中五.十　这是

怎样隐秘的神谕

你仰望迷茫的天空
寻找着那颗太阳
还有无数颗星星
你走过苍茫大地
记住座座山岳
还有条条大河
你视野里奔走起
鸟兽的身影
你的时空里转换
季节的诗情
近的已经深入内心
远的已经抵达万物

此时万物模糊的背影
被你牵住了根
天 泽 火 雷 风 水 山 地
描摹下它们抽象的面容
乾 兑 离 震 巽 坎 艮 坤
八字定吉凶 吉凶生大业
一八得八 八八六十四卦

伏羲·女娲

那隆起的胸肌
是一种惊心的诱惑
那高耸的乳峰
是一种迷人的引诱

高耸入云的昆仑山岳
层峦叠嶂的昆仑山脉
天空划动着鹰翼
山坡葱郁着树木
最广阔的是寂静
就是没有一个人影
兄长的心里响起一个声音
亲妹的心里出现一个声音
——咱们成亲吧

——咱们成亲吧
亲兄妹嘴里说出的
不是缠绵的情语
是震颤的不安和恐惧
可怜的生命难定命运
就让神来回答——

神啊！我们兄妹二人
指着远处的云烟发咒——
你让我们二人成为夫妻
那柱云烟就去合起
你不让我们成为夫妻
那柱云烟就分散开来

寂静的昆仑山峰
跪着不安的兄妹二人
远处的云烟渐渐合拢
光滑苗条的蛇体
缠上粗糙突兀的鳞身
人类繁衍的沉痛

大于亲情里的缠绵

燧人氏

不知从哪里来
也不知要到哪里去
你在荒原上漫游
忽然眼前一片浓云
遮住了半面天空
你好奇地走了过去
是黑褐色的树干
虬龙起一片浓绿的天空
空中布满百鸟的朝凤

树干上有鸟在啄击
金色的火星四溅开来
你的眼里星光闪烁
心中太阳燃烧
你捡起一根树枝
照着铁石树干钻击
四周弥漫开一片芳香
像闪电后熟透的草地
眼前扑来一片耀眼光芒
太阳忽然来到你手中

茫茫荒原上你无需知道
是从哪里来要到哪里去
手举着火把就是来处
手举着火把就是去处
就是当下的燃烧

四野里散乱的人们
看见你手提太阳
便向着这山冈走来

轩辕氏

一

无边无际的阪泉大野
影影绰绰显出荒蛮苍凉
大野的荒凉深处
一抹灰褐的山影在移动
仿佛是苍灰的浪涌
是轩辕帝出征的雄狮
壮熊　恶罷　凶狼　敏豹　残貙　猛虎
一个个迈动着孔五熊腰　匹蹄
敲动着大地胸膛　浩浩荡荡
如汹涌的洪流向前浪涌
而飞翔在浪涌上空的
是大鹏　巨歇　雄鹰　猛戕
个个如一团勇猛的乌云
遮天蔽日　向前涌动
而在这雄狮前面的是英勇之王
华夏的轩辕大帝　眼看
一场凶猛的酣战拉开序幕

这时，战场的另一端异常平静
平静中似乎埋藏着阴郁的恐怖
待到轩辕的雄狮越过山冈
却是遮天蔽日的迷蒙大雾

忽然　头顶电闪雷鸣
整个天空布满金色的蛇信
接着狂风大作　雷声滚滚
难以阻挡的暴雨倾盆而下
雄狮头顶的烈烈旗帜
赫然掉下　如折断的翅膀
那地上的虎豹前驱
个个被暴雨痛打　如痛苦的
掉进深渊滚动的巨石
整个阪泉大野乱如石流

英勇的轩辕大帝向天大呼——
天女魃——
弥漫的暴雨即刻停息
翻滚的乌云迅速退去
而苍茫的大野显出巨兽
那山一样顽固的怪兽
擂胸顿足　疯狂呼喊
轩辕的队伍如群蚁涌上
把那怪兽团团围就
远远看去如巨石的滚动
惊惧中间歇恐怖的寂静
便传出一声惨烈的呼叫
暴烈的怪兽结束于血腥
勇者提起蚩尤的头奔走庆功

这时候天空一片晴朗
蓝空映金　树木翠绿葱郁
众鸟们在天空欢鸣
而原野汩汩的河流慢慢流淌

一道道红色的水流漫过
飘动的木枚结束着血腥
轩辕悲悯地凝望着天空
绕天收起了残酷的兵器

二

阪泉消失了残酷的兵器
天空浮现无边祥云
大地一派吉祥美景
英雄们开始建功远行

太昊之帝带着句芒之神
向东方太阳升起的地方走去
经过那碣石山　再经过那朝鲜
走完了大人之国　来到日出之地
在榑木　那一片青色之地
长满葱郁树木的大野
开始万木繁荣的春的事业

那炎帝带着祝融之神
从北面的户孙郊外
穿过那颛顼之野
到串动着烈烈火苗
弥漫着闷息热风的土地
持守起炎炎的夏之疆域

而那少昊之帝带着蓐收之神
到了西方万木葳蕤的山林
在那里建起了百鸟的王国
待那夕阳西下的时刻

查看起夕晖里的万物反景
守持着硕秋的艳美时光

颛顼之帝带着玄冥之神
从九泽走到夏的晦暝边缘
到了积寒累冰的令正山谷
持守在雪雹霜霰众水源头
守护北方的寒冰之野

伟大的轩辕之帝带着后土
身居中央　职守天地万物的准则
衡制广阔无际的四方八域

三

飘满瑞云的天空充满吉祥
繁荣生机的大地蓬勃创造
迷茫的时空渐显秘籍
万物的命名重新开头

轩辕迎娶春夏秋冬四位帝妃
精心呵护养育廿五嫡子
厘清时间长河的岸边标记
为他们命名十二种姓氏

臣子伶伦在宁静的天空下
陶醉于熏风送来的神鼓之音
又在细弦上辨析着一分再分
演奏出天界悠扬的神音

那善知冷暖的臣子伯余

抖动悬挂树杈的兽皮
诅咒着难辨的肮脏与腥臭
欣慰于人体的完美造型
缝制御寒的温暖裳衣
西陵氏的美丽少女嫘祖
在茂密的桑林里穿巡
养育蚕贝丝茧来织霓衣
被轩辕纳为尊贵的元妃
于安寝的西宫摆设蚕神灵位

而拔木折屋的大风
从西北不周山吹起
一路上便把天折地绝
一路上又使山倒海翻
这样蛮力超天的雄威
却精通于明理天地大道
智能于掌控用兵奇术
被轩辕帝拜为守土军师

那多愁善感的仓颉
凝望天空次次的日出日落
眺望大地的阵阵光明与晦暝
要留下消逝的万物与记忆
便照着日月星辰的笑脸
描摹山川河流的歌声
照着树林百鸟欢鸣的吟唱
刻画万物清晰的投影
用天神的最后密语
记录流失和道破流弊
神为人的聪明而激动长号

鬼为人的智慧痛声哭戾
老天为之普降大片的粮食
济助文明的道路慢慢伸长

皇娥

旋宫里她高髻燕裙
静夜传出织纱的梭声
白天她则乘坐浮木
到达穷桑西海的岸边
遇到绝俗的白帝之子
两情相悦的嬉戏开始
西海游着忘归的鸳鸯

而在岸边　高挺的孤桑
钻进了云霄　碧绿叶簇
闪烁艳红桑葚
万年一熟的长寿蜜果
散发着醇香的芬芳
遥望一对甜蜜的情人

忘归的有情人
在西海上自由泛木
那桂枝做成的旗杆
挂着的旌旗
带着鸠鸟的玉石
在青绿的水面飘动
两个相爱的人并肩而坐
帝子弹奏着秀琴

女子的歌声与琴和鸣
帝子再跟上琴声回应

西海在那穷桑之地
隐逸在万山丛中　这时
太阳从高峻的山岳走过

金天氏

深山壑口烟雾氤氲
隐约着高城丽瓦
日光绕过青葱的山脊
时时变幻着颜色
遥远的穷桑之地
百莺娇鸣　这便是
金天氏鸟的王国

每当夕阳西下
光的色彩透过树林
万物清晰的剪影
映满神性天空
像繁华瑰丽的鸟声
从西方流向远东
在那西方之极
一万二千里的山林
是金天氏的王国

高阳氏

东南西北的北
谁在绝对的方位
绝对的北　犹如
抽去了通天梯子
春夏秋冬的冬
谁到了绝对的季节
绝对的寒冷　犹如
把世间交给两个人——
重，奉天神　黎，安地民
来个绝地天通
天地不同的时候　只有你
架起巨龙四海逡巡

更北的北　假如更北
更冬的冬　假如更寒
那北风就会吹向南
天空就成为巨泉
枯偏的蛇化为鱼
架过龙　死去的你
逃不脱化为鱼妇的命

万物复苏万木葱茏
世间又是人神杂糅
凤凰站在鸡群
巨龙犹在鱼池
人向神的倾诉
再不被歪曲传送

夸父

从苍黄的原野
和河流漫溢的地面
望到天的尽头
是一团金红的火焰
正是这团火焰
点燃你血液的梦幻

双脚不由地抬起
向着火焰
向着太阳奔跑
大地被你的脚步敲动
天空被你的呼吸蒸热
而严酷的是体内干枯
你一口饮干了黄河
又一口饮干了渭河
可体内依然像
干枯的河床一样缺水
水——?
渴——!
不是还有更大的北泽吗

可在奔向北泽的路上
你轰然倒下
再也无法起来
追日
追日的梦呢
那是太阳灼热的火焰

化作一片红色的桃林
从你身边铺展开来

精卫填海

凭什么
那乌蓝的凶险与动荡
深邃的沉默与静谧
要用无边的欲望
吞噬纯洁苗条的躯体

凭什么
从深海里化作一只精灵
你要还回你的生命
扇动着乌蓝的翅膀
一回回飞向葱郁的西山
衔来一块块碎石和木片
愤怒地投进大海深处
一边衔木　一边回味青春
一边投石　一边歌唱生命
在西山与大海间往回
你要把这海水填平
还回曾经鲜活的生命

镜湖

这是早年轩辕铸镜的湖边
波平如镜　这明净的湖面

倒映着广阔的天空
有一团一团的浓云　从湖面四周
向着湖面的中心聚集
让我怀疑看到的是不是湖面

纷纷赶场的云的影子
如远古旌旗飘荡的车队
像纷纷前行的狮虎兽群
向着湖面侧起询问的头颅
要把整个平静的湖水质问

逝去年代错误事件的兽云
匆匆忙忙　陆陆续续
带着被伤害的愤怒
云集到平静湖面的深色广场
似乎要发生一场剧烈的械斗
而深幽的湖面如此明净
倒映着云缝里透心的天空

我担心着平静湖面的翻腾
等待那一团一团的浓云疏淡
那过去年代的罪恶被一一稀释
浓云　最终又回到湖岸的四面
湖中的天空明净而又湛蓝

仓颉

照着山的影子画下　山
照着水的影子画下　河

当你照着夕阳的影子
画下　日
当你照着月牙的影子
画下　月
这时候夕阳已经落下
这时候弯月还未升起
大地弥漫着无边的黑暗

和无数个黑夜不同
鬼们痛哭了一个通宵
和无数个黎明不同
大地上撒满一层粟米
和无数个日月不同
张牙舞爪的龙们
悄悄地潜沉在江河之底

自从你照着鸟兽的足迹
画下万物的影子
送走一个个沉落的太阳
人类即使在夜晚
也闪动着自由的翅膀
贯通着照耀古今的光芒
在时空里无限穿越
在万物间自由飞翔

后稷

想想你的出生
就是一位受难的神

充满了悲苦的命运
母亲踩上的巨大脚印
是否是一个神迹
让她怀你的时候恐惧
襁褓中又把你抛弃

把你放在狭窄的小巷
高脚的马和沉重的牛
只是嗅了嗅你　远远离去
把你抱向秘深的森林
那里到处是伐木人的身影
又把你放上结冰的河道
鸟儿用翼羽把你覆盖
善良之神遭受磨难
却从来没有言语

没有被粗暴抛弃的
是大地的善意之神
你把五谷撒向大地
四野里是茂密的庄稼
你把汗水播进泥土
到处是勤劳的人种

想想你的临终
那黑水间的都广之野
广阔的三百里大地上
弥漫着茂盛的五谷
丰硕着沉坠的百果
鸾鸟在激昂地歌唱
凤鸟在翩翩地起舞

那温顺的群兽
悠闲的四处游走
这是大地丰收之后
神给你的安详归宿

浑沌

传说他像一条狗
有四条腿
满身长毛遮着无质肚腹
说他没有面目
却装着老好人的样子
让南海叫倏的大帝
和北海叫忽地大帝
同时蒙蔽于他的和善
如果推测他明辨是非
那就是一种错觉
他专门攻击善德的人
又跑去依偎在凶人身旁

这个没有面目的怪物
让人感到憋气
让人望着荒凉
有人想让他望见蓝天
让他闻到花香
让他听见鸟鸣
让他尝尝鲜果
又让他呼吸阵阵清风
就用了七天的时间

在他的面目上凿出七窍
这个不敢面对真相的怪物
又以死来拒绝万物世界

鲧

浊浪滔天　天下洪水
蚁群的子民四分五散
救民于水深火热
那是帝王的伟业
你却兀自焦急
偷了帝的息壤抢救洪水
救水越早越好
可你犯了天宫的规矩

死　在天宫里是免不了的
帝甚至不愿亲自动手
派个祝融把你收拾在羽郊
不知为民救水违犯哪条天规
即使死去也不愿融化
整整三年丰腴若一匹白马
让后世的屈子向天发问
为你的屈死鸣叫不平
有人终于抵不过你的沉默
用吴刀剖开这无声的语言
里面惊人地爬出个小人儿

禹　你的儿子更加聪慧
帝不但给了他息壤

还扶持他确定天下九州
莫非这是你冤屈不化的理由

无支祁

那是黑的比墨还黑
抵挡了所有光明的黑
那是硬的比石还硬
阻隔了所有温柔的石
那是丑得毫无规则
拒绝了所有完美的丑
世间奇特的锁
坚硬的戕害与顽固
被锁上锁链
深深地投入海水

谁也别想把它救起
剥开一只狂怒的兽
内心埋藏的毒蜜

杜宇

子规　子规
春回大地
你何悲凄

杜宇　杜宇
望帝　望帝

玉山出水
无能为治
鳖灵治水
总归超你
然他治水
你是否通过他妻

望帝　望帝
既已禅位
何化子规?
子规　子规
春回大地
又何悲凄?

首阳山

第一缕鲜亮的阳光
照上高高的首阳山
然后照上
山坡上一带青青的树林
林中一望无际的绿草
我身上铺下的阳光
已经有了周朝的纯粹
眼前的一望绿草
已经是伯夷、叔齐采食的薇菜

空旷的林子
我想找到两个拾薇的人
然而只有阳光　只有薇菜

只有远处山坡上一座破屋
屋子里贫困的气息
净土的气息
木材坚守到朽的气息

一阵风吹来
忽然一道亮光闪过
像送乳的白鹿的身影
这林子的光影
已经还原给周朝的气味
可是怎么也没有出现
两位周朝瘦瘦的兄弟

吐子成兔

那个杀害了别人的儿子
并且让父亲食用的国王
本身不是人
那个吃着儿子肉酱
说感觉很香的国王
更像不是人
黑暗残酷的大脑沟回
害了人却能救活人

为此
西伯侯终于逃出魔窟
他看见了广大的国土
那一望无际生长草木的原野
迎着北风他号啕大哭

然后把儿子吐将出来
吐成一只一只白色小兔
广大原野里奔跑的白色兔子
像一朵朵摇曳的白罂粟
孩子　父亲不能让你荣华
只能让你变成一只善良的兔子
去逃脱豺狼　用青草喂养自己
给你自己挖三个洞窟
气急了也学会猛咬几口

歌父

青春年少的日子
你就开始了歌唱
你的歌声让多少人流泪
却耽误了美妙的洞房花烛

一生都在歌唱
唱到八十岁的时候
你的歌声美似凤鸣
然而你生病还将死去
众乡邻把你抬放到山洞
然后依依不舍地离去
你送别的歌声穿透树林
响彻云空
那震颤灵魂的声音
许多日子里仍在山谷萦回

眉间尺

一把好剑
不能看它的破石断铁
或者杀人无数
要看它的前生
也要看它的来世
前生千锤百炼
来世续持正义

干将、莫邪造剑
整整用了三年
还要被楚王杀害
他们的儿子眉间尺
传得了父剑
先用它自刎
又将它送与路客
路客用它宰了楚王
然后自刎
同一剑下的三颗头颅
共坠煮汤中
相啮而毁

这样的剑
超越了时间
也不需要手持
仍然维护正义
祖先心目中的好剑
已经不仅仅是剑

公冶长

公冶长穷得叮当
一群鸟雀
站在他家门前树上
大声歌唱——
公冶长　公冶长
南山有个虎驮羊
尔食肉　我食肠
当亟取之勿彷徨
公冶长前往南山
果然获得一只大羊

公冶长被抓进大牢
一群鸟雀又飞上狱舍
放声歌唱——
公冶长　公冶长
齐人出师侵我疆
沂水上　铎山旁
当亟御之勿彷徨
公冶长告诉了鲁君
鲁国果然保住了边疆

而明天清晨
是否也有一群鸟
飞到穷人家的墙头
歌唱一个喜人的消息

卷三 心灵山河

卷三

心灵山河

晴空

1

蓝天 心胸

云朵 心情

骏马 歌声

风儿 穿过草原

2

白云 是你

感受飘逸

目光 是我

沉淀美丽

3

此时的天空
飘满云朵
我把它当成穿白裙的你
为了向你唱赞美的歌
我仰着头
忘记看路
在草原上发疯的奔跑

4

夏日晴空
我把头扬起
脸朝天 用
拳头擂着胸膛
张开双臂
向着天空呼喊——
我的天

5

跑到了天边
跑到一块巨云的下面
我叉腰仰胸
寻找热情的含义
此时我感觉到
自己仍是地平线上
一个点

傍晚

黄昏 夕阳落下的速度
比我登山时还要迅速
留在天空的兽形剪影
长久停留

雾中那城 庞大
而模糊不清
有人穿过大街小巷
以豪饮征服着街衢
有人退到远处的山岳
把整座模糊不清的城池
装进透明的心里

暮色四合
斑鸠焦虑地寻找巢窝
母羊呼唤着羔羊
剧烈的犬吠 似乎识辨出
主人带回的陌生客人

大地从入夜前的骚动
进入收工时的轰动
纯粹的黑暗来临
风儿轻轻地吹起
璀璨的明珠
一半嵌上天空
一半散落大地

黄昏

一缕夕阳的光影
透过幽暗的树林
一个人的身影
高过了远处的树顶
一声敞亮的歌声
穿过幽深的山谷
向广阔的原野奔流

黄昏里的心境
跃过暗黑的水流
站上剪影的树顶

望月

远离那些霸道的石壁
石头长出的残酷的爪子
低处仇恨的声音

我向着你飞行　向着
洁白的玉的盘子
一只大盘子
装着的六只小盘
一只大饼上
放着的六只小饼
悄然飞行　飞行

离去地上动荡的万物
暗涌的血腥的河流
向着你
古代先哲的梦
玉一样纯洁的心
寂然飞行　飞行

明月

最明亮的
最浑圆的
那一轮玉盘
高悬在万里云天
皓玉当空
有那翱翔的云羽
有那伸展的凤翼
铺撒在皓月周围
把张张仰起的脸面
朗然映照
在万千浪波的心里
赫然隐现

此时的天涯海角
一定是银波荡漾
海浪轻语
海面上浮现起
一轮浩大的明月
而那喜马拉雅的峰顶
高高挺立的昆仑山顶

一轮孤绝的明月
从深深的云海里
跃跃而上
又在高高的天池里
明亮地隐现

那偌大的一望无际的草原
青草味和露水光的草原上
也静静地升起一轮明月
纳木错的湖心
纯净的处女湖上
也映进了一轮明月
沙漠里　空旷的沙漠上
流线样优美的沙浪上
云烟袅袅的雾气里
那一轮明月
在静静地升起

峡谷里　古老的峡谷上空
那神女峰的周围
映现着一轮明月
还照在平静的江心
江心里一座悠然的小船上
那小船像一座古镇
雾气里的古镇　把笛声
自那古镇里的园林
园林里男子的胸中
和那拜月女子的手中
像从容邀月的酒杯
悠然举向天空

明月
天下万千山河上的明月
那是隐去秋草毒虫的明月
一望无际大地上的明月
不见野兽阴谋的明月
一张张笑脸上的明月
不见豹子闪电扑杀的明月
一座座心湖里的明月
没有老虎牙齿咀嚼的明月

明月　此时你是浩大的明月
胸怀天下　心空万里
把无限的明亮　无限的爱
无限的光明和博大
撒向云空　撒向星球
撒向大地　撒向心田
银光万里　清辉绵延
一轮浩大的明月
一轮心空的明月
明月　皓皓明月

听鸟

黎明　在空洞的希望里
展开　还没有一缕阳光洒上树顶
鸟的叫声伶俐地突兀出来
这是一种特别的鸣叫
像一首特别的诗歌

红水晶的梭子横抛过去
留下平缓流线的痕迹
圆润的宝石投进水中
清得看不到一点涟漪
细长的玻璃棒插在地上
像一根晶莹的光柱

黎明鸟的叫声是隐喻
含义不明的乐声里
有时像一句纯粹的判断——
坏种　坏种——
有时像一句干脆的祈使——
快走　快走——
有时唤一个具体的名字——
红橙　红橙——

鸟的鸣叫　在这个黎明
投进空旷的心里
像是展开了一幅画
又像朗诵着一首诗

听雨

这个时候静静地
只能听到雨的脚声
沙沙沙　沙沙沙
随着细草在浅绿
随着树叶在清新

走过了松树的枝头
提起一颗颗晶莹的灯笼
要躲过街衢里的疯牛
躲过荒原上的野狮
路过一座野蛮的山谷
要躲过碎石机烧红的肺

躲过那些粗糙和野蛮
沙沙的雨脚更轻了
雨脚走得更远了
它似乎已到了南方
上到树林的吊脚楼
进到一个诗人的耳郭
在古代诗歌的意境里
开始一整天的雨打芭蕉

暴雨

由蓝变灰的天空
空气沮丧然后凝重
向内挤压
满腔憋闷

一种事物在形成中
异质与异质相容的
吸引与排斥
难耐的酝酿
广大宇宙的怀孕
人无法忍受

更不可左右

雷声
巨大的呐喊
剑　划破天空
破损的包袱
珍珠流泻
哗啦啦
天空充满降落的快感

天晴

石头和石头
树木和树木
河流与河流
山岳与山岳
通过一些风
悄悄变化着的风
通过一片阳光
沙沙奔跑起来的阳光
联系起来

我没有意料的
山与山之间
奔跑起了云
河与河之间
奔跑起了海
树木与树木之间
石头与石头之间

奔跑起了语言
沙粒与沙粒之间
万物与万物之间
不知不觉　奔跑起了
一片亮亮的黄金

塬上

最先吸引我　让我向西行走的是
鸟声　唧唧喳喳的鸟声　其次
我才看到带光晕的太阳　还有
下面的树的剪影　鸟声越来越响
像风中两个铃铛　一会儿是铃铛
告诉铃铛什么　一会儿铃铛和铃铛
讨论什么　金雾弥漫的天空
鸟的话语　像美妙的歌唱
我被鸟声吸引着　一直向西
寻找鸟的位置　一会儿
它们像在高高挺立的杨树上
一会儿　像在碧绿的玉米林里
又似乎在塬侧面的山坡上
我判断不准　又寻找不到
只是隔沟看着西面的一幅画　怪了
谁家两个女子有这样快乐的下午
我却一点也找不到

雪野

1

想着要有一场雪
把丑陋和衰败覆盖
没有了野兽的足迹
消失了简陋的村庄
所有的山川都被覆盖

一切从头再来
洁白的旷野
无声无息的宁静
在纯粹的雪地行走
我曾经悲伤地伫立
却又高迈地离去

2

要是有一场雪降临
万千杂吵的声音
消失于空旷的宁静
无比繁复的拥挤
让位给无际的洁白
无穷凌乱的争执
隐没于视野的纯净
曾经身负杂乱的荆棘
迈向这旷野的寂静
我是无法言喻的感伤

3

已经有一场雪
是辽阔的空旷
远离狭窄街衢的空旷
是无际的洁白
远离杂物丛生的洁白
又是旷远的宁静
远离寡噪之声的宁静
是倾心的纯粹
找不到一点异质的纯粹

这样完整的空旷
无际无边的空旷
这样干净的洁白
延伸天边的洁白
这样纯粹的宁静
真空里才见的宁静
这样广阔的自由
雪野里才有的自由

一个人在这雪野感动
有时候悲伤地想哭
有时候却高昂地耸立

4

两座面对的土屋
四周围着土墙
外面站一圈铁灰的树木
那里传出了鸡鸣
这是一座庄园

一圈铁灰的树木
绕着一围土墙
里面两座土房
旁边传出了狗吠
这是另一座庄园

庄园与庄园互相联系
或者互相疏远
最终是一片村庄
村庄里落满了白雪
是一片空旷的雪野

我无心清晰地欣赏
而是随意地眺望
那里可有困惑地坚守
或者不经意的和谐
将我感动着的意境
在心中低声呻吟

无名村庄

史书里没有它的名字
衙门里没有它的记录
一个生长庄稼的村庄
一个让人活命的村庄
有时是万木葱茏
有时也看到飞禽走兽

但这是一个没有名字的村庄
矿物不在深处埋藏
马路不在上面延伸
只有高高的银鱼
偶尔从空中滑过

但这是一座没有名字的村庄
挖掘机不来干扰
蒸汽机不来轰鸣
这里没有庙堂的威严
也没有飘逸的仙风
只有血缘的传递

但这是一个没有名字的村庄
春天有着繁花点点
夏天有着万物的蓬勃
和无穷的百鸟啼鸣
秋天是硕果还有庄稼
冬天都被白雪覆盖

但这是一个没有名字的村庄
是鼓励我背着行囊远走他乡
在我的乡愁中生长诗句的村庄
当我衣衫褴褛　心灵悲怆
我愿回归到她的怀抱
被埋没在这无名的村庄

宁州意象（组诗）

北山顶上

而黛黑西山　长卧如
一种苍老姿势
朦胧山谷　迷茫如
一种浮动心境
像雾一样优雅　从容如
纪年的长河　向山外
奔流遥远梦想

当我悄悄登上这山岳
饥渴的耳膜　沉醉在
陶罐悦耳的和音
钝化灵魂　陈亮于
青铜生锈的沉思
迟缓双脚　驾驭起
三彩骏马的飞翔
所有盛世的长风　滋润
千年饥渴的灵魂
在四面沉静的山头
成长伟岸的顶天大树

庙坪窑洞

在高高土崖上
窑的颜面　黄土的
蒙娜丽莎　向着阳光

抽象着老年人样的
慈和善面　长须飘然

仰韶文明的斯芬克斯
站在高高土崖上
眼里飘过阳光中
一把金亮的种子
记忆中抡起汗水里
一把倔犟的镢头　和
温和威严的呵牛声
蓬勃的桑树养育的蚕丝
环绕庄严的织布木机

黄土地的巴厘岛石像
从斯芬克斯的面容背面
我看到陶罐里的米粟
石缸里的清水
七星灶下的烟火
和记忆中熏黑的历史

窑的面容是慈祥的爷爷
华夏的斯芬克斯
在高高的土崖上
面带微笑　回应阳光

辑宁楼上

我用词语　那些物象
写下长满谷物的土地
无边苍茫的原野

写下庙嘴京畿　刚强公刘
先民手中的镰刀以及谷穗
沿着长河向南迁徙
身前奔跑着牛还有狗
身后留下青铜方鼎
又总结似的写下——先周

我用词语　这些物象
写下马莲河的两岸
澎湃上涨的河流
一只返回头的青牛
牛背上挥舞的长剑
八纵坡上的九龙
怒吼中的血染长河
然后写下——梁公旧制

如今站在辑宁楼上
长风飘起清瘦的灵魂
我用洁白的经卷写下
一代勇敢的先周
一朝繁荣的大唐
把笔投向河水
又把经卷抛向天空

九龙河畔

蓝莹莹的
青石板上闪着星光
向着河的上游眺望
是荒蛮的山土

而水流却源远流长

清粼粼的
石头堆里开着白花
向着河的远方眺望
山谷里森严壁垒
而河流梦想遥远

叮叮咚咚
我站在桥上
望着河的流淌
倾心一段河面的隐喻
而楼已把我压得很低
车已把我抛得太远

渭北之冬（组诗）

马栏

四周青山
围就草甸
马在这里吃草
壮硕又平安
骏驹家园
肯定叫马栏

马栏
四周青山
围着草甸

关中特委
战斗又生产
红色马栏
幸福马栏
文明之花开遍

鱼化石

——旬邑博物馆有鱼化石

数百万年的光阴
已经凝固一起
变成金石　映衬的
你清晰的骨影
至今清晰
游动的姿影
至今轻盈

我被带回几百万年前
生命被带回几百万年前
那里原野水草丰美
湖泊清且涟漪
湖岸上花香鸟语
那时一个灵动的你
在水里自由移动

石门山

——旬邑县有石门山

高耸云天的两座石壁
始皇两个威武的将军

镇守大秦的万里河山
却怎么也没有防住
后山里钻进的 那个叫
李斯的鬼祟小虫

面对瞬间摧毁的江山
公子扶苏魂归山头
像一位悲愤的诗人
仰望冬天阵阵残云
剑鞘重拍
至今不愿离去

听到这段惨淡的故事
一个叫舒同的智人
长袖轻舞　潇洒地写下
石门山三个字
将笔一扔
向着函谷关扬长而去

唐氏庄园

——旬邑县有唐氏庄园

雕梁画栋的
宫殿样的庄园还在
但是庄园的主人 却
一个也不在
前厅房还在 太师椅还在
但是椅子上的主人不在
绣房的门还半开
但楼上的闺女不在

帐房里的算盘还在
帐房先生不在
精致的马车还在
但拉车的马不在
镂天网还在
但要隔住的鸟儿不在

三百年的富贵依稀还在
但关中大地的豪门
消失得像一场梦
连一点影子都不在
唐氏庄园
唐家的人哪里去了
至今不见后代回来　掸去
八仙桌的尘土　擦拭
画样雕砖上的雨痕

渭北之冬

大片寒冷的秋秸
与大片凄清的冬麦　把
空旷的渭北高原
扩展向清冷的天空

天空孤独的鹰
地上孤单的老农
孤单的磨坊　电杆
把初冬的景物
凝聚成点黑

谁不愿停在清冷的
渭北高原
像一只丑陋的花鸨
东倒西歪地逃跑

大佛寺

——彬县有大佛寺

而佛站得更高
像远处的一座山峰
望见更加辽阔的原野
甚至原野里那些
曾经混乱的朝代
破败的房屋　惨伤的树木
庄稼　以及受伤的人

站在佛身边
借用佛的目光
同样看到一些房屋　树木
庄稼　以及焦躁不安的人
却不能修补一座破损的房屋
救助一个受冻的穷人
有了佛一样的悲悯
也只是人样具体的痛苦

卷四 流年非水

卷四

流年非水

幻景

而幻象　幻象
即使布满天空的
重叠云层　风起云涌
也不必惧怕事物的血肉

从横穿原野的
直行的道路前行
随意路过座座沙丘
如穿过块块重叠的云层

空间的密集陈设
将被时间的线一一串起

历史

我没日没夜地
对着你地平线上的
一抹山脉　呼唤
为你唱赞美的歌
我没有把你当成
那个聋了的老人
什么也听不见

我在炎炎夏日里
来到你的原野上
一棵大树荫里
练拳　舞剑
我用我的手臂抱住你
我没有把你当成那团
无言的　无形的阴影

我在大地上流过的
长河的岸边
留下我的长服　剑鞘
我没有把你当成那道
无岸的大风　散漫地
没有踪迹

我又一次次在你
月黑风高的怀抱里
点燃一盏油灯
我没有把你当成黑夜的虎口
感觉不到一颗刻着
长长诗句的米粒

送葬

快得无法记起的大白花

一辆轿车的——呜哩
被还没有听清的——哇哩
代替　一辆大卡载着羊群
低头沉默的白羊群
紧随其后　又一辆载满纸家园的
卡车赶上　后面是装满士卒的车
死亡车队开创的道路
却被早晨那些奔忙的车辆
填补上来
这时远航的船犁开大海的肌体
伤口　迅速地分开又合起

一个人的德行　抑或罪恶
还来不及像一朵云　擦过星空
就已迅速地绝城而去
身后那不绝如缕的喧闹
依然潮涨又潮落

回忆

1

就是那杯追寻的醇酒
一见钟情
被浇灌的狭窄幽谷
滋润了一棵冬眠的树
那离去的歌声
已使那谷底鲜花灿烂
让那等待开花的枝丫
一醉再醉

2

羞涩的花开
又如心空里惊雷
让直道上的耳郭
难以辨认
最甜蜜的呼唤
已埋藏了石破天惊

3

是谁提早告密
山顶甜蜜的呻吟
已经躲藏云后
山下的记忆
模糊如隔夜的梦境

4

有一声许诺

是自制的阳光
从冬开到秋
黄金铺满的原野
是幻想的豆粒

5
风雪飘摇的山头
无需看到各自的身影
即使看到一棵树的背影
也要慰劝它早早回家
不要　被风吹散

6
阳光里只有阳光
神　心里只有神
尘土散射的金子上
只是借来的目光
四处铺满了尘灰

7
花　会乱
乱如风尘
然后四处飘游
让那带血的枝头
胆战心惊

8
蝶　会飞
给每一朵花
一个毒吻

让那带血的记忆
传到花根

9

心　像一颗果子
它丢失了的日月
藏着一个灵魂
始终找不到主人
但抛落的时刻都是疼痛

10

隔墙的窃窃私语
如伤口里的盐粒
从隔夜里疼醒
撕毁的前世密约
似背叛的旗帜
从节日里飘起

惧影

那一次 登上山巅
我背靠山边一颗巨石
有人劝我小心　怕我
和巨石一起掉进深谷

另一次　我走到湖边
背靠湖畔一棵大树
有人警告我小心　怕我
和大树一起掉进湖里

今夜　垫高枕头
我高枕无忧　想做个好梦
可梦里　我的枕头
却掉进了黑夜的深渊

音影

在城里
锅炉燃烧时的
火焰
让我又一次听到
石磨转动时的
乐音

而石磨
永远不会　喷射火焰
锅炉　却学会了
哼唱乐音

街影

黑夜的城里
人影匆匆　匆匆
忽然就想起村头的明月
可抬起头　眼前到处是楼
有高有低　有亮又黑
却怎么也找不到　那盘玉

冬天的街头
有人匆匆　匆匆
忽然就想起村口的小路
可转过脸　眼前到处是车
有新又旧　有快有慢
再也走不进那片开阔的草地

冬夜的城里
有高有底　有明有黑
横看过去到处不规不则
为了避开无尽的物物攀比
有人闭上眼睛
从心的砺石堆　沤出泪水
将整个眼前模糊　蒙蔽

喜景

新春的早晨
忽然落起了寒雪
心中无端升起
莫名沉重和忧伤

路边更为落寞者
憧憬地凝望我
我会扬扬头
表达虚假的快乐

什么隐秘的力量

隐秘的希望
补给了真实的精神
在一个小饭馆
一位老人快乐望着
相互交流的一对小孩
一条爱的河流
不需要来到地面
就已代代相传

冬天

那是一个古老帝都
祖先的遗物被时间擦暗
子孙的疯张在空间里灰暗
灰天灰地里我们找过什么
地上崭新的甲虫　多有尊严
天上银色的鸟　展翅飞翔
如此暴力的亲切　我们
要逃向哪里呢　你伴随着我
我看见年龄过小的孕妇
和一口病态的痰悄悄靠近
我询问过你愿意赴宴吗
我们牵手钻进了那条小巷
幸运地遇见了狄金森
里尔克　茨维塔耶娃
还有固执的帕斯捷尔纳克

忧伤

忧伤
荒风中的大忧伤
那是童年的荒凉中
《当代英雄》里
莱蒙托夫的
高加索山上的忧伤
是少年的破窑洞里
莫泊桑《一生》中的
美丽少妇在村庄里的
风中唢呐一样的忧伤

忧伤
风中的大忧伤
现在是比曼德尔斯塔姆
在沃罗涅日的忧伤
还要忧伤的忧伤
还要无端的忧伤
还要荒凉的忧伤
还要无名的忧伤
还要像荒风中的忧伤
一样的忧伤

楼

一座楼挺得很高
它向着早晨的阳光

我感觉它太好太好

这时　我还没有想到
这是一种拥有的幸福
没有想到从梦里醒来
拉开窗帘　阳光灿烂
大地尽在眼前
眼下一个小小的人
抬头仰慕

而我只是觉得这个楼
很好很好　我
只是从它旁边一步步
经过　经过

车

一座行走的房子
迎着早晨的微笑
沿镜面样的道路
奔向黄绸的阳光

谁带着这样的富有
从休息后的轻松
温馨的梦里出发
奔向预约的灿烂

我在路边漫游
看到这样的景物

一会儿距我很近
一会儿距我很远

街

自从那些石头
从大地上长出
然后挺立又对峙
所有的虫子
全都折服
那些踩轮的甲虫
轻快地滑行
那一群群的蚂蚁
在石缝里穿来穿去
我也混迹其中

公园

1
树与树分开
站着疏散的距离
描绘空间
此时　没有火与火连缀
没有水与水连脉
有的可能是看不见的风
和绿得发碧的草

树　抑或披头散发

抑或挺秀梳洒
该黄的已黄
该绿的还绿
该紫的已经红得发紫
隔树走过的人影
如画中移动的梦
距离掠夺的机器
恍若隔了半世

2
你说我老了
我就优雅地坐下
安静地坐下来
一时不再起身
像放下心田里半袋心事
舒展开来　铺展下来
紫黑的失去大于青绿的如意
是七分石头　三分花朵

3
你骑上树枝
如跨上马样失重
头望蓝天
内心抛弃了阴沉
一双彩蝶
翩翩地飞来飞去
定格的瞬间
是谁抓住了流失的风

夜晚树影

窗上的树影　被
月光映照的时候
是伴随我入眠的
亲密朋友

可暴风雨之夜
田野的稻草人　慌乱赶回
头上戴着礼帽的夜贼
站立起来的黑熊
东躲西躲窥探窗内
不顾一切挖掘窗棂
是想要溜进来偷盗东西
还是要告诉我什么紧急消息

高处花朵

三分之二高处的花朵
被三分之一处的树叶
和三分之二处的树干
细心地映衬

白花花的一串
没有人上到高处采摘
它为谁灿烂
又为谁芬芳

三分之二高处的花朵
为月亮开放
为星星开放
为诗人的心空开放

三分之二高处的花朵
白花花的一串

桃子

又大又甜
散发着浓浓香味的桃子
咬第一口
广大看不到边的原野
第二口
无边原野上空飘着白云
第三口　甜得要命的一口
云缝里露出蓝透心的天
第四　第五口
那浓绿浓绿的桃树林
有清香清香的风儿吹过
桃树上一个摘桃的少女
粉红的衣裙散出阵阵芳香
被八月的阳光夸张

又大又甜
散发着浓浓香味的桃子
第六口的时候

只剩下脏兮兮的桃核

疑问

一条线
是否竖直
一直升上天空

一个角
是否直立
四线朝天

在那模糊的视野里
气浪翻涌
世界如一个滚动的气球

谁将与它亲密
一只苍蝇站上糖果
蝇足与糖汁的甜蜜
暴露了世间的秘密

一条线
是否竖直
一个角
还是否直立

万物之中

万物　有那些山岳
那些草原　那些河流
那些海洋
万物还有那些杉木
松柏　杏树　梨树
还有那些低矮的花草

万物　有哪些虎啸
龙吟　犬吠
还有那些鸡鸣　鸟叫
万物甚至有哪些金石
玉块　还有石头

万物在夏日里
只剩下空寂的屋子
屋子外的天空　云朵
以及下面的庄稼
还有一桩疼痛的心事

内心的旅行

从一座古城出发
走过蜿蜒崎岖的山道
两三辆堂皇的轿子
坐着世界上最小的官员
走上那些岭上之岭

下到那些山谷水隅
这是日子演绎的最小事件

而这要是皇后的旅行
葱茏的山岭上阳光洒遍
如镜的湖面里云帆竟飞
我把你的旅程画在心里
心便在寂静中疼痛难忍

湖面

让这滴漫游的水渍
止于玻璃台面的边缘
让这张玻璃台的湖面
映照万千朵云的影子
止于草木葱郁的湖岸
让我观看湖面的快乐
止于这一年的这一天
让这个日子我要说出的赞美
止于还没有开始的语言

再也……

有情　再也不愿说出
有窗户　再也不愿打开
像山谷里遗落的铜钟
再也不愿被敲响
那响声里的皇宫

再也不愿金碧辉煌
皇宫里帝王的恋爱
我再也不愿看到

不要……

夏日清晨的风
优雅地吹吧
——但不要涉及爱情

田野里清新的树林
尽情地绿吧
——但不要涉及爱情

金灿灿的阳光
使劲地照耀吧
——但不要涉及爱情

那个徘徊在路边的诗人
尽管你去徘徊吧
——但不要涉及爱情

三个他

向着空旷的天空
深邃的蓝　行进
最后消失在旷野中
那是第一个他

另一个他
向着动荡的大海　行进
最后淹没在海水中

第三个他
又向着黄茫茫的土地
沉默的土地　行进
最后融化在黄土里

三个有力的他
三个真实的他
都已经消失

那走在亲人旁边的
是他无力的影子
走在伙伴中的
是他无羁的影子
走在大街上的
是他无辜灵魂的影子

微诗：鸟

诗名
厚黑者眼中
一只
枪口下的鸟

微诗：岛

夜晚
海水的黑暗
淹没
岛屿的光明

微诗：生活

无法在柜里
贮藏耀眼的金块
只有 对着阳光
欣赏绚丽的羽毛

微诗

被喧闹的海浪吞没
来世你要找到我
那河流上遗落的诗句
夹进书页的金色羽翼

微诗

所有迫害袭来
——杀他的

满院凌乱枯叶
一股大风吹过

微诗

树　在枝头绽放的
是骄人的花朵
在身上绽放的
是皲裂的皮肉

微诗

大树要倒下
整个世界要倒下
它从怀里　掏出
向内的刀子
谁会挽留　黑夜
送来布带样的风

微诗

昨天　谁从口中
吐出鲜花
今天　谁从内心
掏出漆黑的树枝

微诗

愿景　定植在
路的尽头
鼠鸟挂在椽沿
倒吊着头颅

微诗

北方规正的鸟笼
张着黑洞洞的口
想要吞了翅膀

南方的天空
划过忧凄的雁鸣

微诗

石头
瓦片
鸟羽
叠放在一起

镜子里照出
鸟羽
瓦片
石头

微诗

带病的唾液
涂抹诗句
洁白的鸟翅
带着涂染的墨
到处乱飞

微诗

把诗句
掏出心窝
给阴谋家
一颗颗子弹
是透明的人
常犯的错

微诗

担挑金条的人
躲过广场上的歌声
钻进黑夜的街巷
听到一句嘹亮的歌
回头的视线充满寒光

微诗

箭和风　一会儿是
箭带着里面的风跑
反过来　风又带着
里面的箭跑
热情的目光
搞不清其中的秘密
跟着跑　在跑
耗费了多少时光
也没有追上那一个跑

水阶

跳下台阶的水
一阵眩晕
一阵铿腾
故乡的粮袋
装满石头
一节粗一节细

跳下台阶的水
一阵眩晕
一阵铿腾
我所在的街衢
一段炽亮
一段漆黑

跳下台阶的水
一阵眩晕
一阵铿腾
儿子求学的城市
一阵台风
又一阵暴雨

夜晚海浪

夜晚 奔涌的海浪
升向高空
没有谁的接应
云没有手
月亮没有胳膊
深邃的夜 也没有
应诺的笑容

夜晚 奔涌的海浪
勇猛奔腾
高高升起 又豁然摔碎
一次又一次
疯狂又寂寞
而那远处的海岸
是叫嚣之后 依然
沉睡的物影

背景

在灯红酒绿的街衢
行走　你肯定不会去想
一块残缺的云下面
站着一个孤独的人影
在水泥规整的楼谷行走
你肯定不会想到　在
残损的高原边上　站着
一位孤独的诗人

夜晚孤独的梦醒时刻
一个孤单的身影　在
残缺的云下面　不肯离去
一个孤独的诗人　在
损缺的原边　不愿移动
像是在把云的残缺提醒
像是在把原的残损警告
那样的坚守　像是命运
冬夜里黑暗而坚硬的灯

街景

谁家的珠宝
满街道地喊
满街道地疯
红的　绿的
满山谷里滚

我的月亮
那一盘白玉
挂在山头
游在海中
却没有一颗星星
来把它伴随

词运

口词
被思维含混
摸不着大脑的图像

大脑
被记忆模糊
找不见记忆的脉络

记忆
被阴谋抹灭
逃不过阴谋的倾覆

阴谋
被混乱包围
抓不住横飞的碎片

最终　口词
不得学的浑水摸鱼

河东·河西

三十年河东
你在河西
三十年河西
你又在河东

河东　又河西
你总在河对岸
原来是你没有动
河却总在动
一些年份　在东
一些年份　又在西

乱境

一千种凌乱
就有九百种方向
带着九百个秘籍
走向九百渐暗的角落

一千种凌乱
又通过镜子
照在无眠的水中
进到幽微的心里
在渐暗的黄昏
像顽固的隐喻降临
记忆的艰辛走进街角
却不知怎么留下热情

而人类繁衍喜悦行进

怯境

可以摇摆
可以抖动
可以发光
散发温热的气息
摇荡的水桶
舀走多少汗水
装作云的清白
然后空荡荡晃动

黄昏　焦躁的人
要穿过白树林
需要多少勇气
要费多少周折

园中

园中的一抹小路
是左还是右
那一层一层的树畦
是高还是低
条条飘荡的柳絮
是静还是动
眼前模糊的园子
是在此处还是别处

一处并不完美的地方
是流浪者的居室
还是居家者的草原

厌境

早晨才刚刚开始
厌恶的声音已掠夺天空
被敲击的钢板
从半空弥漫而来
机器狂奔碾压的声音
如地心雄宏厚重的潮声
不合时宜的狗吠
恶狠狠地叫骂一起
天真幼稚的鸟叫　却像
细小的彩石散漫天空

那时早晨才刚刚开始
令人厌恶的众多声音
如各种各样的凶器
揪心地开始掠夺天空

救赎

给脸上的爪痕
寻找一缕风
吹散暴力的屈辱
你便会四处行走

为眼前的砺石
寻找一滴水
融化顽固的石心
你就会四处漫走

给远处的巨瘤
寻找一苗针
刺破凝结在一起的病
你就会四处漫游

你在四处漫走
试图取走脸上的爪印
拨开眼前的石头
用阳光的笑脸
融化凝结在一起的病
在虚妄的季节
救赎孤独的生命

夜景

黑夜的箭镞
愈来愈密
白昼的羽袍
边战边退
留下失败的叹息

夜雾弥漫的水面
白玉的盘子渐渐下落
沉入黑暗的海水

同望

一架飞机
滑行在低空
两个心怀芥蒂的人
同时看到——
一个看到那红色的尾
整体像粗糙的鱼
感觉它已经够大
那是和过去飞机相比
另一个却说还不够大
跑着去数舷窗的数目
那飞鱼滑过树顶
又被屋檐挡住

两个心怀芥蒂的人
同时看到天空
又高又大又美的事物
内心短暂地消失了
地上生物般的争斗

少年

两三只麻雀
在路边觅食
小小的少年
要去上学
麻雀不怕少年

跳跃如他的鞋子
少年好生奇怪
俯身就去捕捉
麻雀不让他捉
飞上了树梢
这是少年和麻雀
之间的幽默
少年跳了两跳
脸上露出笑容
仍没有停下上学的脚步

假象

一位母亲
怀里抱着一个小男孩
身后领着一个小女孩
她对那小女孩说——
快走！看坏人把你领去
这坏人在哪里？
我回头看着
没有发现人影
一个没有坏人的地方
被虚假的语言描述
坏人就带来恐惧
那高耸的威严
在小姑娘单纯的心里
英雄一般竖起
在她明亮的小眼睛里
黑影一样藏匿

疯子

他是一个抑郁症患者
我们习惯上叫他疯子
疯子走着走着　停了下来
便向着天空咒骂
骂到激越的时候
还抡起了胳膊试图要打
我朝着他骂的地方
朝着他打的地方
没有找到一个人影

她是一个抑郁症患者
我们也习惯上叫她疯子
疯子独自来到树下
向着远处哭闹
又向着天空泣诉
我从她哭闹泣诉的地方
没有找到一个人影

疯子　疯子
和早已消失的仇恨争斗
与临时喷发的愤怒对抗
而面前耸立的高楼
眼里奔跑的汽车
还有自由的人流
他们再也无法看清

景象

我眺望隆起的高原
那里生长浓密的树林
令人迷恋的树林里
长满鲜艳的果子
隐藏在叶子里闪烁的果子
吸引鸟儿飞进树林
采摘着鲜美的果子
兴奋让它绽放歌喉
瑰丽的歌声穿透树林
照亮世间万物 让我
望见生机勃勃的大地
望见绚丽多彩的夏日

景致

这些竖石巨人般威慑
这悬崖截面样的鄙视
这些流鱼猖狂地在抛弃
这些霓虹试图闪烁蔑视
这高分贝的乐音疯狂叫骂
这不可阻挡的洪水狂虐
这时代般的欲望把美淹没
这遗忘要用黑夜的报复
把今日阻隔到前世

这些绝壁要竖起一面镜子

这些流鱼要切下一个截面
这些洪流要留系一段记忆
这城市毫无防备的裸体
要借用我孤独的心灵
和我没有浸染的梦想
送达它们繁复的镜像

奇遇

准时行走
准确守规靠右
准点穿过马路
准时就会有一朵花
从远处扑面而来

准点行走
准时穿过马路
准时的一朵花
却没有扑面摇曳
准时行走
准确守规靠右
准时的一朵花
在记忆里扑面摇曳
摇曳　摇曳
扑面的摇曳
让你喘不过气
那有着风的清新
有着云的纯洁
有着河的浪漫

是无言的激越
扑动惊心动魄的热烈

虚景

在下午
北方的瓦楞云铺满天空
银燕从云层穿越
留下高原的浪涛
侧身壮丽的夕阳
壮丽的云涛及飞翔
要奔赴大洋地西岸

动荡的海潮　未知的漂泊
与澎湃的麻木和轻蔑有关
与过期的勤劳和奉献无关
与父亲高峻的山岳
阻挡不了的飞云有关
面对未知的波涛
和空虚的壮丽
不要重演梦的命运
壮丽的云的飞行
已与悠闲的街衢无关

物辞

蓝天　白云
这两个词语

被我们从童年学起
被我们的祖先
从童年叫起

蓝天　白云
叫了几千年了
已经被叫得陈旧
叫陈旧了的蓝天　白云
就真的陈旧起来
布满了尘土　雾霾
反倒陪衬地
蓝天　白云的名字
比天更蓝
比云更白

独语

而立之年
已经走完漂泊的命运
那些足迹
都留在《漂泊的草帽》之中

之后的滑翔
是故乡的季节和地图
都收进《时间的风景》中
它们被黄河文学奖照亮

最重要的是焦虑
时间的焦虑
让词语舞蹈

用汉字挺立
时代可以验证
但那是被埋没的飞鸟
那个《汉字之舞》
被埋没的石头无人敢碰

而最沉默的是《神祇飞翔》
所有的激动
氏族的隐喻都暗含其中
面对喧嚣的咒骂
以及莽撞的奔跑
只能是默默无言

虚声

我对着大地的脸　喊
喂——喂——
地面上的土　没有动
地面上的树　没有摇

我对着大地的脸　笑
嘿嘿——嘿嘿——
地面上的土　没变色
地面上的树　没发亮

我对着大地一声声地喊
大地到底有没有回声
到底有没有笑脸
我始终没法搞清

而我眼前的树很萧索
不远的雾很含糊
最远的云看不清
只有淡淡的风很轻柔

塬景

站在沟边
我和老康看着沟对面
那残破的沟掌让人好奇
让人好奇的沟掌
像一个骷髅的脸
但我们没有见到　它是怎么
被雨下塌的　怎么
被太阳晒干的　怎么
又被风刮削的
这样残破的沟掌
当时让我们好奇
可是过后却让我们
深感残忍　这感觉
像一种疑难的慢性病
留在内心　难以剔除

镜子

如此干净　装进
蓝天的心

这样平滑　与贴近的万物
没了干系
又如此坚硬　单调
而又坚强挺立

如若明丽的心胸
虽装下万物的身影
却是如此的孤立
如此与它们对望

而当无法忍受的时候
就是瞬间的粉碎
这　又有谁痛惜?

废铁

一段废铁管
被遗弃在墙角
像一个受伤的乞丐
流着老泪
枯朽的身子瑟瑟发抖

我问铁管遇到什么事
怎么变得这样落魄

铁管拭着眼泪
说它也曾是好钢
经受过高温冶炼
可是自从成为钢管
被埋地下

包裹了那些腐朽的污物
它便被摧残备至
如今枯朽了
连那些垃圾场里
也不再收留

姿势

双手背到身后
互相挽着
这是极其舒服的姿势
甚至显出傲慢和自豪

据说很多年前
我们祖先
从山西大槐树下出发
害怕逃跑
双手被背过　用绳子挽起
解手的时候还得乞求
那时劳动的手　背着
是一种极其痛苦的姿势

暗景

阴云　划过晴朗的天空
给蔚蓝的大脑留下阴影
忧郁的情绪无影形成

秋风　刮过荒凉原野
给斑斓目光渲染肃杀
寒冷刺疼了皮肤

衰老　攀升在大地深处
鲜俊的树干渐渐发暗
深刻剧情悲壮上演

热爱万物的人发现
世界并无急剧改变
只是一个衰老的病人
站在秋天的阴云下
形成了悲观的想像

行踪

第一个人
翻过了三道梁
钻进了黄土
山上的雾岚里
消失的像一位前人

第二个人
翻过了两道梁
找到山中一片谷地
在那里归隐
像是一位故人

第三个人
没有翻过一道梁
只是一个劲地
在这里徘徊